边角料书系

似是
故人
归

陈漱渝怀师友

陈漱渝 著

团结出版社
· 北京 ·

© 团结出版社，2025 年

图书在版编目（CIP）数据

似是故人归：陈漱渝怀师友 / 陈漱渝著. 一北京：
团结出版社，2025.6 — ISBN 978-7-5234-1713-3

Ⅰ . I267

中国国家版本馆 CIP 数据核字第 2025GB1629 号

策划编辑：李　可
责任编辑：宋　扬
封面设计：阳洪燕

出　　版：团结出版社
　　　　　（北京市东城区东皇城根南街 84 号　邮编：100006）
电　　话：（010）65228880　65244790（出版社）
　　　　　（010）65238766　85113874　65133603（发行部）
　　　　　（010）65133603（邮购）
网　　址：http://www.tjpress.com
电子邮箱：zb65244790@vip.163.com
经　　销：全国新华书店
印　　装：三河市东方印刷有限公司

开　　本：130mm×210mm　32 开
印　　张：8.875　　　　　　　字　　数：172 千字
版　　次：2025 年 6 月　第 1 版　印　　次：2025 年 6 月　第 1 次印刷

书　　号：978-7-5234-1713-3
定　　价：69.00 元
　　　　　（版权所属，盗版必究）

致读者

一

历史长河的璀璨星河中，最动人的光芒往往源自不经意的闪烁。

《论语》，并非孔子倾力所作，是其弟子及再传弟子记录孔子言行而编成的语录文集。较之"六经"的体系化与成熟度，《论语》的文字只能算是只言片语，是孔子于行住坐卧之时、进退得失之间，悟道、传道、授业、解惑的即兴抒发。

若论学术成就，《论语》也许只能算是修订"六经"之余的"边角料"，却因其形象生动、浅近易懂，而成为传承千载、朝野齐诵的经典语句。

后人因"六经"而敬孔子，因《论语》而爱孔子。

世人争相吟诵的唐诗宋词，亦是如此。大多数诗词，不过是唐宋时代，诗人、词人描写生活琐事、抒发个人情怀之作。从歌咏山水到吟叹边塞、忧国忧民，从迁谪退隐、感伤身世到羁旅游览、登临怀古，从亲朋聚散、酬赠应答，到欢会相思、宫女怨情，无所不有。与陈事通彻、条理明析的官书文件相比，这些诗词只能算是茶余饭后的文人雅趣。

然而这些时代的"边角料",却成为真正令后人铭记和向往的文字,成为文化基因中最鲜活的血脉。它们以碎片之姿承载丰满的人格,以即兴之言叩击永恒的美德。

所谓"文章本天成,妙手偶得之"。精心编修的皇皇大作吹响的是时代的号角;而那些兴之所至的诗词,更像是时代的回音,余音绕梁,令后人念兹在兹。

一部代表作,往往是作者才华的集中赫然绽放,是"造化钟神秀"的产物;而散落在不同时空的书信、访谈、演讲、序跋,则是智慧的自然流淌,是作者于生活中不经意抛洒的火花,是人间冷暖的承载。

往往时代定义作者的是他的代表作,而使他变得可爱的,却是那些精美的闲置的文字和思想的边角料。

二

有鉴于此,团结出版社秉持"拾遗补阙,见微知著"的文化使命,精心策划并倾力打造了这套"边角料书系",将名家名作之外的书信、日记、札记、杂文、序、跋、访谈录、演讲录等有价值的"边角料"作品,精心编制,汇编成册。

这些文字,或许没有"月涌大江流"的激荡,却生出"海上生明月"的曼妙;或许不及"九天揽星河"的壮阔,却安住"星垂平野阔"的静谧。

希望这些文字，带领我们穿越三重境界：

初见时，惊叹为时光沧海中的吉光片羽；

细品时，得窥大家巨匠褪去光环的凡人侧影；

了悟时，深觉文化传承不在庙堂高阁，而在人间烟火的字里行间。

当《论语》从传世典籍还原为一场场精妙的师生对话，当杜诗从"诗圣"丰碑回归"家书抵万金"的生命渴求，我们才得以触摸文化的温度，见证天才如何在生活的皱褶里播种永恒，如何在生活的缝隙里照见光亮。

"边角料书系"并非传统的补遗汇编，而是一场重构文化价值认知的出版实践，旨在让那些散落的思想的灵光碎片丰富名家名作的精神版图。

"边角料书系"是一个开放的体系，未来我们将一直致力于将类似作品纳入其中，并以那些鲜活灵动的文字多维化呈现名家名作的人格意象。

在大数据推送标准化知识的时代，我们坚持打捞那些"不完美却真诚"的文字遗珠。希望在这些遗落在历史角落里的思想和文字中，我们得以窥见生命，窥见天地，窥见历史。

此致，向"边角料书系"的读者们致以崇高的敬意！

目 录

上篇

002　一位伟大而可爱的老头——忆陈翰笙

011　私见与琐闻——忆丁玲和陈明

021　梦到梅花即见君——李霁野与台静农的两岸情

027　"坐对斜阳看浮云"——我心目中的台静农

032　培植《浅草》，敲击《沉钟》——怀冯至

042　钱谷融先生的真性情

051　"鹧鸪声里夕阳西"——晚年的徐懋庸

067　孙用印象

078　"犹恋风流纸墨香"——我与丁景唐先生

094　他想让诗更朦胧——"九叶诗人"王辛笛

098　甲辰中秋夜，吾怀廖沫沙

105　"小鹿"陆晶清

109　"一味黑时犹有骨"——聂绀弩先生印象

116　心灵的债务——怀张静淑老人

128　苏雪林日记中的逸闻趣事——她日记中提到我

141　由《夜凉》引发的回忆——诗人蒋锡金

下篇

148　患难之交杨天石

167　钟叔河先生的"朋友圈"

175　从王景山谈到学术传承

187　"斗士型"的作家柏杨

196　在暗室里自造光芒——李敖印象

200　"人生难得是欢聚"——在台北晤林海音

209　临终前，古远清跟我说了些什么？

220　快乐的小丑——怀诗人木斧

225　"一念天堂，一念地狱"——我的三位发小

232　善良的人，让人永远怀念——忆罗宗强

236　天上掉下个陈妹妹——读陈巽如的画作

239　由冯铁想到学术共同体

243　以鲁迅结文缘：琐忆裘士雄

附录

248　我的外公王时泽

257　我的母亲王希孟

跋

272　呼唤温情——我写怀人散文

上篇

一位伟大而可爱的老头

——忆陈翰笙

用"伟大"二字形容陈翰笙，是因为他有七十九年的革命历史，其间长达二十五年是从事地下工作。他对我说，地下工作的具体事情是不能外泄的，只能烂在肚子里。引导他走上革命道路的是李大钊烈士。直到 1959 年，他才公开了中共党员的身份。邓小平同志为宋庆龄致悼词时提到了他的名字，《中国共产党七十年》一书中也提到了他的名字。他的遗嘱是丧事从简，不开追悼会，骨灰撒进他故乡的富春江。但 2004 年他逝世时，党中央的主要领导人都以不同方式表示了哀悼。他是一个老头。人活了一百零七岁又三天，难道还不是老头吗？但他童心未泯，返老还童，胡耀邦同志称他"是个好老头"。他八十八岁时硬说自己二十八岁，九十岁时说自己刚九岁，直到临终前还坚持自己刚八十八岁，确实人见人爱。他就是陈翰笙，下文简称翰老。

翰老有教无类。刘少奇、陈云、宋任穷、童大林等老革命受冲击时，他就义务给他们的子女补习英语。这些孩子当时不被视为"高干子弟"，而被称为"黑帮子弟"。我的朋友舞蹈家资华筠，想出国交流，但不懂英语，翰老也收她为徒。补习班的学生累计三百多人，翰老未收分文。我此前是一个初中语文老师，后来想从事文史研究，翰老认为我勤奋好学，对我也是有问必答，有求必应。我至今收藏有一摞翰老的亲笔信函，原想收进我收藏的学术书信选。出版方认为这些信内容单薄，主要是何时何地约见，出书时全给删了，令我痛惜。他们哪里知道，翰老当年既有青光眼，又有白内障。这些信都是他在视力仅有 0.02 的情况下勉力写出来的。

我初识翰老应该是二十世纪七十年代末、八十年代初。他当时似乎还住在北京东华门一处四合院里。记忆中，他客厅中挂着他夫人顾淑型的画像。他跟夫人于 1919 年相识于美国，报效祖国的共同理想使他们结为伉俪，相爱到白头。1968 年 11 月 5 日夫人死于癌症，翰老痛不欲生。此后每年夫人忌日，翰老都静坐一天。翰老无子女，我去时只有他的九妹陈素雅陪伴照顾。翰老是性情中人，每当看到社会上或官场的歪风邪气，他都会气得直哆嗦。这时素雅阿姨就会不停地抚摸他的胸口，连声说："哥哥，哥哥，别生气！别生气！气坏身体无人替。"这种画面我从未见过，所以清晰如昨。

跟翰老谈话自然是从一般寒暄开始。他说他原名枢，因为属鸡，《礼记》中把"翰音"作为鸡的代称，所以小名翰生。后来他在"生"字上面加了一个竹字头，就变成了"翰笙"。

他问我哪里人。我说籍贯湖南长沙。他说他对长沙熟悉得很，初中上的是长沙明德中学，高中上的是长沙雅礼中学。我说我中学上的也是雅礼中学。他笑了，又跟我说了一件趣事。他说，因为"翰笙"这个名字，他"文革"时期更加倒霉，因为红卫兵知道"四条汉子"中有一位阳翰笙，所以要纠斗他。他忙辩解说："我姓陈，不姓阳。"红卫兵不信，他只得拿出毛主席和周总理的请柬证明身份，揪斗他的红卫兵这才散了伙。

我问及翰老1939年至1942年在香港的情况，他说当时主要做了两件事。一件是协助宋庆龄搞"工业合作运动"，动员了两万五千多名失业工人，组成了一千七百个工业合作社，将经费用于支援抗战。此前"工合"总部的很多贷款都拨到了国民党统治区。他出任"工合国际委员会"秘书长之后，通过廖承志在上海银行的一个亲戚，把两千万美金的捐款全部转到了延安，他看过一张收据，签收人就是李富春。他做的第二件事就是创办英文半月刊《远东通讯》，第一次向国外报道了国民党制造"皖南事变"的真相，在很短时间内筹集了一大批物资，支援重建的新四军。

我知道翰老原来是第三国际成员，1935年才转为中共党员。他说他转入中国共产党是通过中共驻共产国际代表团的团长王明和副团长康生，但他对这两人印象都不好。当时王明读了一份文件给他听。他打断王明，说其中有几个词不妥当。王明说："这不相干，你听我读完。"他当时就感到王明自命不凡，盛气凌人，不容许别人发表意见，其实是个草包。康生问他："谁是中国哲学史上的第一个唯物主义者？"翰老说："是不是柳宗元？"康生说："可以讨论，可以讨论。"当时康生旁边坐着一位女人，英文名字叫玛瑞，其实就是曹轶欧，翰老在上海中央研究院研究社会科学时，曹轶欧在他手下做过资料员。当时康生交给翰老一个任务，让他把巴黎《救亡日报》的铅字搬运到美国纽约去，另办一份《华侨日报》。1936年至1939年，他在美国的主要工作就是协助饶漱石办《华侨日报》，联络海外华侨，宣传中国共产党的抗日主张。

在拜访翰老之前，我当然知道他是一位渊博的学者，一直是把学术研究当作革命工作来干。在中国工业化理论，中国农村调查，南亚、非洲和太平洋问题研究诸方面，他都有卓越贡献。我问翰老当时在忙什么。他说，他除了负责主编《大百科全书》的"外国历史"分卷（三百多万字）之外，还要顾及下面四部书的编撰工作：一、《人民公社》。二、《土地改革史》（1922—1952）。三、《保加利亚的农业改革》。四、《苏联的农业机构改革》。他强调，从事外国历史研究必须服从时代要求，他举例说："现在我在跟非洲各国建立友好合作关系，但我们的历史小丛书中，介绍非洲的就很少（当年只有一本《金字塔》)。"在进行农村经济调查的过程中，他感觉到研究华工问题十分重要。华工不仅对中国的革命和建设进行了大力支援，而且西方文明有些方面也是建筑在华工的血汗之上，所以应该把华工问题当成中国近现代史来研究，当成国际经济问题来研究。翰老主编了一套《华工出国史料汇编》，皇皇十卷。他深有感慨地对我说，有些人口头上整天挂着"无产阶级"这四个字，但不关注中国第一代无产阶级的历史，这样怎么行！翰老跟我谈这番话时，这套汇编还只出了三册，每册只印了三千册，直至 1985 年，该汇编才由中华书局出齐。在治学方法上，翰老特别反对形而上学。他说，"孔夫子"（照搬旧传统）加"老毛子"（指照搬苏联经验）等于形式主义，这会害死人。

1980 年 8 月间，我写了一本《许广平传》，因为许广平跟宋庆龄有交往，而宋庆龄又是翰老的密友，我就突发奇想，希望由宋庆龄为拙著题写封面，请翰老转达我的不情之请。翰老对晚辈的请求不会说"不"，果然给宋庆龄去了信。当年 9 月 15 日，宋庆龄随即用英文写了回信。译文是："亲爱的朋友：我的右手再次受伤，所以手腕无法控制毛笔，关于这位作者的请求，我有一个好建议：廖梦醒是许广平的好朋友，而且她写的中文真的非常好。所以叫辛西娅·廖（按：即廖梦醒）为他写是最适合的。她的地址是复兴门外国务院宿舍七组三十八号。我相信，为许广平做这件事，她会感到光荣的。匆匆，SCL（按：宋庆龄的英文缩写）1980 年 9 月 15 日。"

我清楚地记得，这封信是宋庆龄派身边的工作人员直接送到翰老家的，没有通过邮局。翰老阅后直接交给了我。我兴奋得没有对他表达谢意，就骑车直奔廖梦醒大姐家。当年我住在复兴门外中居民区，离廖大姐的宿舍很近。我到达时，她一人独自吃晚饭，表情既慈祥又严肃，因为我毕竟是一个陌生人，又一副风风火火的样子。廖大姐接过信后只溜了两眼，即刻放下饭碗，到书桌上写了"许广平的一生"这六个大字。这个书名是翰老改的，他认为比《许广平传》要好一些，理由我并没有听明白。1981年5月，我这本书由天津人民出版社出版，2011年12月由人民日报出版社再版。对于宋庆龄、翰老和廖大姐的这份恩情我将永志不忘。

因为要研究鲁迅后期的革命活动，我又向翰老了解中国民权保障同盟的情况，翰老说，1931年8月，蒋介石政府缉拿国民党左派领袖邓演达。宋庆龄用英文写了一份抗议宣言，派他送到《申报》馆，转交《申报》总经理史量才。蔡元培也写了一封保释信，请他送交蒋介石的亲信陈诚。但是三十六岁的邓演达仍然被蒋介石杀害了。这件事，让宋庆龄深感有必要组织一个团体，争取人民的言论、出版、集会、结社等自由权利。于是，1932年底，中国民权保障同盟成立，宋庆龄任主席，蔡元培为副主席，鲁迅等为执行委员。宋庆龄鉴于翰老的特殊身份，建议他不要正式参加这一团体，只秘密协助同盟开展一些活动，如营救牛兰夫妇。牛兰夫妇是泛太平洋产业同盟的秘书，1931年6月以"国际间谍"罪被刑拘。宋庆龄为牛兰夫妇聘请了一名瑞士律师，翰老负责在宋庆龄和这位律师之间传递信件。宋庆龄还通过史沫特莱跟翰老单线联系，经常护送一些处境危险的革命者安全离开上海。目前有人对中国民权保障同盟的历史作用进行质疑。我认为这个团体的确有中国共产党、第三国际和苏共（布）的背景，但同盟不仅营救过陈赓、罗登贤、廖承志等革命者，而且也为刘煜生、林惠元等被侵犯人权的普通人伸张过正义。正因为这个团体对国民党的独裁统治构成了威胁，国民党特务才暗杀了同盟的秘书长杨杏佛和《申报》总经理史量才。鲁迅写过一首七言绝句《悼杨铨》（按：即杨杏佛），可见同盟的历史功绩是不能磨灭的。

1982年12月底，我拜访翰老时，谈到自己参与编撰《鲁迅大辞典》，其中就有介绍他的词条。鲁迅1927年7月7日致章廷谦信说：北新书局"已多出关于政治之小本子"，"陈翰笙似大有关系，或者现代派已侵入北新，亦未可知"。翰老1924年从德国留学归国，即在北京大学历史系担任教授，时年二十七岁。因为他是欧美留学生，曾为《现代评论》周刊撰写国际问题评论，被鲁迅的论敌陈西滢称为"吾家翰笙"，故鲁迅没有把他跟陈西滢区别对待，统称为"现代派"。翰老跟我解释说："这是一个误会。"他在北大任教时，开设了《欧美通史》《欧美史学史》《美国宪法史》这三门课程。前两门在北大一院上，后一门在北大二院上。1925年3月，李小峰创办北新书局。李小峰原是北大学生，又是北大新潮社成员，希望翰老写点外国历史读物，翰老认为，学术专著的读者面小，不如多出版些普及读物，于是写了两本小册子，一本叫《国际新局面》，另一本叫《人类的故事》交北新书局出版，每本三万字左右。他在《现代评论》发表文章，跟北新书局毫无关系。

翰老补充说，1932年1月28日淞沪战争爆发，他从日本回到上海。有一次在上海邮政局旁边的一个大厦跟宋庆龄秘密会晤，鲁迅也在场。1934年他赴日本，1935年赴苏联，1936年赴美国，所以跟鲁迅仅此一次会见。至于他对鲁迅的间接了解，主要是通过两个人，一个是史沫特莱，一个是茅盾。史沫特莱跟鲁迅和翰老都熟。茅盾曾到翰老北京东华门大街的寓所来谈过鲁迅的事情。此外，1951年1月底，他在北京饭店参加宴会，旁边两位女性：一是许广平，另一是杨之华。这就是他跟鲁迅全部直接和间接的关系。鲁迅跟宋庆龄曾秘密会见，我是从翰老这里初次听到，鲁迅日记中并无记载，但我相信翰老的说法。鲁迅的《华盖集续集·马上日记》"写的是信件往来，银钱收纳，无所谓面目，更无所谓真假"，"而实际上，不写的时候也常有"。鲁迅会见红军将领陈赓，是确凿的史实，同样也未写进日记，否则就谈不到"秘密会见"了。

翰老给我留下一个最深刻的印象，就是一贯反对"官本位"。反对"官本位"，绝不是反对民主集中制，绝不等同于一概反对领导。翰老长期从事革命工作，当然会服从组织，遵守革命纪律。不过，在中国文化中，有一种"以官为本，以官为贵，以官为尊"的传统价值观，以至于"洞房花烛夜，金榜题名时"之类的诗句能够家喻户晓。但有些精神境界更高的人并非这么想。中国革命的先行者孙中山1912年9月28日途经山东高密时就对欢迎他的官民说："要立志做大事，不要做大官。"1923年12月21日在岭南大学讲演时又重复强调："要立志做大事，不整天想仕途。"翰老服膺孙中山的这些观念。他回忆说，1951年，周恩来总理请他吃饭，动员他出任外交部副部长。翰老对周总理说："你今天请我吃中餐，我用惯了筷子，调羹，吃起来很痛快，如果请我吃西餐，我用不惯刀叉，那就心烦了。"言外之意，就是他适合于做学问，不适合于做行政领导，他有自知之明。开明的周总理不让他勉为其难，当即表示："那你就担任外交部顾问好了。"新中国成立初期，曾任中央人民政府文教委员会副主席的陆定一是翰老的表弟，有一次建议翰老担任北京大学副校长，他同样也推辞了。翰老对我说："幸亏我当时没有干，否则我也难免有马寅初那样的经历。"翰老还告诉我，1952年，宋庆龄创办《中国建设》杂志，对外宣传新中国的成就，宋庆龄找了刚回国的陈翰笙、老朋友金仲华，以及外国友人爱泼斯坦，他们都有国际宣传的经验。但翰老坚持要把自己的名字排在金仲华后面。他对宋庆龄说："我是个教授，不是记者。金仲华多年从事新闻工作，还是用他的名字打头好。"1997年北大百年校庆，翰老正好跟北大同庚，其时正好一百岁。北大学生坚持要翰老讲几句话，他讲的还是不要当官迷，要好好读书写书，特别是要培养青年人才。

写到这里，我忽然想到了毛主席的《纪念白求恩》这篇名文。我用"忽然"二字形容，是因为这篇曾经背得滚瓜烂熟、一字不错的文章，近些年在我的脑海中竟然淡忘了。在文章中，毛主席提倡做人要做"一个高尚的人，一个纯粹的人，一个有道德的人，一个脱离了低级趣味的人，一个有益于人民的人"。我心中翰老就是这样的人。

私见与琐闻

——忆丁玲和陈明

查旧日记，我初见丁玲是 1980 年 11 月 6 日上午，原因是约她为《鲁迅百年纪念文集》写稿。她住在北京西城区木樨地 22 号楼 9 层 18 号单元。"木樨地"，原称"苜蓿地"，因养马的苜蓿草不雅，故改为桂花树的别名——"木樨"。对我而言，这个地方轻车熟路，因为鲁迅之子周海婴先生就住在这个楼的 10 层 20 号单元，跟丁玲家只有一板之隔，是我常去的地方。丁玲是我中学时代就很崇拜的大作家，初次相见既感到荣幸，自然又会有些忐忑。在丁玲家同时见到了他的老伴陈明，还有一位她的常德老乡涂绍钧。老涂是丁玲研究会的副会长兼秘书长，本人就是一位丁玲研究专家。

丁玲夫妇十分热情地接待了我。究其原因，我认为跟我研究鲁迅和我在鲁迅研究室工作有关。鲁迅是丁玲夫妇崇敬的作家，误传丁玲被国民党政府秘密杀害之后，鲁迅写过诗《悼丁君》。我们研究室的主任李何林跟丁玲夫妇虽接触不多，但他们认为李先生是一个刚正不阿的学者。丁玲说："李先生手下的人一个个不像书生，而像斗士。"我是十七岁初到北京的，但湖南乡音犹存，这多少也会增加丁玲对我的亲近感。陈明力邀我到延安文艺学会做会务工作，我谢绝了，因为那个学会有不少延安时期的老干部和文艺界的老领导，以我的资历和能力岂敢担当重任？后来陈明还是力荐我参加了丁玲研究会，并担任了十八年的副会长。

虽然丁玲和陈明都热情待人，但两人的性格还是有些差异，表现在丁玲尖锐泼辣，口无遮拦；而陈明则显得相对沉稳，不仅对丁玲的文章字斟句酌，而且在日常言行中也相对拘谨，不议时政，少谈文坛是非。比如初次见面丁玲就告诉我，当年夏天在庐山开了一次文艺理论讨论会。她在会上说："你们不要跟着那些理论家跑，他们今天说东，明天说西，你哪里跟得过来？有时间不如自己多看几本书，那倒能得一点点实实在在的好处，后来会议发了一个简报，把这些话都删去了。"丁玲所称的理论家是谁，文艺界的人都心知肚明。丁玲还说，"某某这个人，老说他有左的错误，也有右的错误，表现在什么地方却没有说。依我看，他现在的文艺思想是右，当年搞运动是左。我对他是看透了。他现在捧新作家，是为了壮大自己的势力"。类似的话，丁玲还讲了许多。陈明在一旁听着，不轻易插嘴，一方面是敬重丁玲，另一方面的确也是这么多年被整怕了，唯恐授人以柄。他不仅是"心有余悸"，而是"悸"。

在二十世纪八十年代，文艺界有些人对丁玲夫妇有些质疑声，主要是认为复出后的丁玲有些僵化，陈明在她身后也没起好作用。在这些质疑声中，最为尖锐的是袁良骏先生对所谓"娘打孩子论"的批评。

老袁是一位饱学之士，快人快语。1980年，他率先发表了重评《莎菲女士日记》的论文，在现代文学研究界受到好评。1982年，他首次编选了一部《丁玲研究资料》，成为了丁玲研究的必读书。1983年，袁良骏再次出版了《丁玲集外文选》，更是丁玲研究的一种新突破。根据我国版权法规定，著作权归原作者所有，辑佚者只能领取编辑费。坦诚的老袁对丁玲说："我编这本书不容易。你不缺钱，我缺钱，干脆全部稿费都给我吧。"历来视钱财为身外之物的丁玲只回答了一个字："好！"

1993年，首届国际丁玲学术讨论会在丁玲故乡湖南常德举行。老袁在会上作了一个爆炸性发言，题为《丁玲和女权主义漫议》，原文已收入1994年湖南文艺出版社出版的论文集——《中国现当代文学一颗耀眼的巨星》。老袁发言的大意是，丁玲延安时期的"棱角、锋芒、勇气统统都不见了，变成了一个十分平庸的歌功颂德者"，把她受的那些苦难、屈辱都比喻为"娘打孩子"，"真是认贼作父"。这里的"贼"，指的是错误路线。这个发言引发了与会者的普遍不满，因为丁玲、陈明无论如何僵化，总还不会像老袁形容的那样，把健康的人体和人体上的创伤混为一谈。如果他们如此愚昧，怎能在晚年写出《风雪人间》《三访汤原》这种兼具文学和史料价值的佳作呢？丁玲在粉碎"四人帮"之后选择《杜晚香》作为她重新亮相之作，只是为了不再被人揪住辫子，因为写一个女劳模终归是正确的。周扬对刘白羽说，不能把丁玲冤案的责任推到他一人身上。据我所知，丁玲、陈明并没有把责任都推到"他一人身上"，只不过周扬毕竟应承担他应该承担的那一部分责任。因为周扬在丁玲平反问题上始终持有异议，所以丁玲夫妇在某些问题上故意"拗了一调"，这跟彼此间的宿怨不无关联。此后，老袁就脱离了丁玲研究界，主要从事鲁迅研究方面的工作。对于丁玲研究而言，这是一种损失，对于老袁本人也是一种损失。

对陈明质疑的人也不少，主要是把他视为借丁玲这颗"太阳"发光的"月亮"，或戏称为"大作家"身后的"小丈夫"。通过实际接触，我改变了这种看法，认识到陈明是丁玲苦难生涯中的精神支柱。俄国诗人普希金有一首诗，叫《致西伯利亚的囚徒》，俄国的十二月党人虽是悲壮的失败者，但他们心中有一种崇高的理想与追求，同样高贵的还有这些革命者的妻子。她们能放弃舒适的生活，跟随丈夫共赴苦难，为丈夫分担那一半苦难和那一半微笑。有位女作家把陈明比喻为"十二月党人的妻子"，因为他在北大荒的风雪和秦城监狱的铁窗中，一直保持着那种美丽的坚守。这有丁玲在北大荒被关进牛棚之后陈明偷偷塞给她的一张纸条为证。纸条上写的是："你要坚定地相信党，相信群众，相信自己，相信时间。历史会作出最后的结论。要活下去！为我们的未来而活！永远爱你的人。"陈明原本出生在一个衣食无忧的家庭，二十岁那年作为上海学生抗日救亡运动的骨干奔赴延安，个人历史上既无疑点，更无污点。但他确实理解并成全丁玲的事业，毫不需要丁玲的感激和回报，跟随丁玲生死与共，做到了《诗经》中的那十六个字："死生契阔，与子成说。执子之手，与子偕老。"

丁玲跟陈明究竟是谁先追求谁？2007年9月7日下午，我到北京复兴医院神经内科病房探视因患脑溢血住院的陈明。他动情地告诉我，跟丁玲谈恋爱是出于他的主动。在陕北的一个小饭馆里，丁玲跟他同坐在一个炕上。当时丁玲是两北战地服务团的主任，陈明是该团的宣传股长，他对丁玲说："主任，你也应该解决自己的终身大事了。"丁玲写了一个小字条递给他，写的是"北国有佳人"。此后，这个小炕就成为了他们热恋时的暗语，暗语是四个字，我没大听清楚。这番话，跟《陈明回忆录》第六十五页的记载小有出入。陈明在回忆录里说，丁玲当时反问他："我们两个行不行呢？"我觉得，陈明公开发表的回忆比私下跟我说的也许更可靠。因为陈明不仅跟丁玲有年龄差距，而且社会地位和影响也差别太大。陈明即使仰慕丁玲，也未必敢于去主动追求。丁玲无论对于革命，对于事业，对于恋爱，都有一股飞蛾扑火似的激情。丁玲1904年出生，当年还只有三十五岁，自然有情感需求。丁玲曾对我说，她到陕北后有人给她介绍对象，指的是彭德怀，但她不愿意当"官太太"。陈明1937年，在抗日军政大学学习时，演出过根据高尔基同名小说改编的话剧《母亲》，他扮演剧中男一号巴威尔，爱称为"伯夏"，他的台风和表演给丁玲留下了深刻印象，此后"夏"和"伯夏"就成了丁玲对陈明的爱称。

丁玲跟陈明的结合并非一帆风顺。陈明也是凡人，当年确实太年轻，要跟比他大十三岁的丁玲组建家庭，心中不会不存疑惑。当时陈明所在的延安烽火剧团有一位音乐工作者，延安鲁迅艺术文学院毕业生，名叫席萍，也写作席平。剧团里工农出身的人员多，跟陈明有些不合拍，席萍是个知识分子，跟陈明的共同语言多，性格比较投合。为了逃避周边的闲言碎语，陈明想用快刀斩乱麻的方式结束这场三角恋爱，便于1940年秋天跟席萍在甘肃南部的革命老区庆阳结了婚。事前陈明没有告诉丁玲，婚后席萍很快就又怀上了孩子。丁玲得知这个消息后十分痛苦。陈明为了不让三个人长期痛苦，做了一件让他终身愧疚的事情，就是在席萍怀孕期间提出离婚协议诉求，借口是席萍依赖性强，而他喜欢的是独立女性。

陈明有一本回忆录，叫《我与丁玲五十年》。这五十年，应指1938年至1986年，准确说他们共同生活的时间是四十八年。丁玲1936年11月到达陕北保安，陈明1937年5月到达延安。同年9月，两人在西北战地服务团共事，丁玲给予了陈明超出了一般同志关系的关爱。1938年，丁玲把自己的长子蒋祖林托付给二十一岁的陈明照顾，安排在陈明所在的烽火剧团的小学员班。后来蒋祖林享受离休干部待遇，他的革命生涯就从 1938 年算起。仅从这件事来看，当时丁玲跟陈明的关系已不一般。但自两人 1942 年结婚之后，这四十四年当中应该是苦难多于甜蜜。结婚刚刚一年，丁玲和陈明就在一场"抢救失足者运动"中被分别隔离审查。他们相对稳定和安逸的生活其实还不到二十年。1944 年丁玲被安排到边区文协工作。1946 年，丁玲开始创作长篇小说《太阳照在桑干河上》，该书 1953 年在苏联获奖，成为了她继《莎菲女士日记》发表之后的第二次创作高峰。自 1955 年反胡风运动和制造所谓"丁陈反党集团冤案"之后，他们生活的稳定期结束。1957 年两人都被划为右派；1958 年至 1970 年双双发配到北大荒，养鸡、种菜、修铁路、当文化教员……1970 年夫妻二人离开牛棚，被分别关进秦城监狱，一关就是五年。获释后安排到山西长治市嶂头村，由村革委会进行政治监督。陈明在村里种苹果，栽核桃；丁玲年纪大，也去果园干点活。丁玲 1979 年返回北京治病，至 1986 年去世，丁玲和陈明又过了七年相对安定的日子。

　　1984 年，丁玲的历史问题终于彻底解决。中共中央组织部九号文件对丁玲的政治结论是："事实说明，丁玲同志是一个对党对革命忠实的共产党员。"丁玲看完这份文件说："现在我可以死了。"陈明把丁玲四十年来历次的政治结论复印给我，大概是想以后再被诬陷能有人出面替他们说话。1986 年 3 月 4 日，丁玲在平反两年之后病逝。临终前丁玲对陈明说："你再亲亲我。你太苦了！"丁玲拜托陈明的五妹陈舜芸照顾陈明的生活，更希望陈明再找一个老伴共度余生。因为兄妹情感再好，毕竟只是兄妹。陈明一直生活在对丁玲的怀念中，他着急着的事情是完成丁玲未竟的事业，把丁玲未完成的，该续写的篇章都整理完，续完，然后再坦然无愧地跟丁玲在黄泉下相见。直到 1988 年 3 月，国家出版事业管理局原局长石西民的夫人给陈明介绍了一位女性，陈明的想法才有所松动。

这位女性叫张钰，当年未满六十岁，是一位名门闺秀。其父张友鸾是知名报人，通俗作家张恨水的挚友，曾任《京报·文学周刊》主编、《新民报》主笔、《南京人报》总经理等。1953 年调到人民文学出版社编著古籍，编辑的《不怕鬼的故事》曾被毛泽东赞赏。其弟张友鹤也校注了很多文学名著，他女儿张传敏是我的学生。我结识张钰时，她在中国社会科学院新闻研究所工作，是一位端庄大气的知识女性。我不知道她此前的经历，只知道她有三个子女：老大是一个颇有名气的新闻工作者，二女儿是一位文学评论家，老三打扮十分新潮，从事摄影和设计工作。十分难得的是，这三个子女都非常理解母亲的情感需求，公开支持他们的母亲再婚。老三后来经常跟母亲和陈明住在一起，还给陈明打水洗脚。这种待遇是陈明此生未曾享受过的。陈明跟我说，当年蒋祖林到山西长治探亲时，住了一段时间，一直把自己当客人，连一桶水都没挑过，后来又公开闹翻了。

根据我的了解，陈明跟张钰共同生活的二十七年是温馨的，可以说是风平浪静，融洽和谐。我是他们家的常客，常看见张钰戴着老花眼镜在电脑前忙碌：她不仅忙着为父亲整理遗著，同时还要帮陈明整理文档，打印文章。我经常在他们家吃饭，张钰是安徽籍，会做一手好菜，每次她都会指导保姆，自己也经常掌勺。菜肴量不大，但非常精致可口。我跟陈明喝点红酒助兴，她自己喝一小杯白酒。

陈明跟张钰结婚之后，几乎每年在他们家都会看见一位戴黑边眼镜的男子，身材魁梧，微胖，说是从广州来的，但北方话说得相当纯正。吃饭的时候，陈明跟张钰坐在餐桌的北面，我跟他坐在南面。打听后才知道，他就是陈明跟席萍的儿子，名叫陈东海。东海跟我同年，出生在延安宝塔区河庄坪镇的中央医院，出生后母亲就留在该医院做化验员，以后跟该院一位也姓陈的同行再婚。新中国成立初期，席萍曾调到北京生物制品研究所工作，两年后又调到了广州筹建生物制品研究所。直到1983年初，东海才确知他的生父就是陈明。吃饭时当然要交谈。东海告诉我，他参过军，退役后选择了一家民营企业工作，开始收入还可以，后来企业效益不好，所以退休工资也不高。东海还告诉我，他每次到北京都会去参加延安儿女联谊会的活动，好像跟李铁映等是儿时的伙伴。东海憨厚谦和，但跟陈明的话不多。张钰说，东海每次住在木樨地，也都像做客一样，和和气气，但什么家务活都不干。令陈明痛心的是，2006年夏，东海的母亲席萍因脑溢血去世。陈明拍了一份长达百余字的电报表示慰问和愧疚，但席萍此时已在昏迷中，不省人事。2013年，不料东海也因癌症逝世。但陈明此时96岁，神志已不清醒，免去了一场白发人送黑发人的悲恸。

2006年秋，张钰突患食道癌，其时年已七十七岁。面对这种极为痛苦的恶疾，张钰表现得十分乐观，十分坚强；不仅自己要承受巨大的痛苦，陈明两次因脑溢血住院她也要操心。好在陈明是八一电影制片厂的离休老干部，工资不低，张钰本人也有退休工资，再加上住房比较宽敞，所以家里雇了两个中年保姆。忽然有一天，我接到张钰的电话，化疗后原本嘶哑的嗓音突然变得清脆悦耳。我禁不住赞扬她创造了抗癌的奇迹。然而好景不长，八十七岁的张钰终是病逝了。三年后，早已成为植物人的陈明也以一百零二岁的高龄去世。2017年，丁玲墓迁至湖南常德武陵区紫菱路的丁玲公园，我曾有幸参与园内丁玲纪念馆陈列和墓前雕塑方案的讨论。2019年6月8日，陈明跟张钰合葬在他们生前选定的北京西郊华侨陵园，但陈明的骨灰盒内放置的是他的回忆录《我与丁玲五十年》。

梦到梅花即见君

——李霁野与台静农的两岸情

  南开大学外文系主任李霁野先生是我的老恩师。1925年以鲁迅为核心的文学社团未名社初期由韦素园主持社务，后期由李霁野主持社务。李霁野跟未名社的台静农是莫逆之交，由于两岸隔绝无法聚首，李先生委托我借探亲之机于1989年9月至10月五次拜访台静农。第二年我再次去台湾，台静农先生竟已驾鹤西去了，令我深以为憾。写作此文，追念两位先生一生的诚挚友谊。

  书桌对面的墙上，悬挂着一幅丝织的鲁迅绣像。左侧悬挂着鲁迅集《离骚》句的条幅："望崦嵫而勿迫，恐鹈鴂之先鸣"；右侧是台静农手绘的《梅花图》，上题"孤灯竹屋清霜夜，梦到梅花即见君"——这两句诗出自宋人张道洽的《对梅其四》。张道洽以写梅见长，平生作咏梅诗三百余首。

  鲁迅是李霁野的恩师，未名社的精神旗帜。台静农是李霁野的挚友，从童颜到鹤发，友谊持续了八十多年。台先生

1902 年出生，长李先生两岁，都是安徽霍邱县人，住在叶集镇同一条街。但据李先生的长辈说，李先生在襁褓中就见过台先生，曾相视一笑。1914 年春，霍邱县叶集镇创办了民强小学，李先生跟台先生都从私塾转进了这所学校，同学中还有介绍他们结识鲁迅的张目寒，以及后来成为未名社成员的韦素园、韦丛芜兄弟。1918 年台先生考入了汉口大华中学，李先生则转入了阜阳第三师范。地域的暌离并未影响他们精神的沟通。1919 年发生了五四爱国运动，他们又共同创办了《新淮潮》杂志，鼓吹新文化运动，主张"立定脚跟撑宇宙，放开斗胆吸文明"。

在台、李的交往史上，最珍贵的记忆当然是 1925 年夏天跟韦素园兄弟和曹靖华共同成立了未名社，奉鲁迅为精神领袖，以译介外国文学为宗旨。"未名"，就是暂时还没有想出名目的意思。当时台先生在北京大学研究所国学门工作；李先生在清末创办的崇实中学就读，准备毕业后进燕京大学深造。介绍他们结识鲁迅的张目寒是鲁迅在北京世界语专门学校任教时的学生。未名社成立后出版了鲁迅的译作，出版了台先生的小说《地之子》《建塔者》，也出版了李先生的翻译作品。李先生在该社出版的《往星中》，是俄国作家安德烈夫的剧本。鲁迅认为剧中的天文学家向往于星空的神秘世界，"声音虽然远大，却有些空虚的"。天文学家的儿子却为了穷人去革命，因此入狱，发狂后成为白痴。儿子的未婚妻不愿离开人世，情愿活在人间，陪伴变成"活死尸"的情人度过一生。这个剧本是台先生动员李先生翻译的，并提供了该书的英文译本，韦素园又提供了俄文原著，经鲁迅校阅，成为了李先生的成名译作。不过，李先生跟韦素园合译的《文学与革命》却让台先生受到了株连，不但该书被禁，李先生和台先生都被北洋政府羁押了五十天。

台先生于1927年8月初入杏坛，先后在中法大学、辅仁大学、北平大学、女子文理学院、厦门大学、山东大学等校执教。李先生先后在孔德学校、辅仁大学、天津河北女子师范、重庆北碚复旦大学等校任教。抗日战争爆发后，台先生于1938年秋入川，路过天津时，李先生亲自送他上船。1943年1月，李先生逃出了华北沦陷区。同年3月，李先生到四川白沙女子师范学院任教，跟台先生成了同事和邻居。1946年5月，女子师范学院要从白沙迁回重庆，台先生辞职。正巧魏建功先生推荐台先生到台湾大学任教，台先生便于同年10月抵达台北，从此一待就是四十四年。此时李先生也到了台湾，在台湾编译馆任职，宗旨是清除日本殖民化流毒，进行文化重建工作。他们在台湾共同经历了"二二八"事件之后的白色恐怖。台先生因家室之累只能噤若寒蝉，其间在台湾大学任教二十八年，至1973年退休。李先生则被台湾当局秘密通缉，由当时台湾的一位地下党员黄猷护送，转经香港，于1949年秋重回天津，一直在南开大学英语系任教，直至1981年退休。

李先生是一个极重感情的人，虽有迭起的波涛阻隔，仍然斩不断对海峡彼岸老友的绵绵思念，静夜怀想，常常老泪横流。为顾及台先生的安全，他在回忆文章中常以"青君"作为代称。"青"，显然取自"静"字的左一半。1977年，有人散布台先生是"叛徒"和"托派"的流言，李先生于同年11月11日给我写了一封长信，详细介绍了台先生1928年、1932年和1934年的三次被捕经过，证明他是一位左翼文化战士，批驳了那些污蔑不实之词。李先生信中叮嘱："希望你把这封信好好保存着，说不定什么时候还有参考价值。"至于台先生初见陈独秀是在1938年秋，两人同住在四川江津县，受到原国家女排教练邓若曾之父邓季宣的关照。此时的陈独秀仍然坚持一些错误的政治观点，但早已脱离托派组织，潜心从事学术研究。他跟台静农通信的全部内容，都是探讨音韵学与文字学。陈独秀在致台静农的一封信中表示，这是在做五四新文化运动的"未竟之功"（台静农：《酒旗风暖少年狂——忆陈独秀先生》，台北《联合报》1990年11月11日）。

李先生在怀念台先生的一首七绝中写道："南北少年两地分，时伤白发意难禁。何当度峡访君去，共庆晴空一片清。"由于政治原因和年龄健康问题，李先生这一愿望并未实现。但通过海外亲友，他们从二十世纪七十年代就开始互通音讯，包括寄信和寄录音带。台先生告诉李先生，他于1973年从台湾大学退休，为另谋生计，曾在两个私立学校的研究所兼课，也曾举办个人书法展。他写字、作画，是为自娱，排遣内心抑塞，也能贴补一些生活费用。1986年曾赴美国探亲旅游，很不习惯，又摔了一跤，导致颅内淤血。李先生劝台先生留下一部自传，台先生说他一生孤直自爱，犹遭小人环伺，不愿回首往事，但他觉得李先生写的《回忆未名社》"诚恳详实"，是部好书。1989年底，台先生在温州街十八巷六号的宿舍需要拆迁，台先生觉得搬离居住了四十三年的老窝，有被扫地出门之感，十分丧气。1990年初又检查出食道癌，痛苦不堪。张目寒、常惠等少年知交先后去世，也令他悲痛不已。

李先生在致台先生信中，主要是介绍他的家庭生活，特别是含饴弄孙的乐趣。因为身边的长子、长媳上班，他家开始没装电话，害怕干扰。听说国外已有视频电话，特别神往。李先生听过萧伯纳的录音讲话，又听说俄罗斯发现了托尔斯泰的录音，便尝试用寄录音带的方式跟台先生交流。台先生擅字画，李先生的休息方式则是用录音机听外国诗歌朗诵和古典音乐。李先生曾想安排在香港跟台先生相聚，未果。

李先生致台先生的信，有一封感人至深。这封信写于1990年7月9日，即台先生逝世前夕。李先生提到他们共同的朋友韦素园。鲁迅在《忆韦素园君》一文中写道："是的，但韦素园却并非天才，也非豪杰，当然更不是高楼的尖顶，或名园的美花，然而他是楼下的一块石材，园中的一撮泥土，在中国第一要他多。"1932年，韦素园三十岁，因肺病逝世于北京同仁医院，宏才远志，厄于短年。当时李先生跟台先生共同把韦素园安葬在北京西郊的万安公墓。替韦素园买墓穴时，他们多买了一穴，相约谁先走，谁就去墓地陪伴韦素园。李先生建议他跟台先生百年之后，都把骨灰盒安葬在韦素园墓旁，将"死别"变为"死会",可以为他们这几位莫逆之交增添一点欣慰。李先生说,他写这封信时,"心里十分平静。因为死亡虽然不是我们很欢迎的客人,也不是什么可怕的魔影了"。

然而,世事难料。1990 年 11 月 9 日,台先生病逝,跟夫人于韵闲合葬于台北县金宝山墓园。1997 年 5 月 4 日,李先生病逝于天津。他们虽然未能白头聚首,但李先生做了一梦,重返安徽探访台先生的故居,并重现了在四川白沙跟台先生欢聚的情景,印证了台先生题赠的古诗:"梦到梅花即见君。"李先生跟夫人刘文贞的骨灰后来安葬在故乡安徽霍邱县的叶集区,跟台先生的故居相依相伴。

"坐对斜阳看浮云"

——我心目中的台静农

台静农是鲁迅的文友，鲁迅私下说他"为人极好"（1933年12月19日致姚克信），又夸他的小说《地之子》"将乡间的生死，泥土的气息，移在纸上"（《〈中国新文学大系〉小说二集序》），是不多的好作家。但二十世纪三十年代中期台先生就脱离了文坛。他有一首暮年诗，抒发自己的感触："老去空余渡海心，蹉跎一世更何云。无穷天地无穷感，坐对斜阳看浮云。"

李敖是中国台湾有名的狂傲不羁之士，好臧否人物。除开自己，他很少夸赞其他人，1999年9月的一天上午，我应邀去他在台北市敦化南路的寓所聊天。李敖知道我研究鲁迅，又多次拜访过台静农，便对台先生进行批评：一是觉得他胆怯，渡海来台之后噤若寒蝉；二是觉得他疏懒，证据是《台静农论文集》所收文章的时间跨度有五十五年，平均下来每天只写了十九个字；三是愧对鲁迅，在台湾从未发表过纪念鲁迅的文章，反倒在胡适面前称"门生"和"后学"。我当即发表了不同意见，已写进我的一篇短文《在台北与李敖聊天》，收进了我的随笔《倦眼朦胧集》。但此文未能展开我对台先生的印象和看法，现特撰此文进行增补。

台先生是 1946 年 10 月 28 日从上海乘船抵达台北的。当年他因从国立女子师范学院辞职，生活陷入困境，由好友魏建功推荐任台湾大学文学院教授，原本只想在此歇歇脚，因时局变化，一待就待了整整四十四年。这些年中，国民党当局又于1949 年至 1987 年宣布中国台湾为"军事戒严地区"，实施了《台湾地区紧急戒严令》，台湾笼罩在白色恐怖下总共有三十八年。当时连法国作家左拉的作品都被禁，因为爱弥尔·左拉的中文译名中出现了"左"字；恰如清代马建忠的语法著作《马氏文通》也曾犯忌一样，因为跟马克思的姓名有一字谐音。金庸的武侠小说《射雕英雄传》在当年的台湾只能改名为《大漠英雄传》上演，因为毛泽东的词《沁园春·雪》中有一句是"只识弯弓射大雕"，中国台湾流行歌曲《今夜不回家》也被人举报，认为违背了蒋介石"反攻大陆"的政策。台先生在大陆时是"酒旗风暖少年狂"的左翼青年，唱过《国际歌》和《马赛曲》，筹建过左翼作家联盟北平分会（简称"北方左联"），在北洋时期和国民党统治时期曾三次入狱，其九岁长子就是在他第二次被捕之后夭折，到中国台湾后，台湾大学的第一任中文系主任许寿裳惨遭杀害，第二任系主任乔大壮因厌世绝望而自沉，此后代理中文主任的台先生自然会沉默郁结，噤若寒蝉，鲁迅在《华盖集续编·空谈》中说过，"战士的生命是宝贵的，在战士不多的地方，这生命就愈宝贵"。鲁迅在白色恐怖下提倡"壕堑战"，而不主张像《三国演义》中许褚式的"赤膊上阵"。所以，对台先生的沉默郁结应该给予历史的同情，而不能苛责于个人。

台先生是不是大学者呢？这应该是一个不成问题的问题。台先生家学渊源，接受过四年私塾教育。塾师和小学老师都是饱学之士。1919 年，台先生受五四新文化运动影响，跟同乡同学创办了《新淮潮》杂志，提出了"立定脚跟撑世界，放开斗胆吸文明"的口号。他本人就是这一口号的践行者。他有传统文化的根基，曾在北京大学研究所国学门当旁听生。二十六岁之后，台先生曾在中法大学、辅仁大学、北平大学女子文理学院、厦门大学、山东大学、女子师范学院等校执教，开设过《诗经》研究、中国文学史、历代文选等课程。在台湾大学，台先生又担任了二十年的中文系主任。在台湾大学这种硕儒俊彦的荟萃之地，没有学问的人怎能立稳根基呢？在台湾当局的"戒严"期间，台先生的新文学创作才能虽然没有条件发挥，但在书法界已卓然成为一家。他的隶书深得中国三大摩崖石刻的精髓；如"汉隶第一品"《华山庙碑》；行书得益于明末神笔倪元璐，冷逸孤傲，风骨凛然，被尊为"台湾第一书法家"。

最令我喜出望外的是，1989 年秋，台先生主动为我题写了一张条幅，题为苏东坡七律《黄州春日杂书四绝之一》："清晓披衣寻杖藜，隔墙已见最繁枝。老人无计酬清丽，犹就寒光读楚辞。"黄州即当下的湖北省黄冈。1079 年，苏东坡因政治冤案被放逐黄州，整整待了四年。繁花似锦的春晨原是清丽美好的，但苏东坡心情郁结，没有办法欣赏，只能在冰寒交加的心境中读《楚辞》以抒愤懑。台先生退休后，开过书法展，作品有润格，一抢而空，我当然不会随便开口索字。事后深思，他特题写苏东坡的这首七律，我认为是他想让我及他在大陆的老友了解他在台湾的心境，有跟苏东坡被贬黄州的心境相类比的成分。作品选择了台先生最擅长的行书。他当年虽已八十八岁，但仍笔力劲健，浑朴老辣，布局疏朗，自然天成，实为书法作品中的佳品。

　　谈到台先生跟胡适和鲁迅的关系，李敖的说法实属妄断。台先生在北京大学就读时的确是胡适的学生，又有同乡之缘，1935 年胡适还推荐他赴厦门大学任教，所以他在胡适面前称"门生""后学"只是一种如实表达，并不含献媚取宠之意。至于他跟鲁迅的关系，既是师生关系，又是忘年之交。但当年鲁迅作品在台湾是禁书，台先生无法公开发文纪念鲁迅。鲁迅挚友许寿裳先生在台北死得不明不白就是前车之鉴。台先生对鲁迅的感情极深，珍藏了鲁迅 1923 年在北京女高师讲演《娜拉走后怎样》的手稿，恭录了《鲁迅旧体诗》三十九首。1990年 7 月，因台湾大学宿舍改建，台先生迁出了居住长达 43 年的温州街十八巷六号"歇脚庵"，搬至同在温州街的二十五号。他的家具书籍当然有人帮忙搬运，也有弟子服其劳，他只独自抱着一尊鲁迅的陶瓷塑像，神圣而隆重地一步步迈向新居。据台先生的弟子施淑先生回忆，这尊塑像是李昂和林文义1980年在台北一家茶艺店买的，原由香港石湾陶艺馆制作，再由香港走私运到台湾。这座陶瓷像制作比较粗糙，但台先生如睹故人，格外珍惜。施淑教授是台先生最亲近的门生，又是李昂（原名施叔端）的姐姐，她的回忆当然可以采信。又据施淑教授回忆，台先生患食道癌，住台大医院。弥留之际，他要读鲁迅作品，又特别想看《鲁迅和他的同时代人》。这本书是台先生1986年在美国旅游时在旧金山一家书店买到的，他读后"为之大惊，恍然如梦事事历历在目"。(《龙坡杂文·序》)这本书的主要作者是已故挚友马蹄疾，1985年于沈阳春风出版社出版。书中有马蹄疾执笔的一节：《鲁迅和台静农》，用五千余字的篇幅扼要而准确地介绍了台先生跟鲁迅的交往；提到了台先生曾编选第一本研究鲁迅的书：《关于鲁迅及其著作》；提到1932年鲁迅赴北平探亲时台先生"几乎天天陪伴在侧"；还提到在白色恐怖下鲁迅跟台静农之间的相互关怀；最后引用了鲁迅去世后台先生的唁电，悲恸之情溢于言表。施淑教授在《踪迹》一文中写道："他一生悬念，至死方休的就是鲁迅与北京未名社的那些往事了。"遗憾的是，这本书存放在远在美国的儿子台益坚处，施教授找遍台大附近卖地下书的书摊都未寻觅到，成为了台先生去世前的一大憾事。

培植《浅草》，敲击《沉钟》
——怀冯至

冯至先生是著名的外国文学研究专家、诗人，对于中国古典文学造诣亦深；但我跟他却是因鲁迅研究而结缘。那是在四十四年前，我还在北京西城一所中学教书，但却对鲁迅作品产生了浓厚兴趣。在鲁迅撰写的《〈中国新文学大系〉小说二集序》中，我读到了关于浅草社和沉钟社的几段文字——这是用散文诗的语言撰写的文学评论，深刻而精到，但在史实上又有一些疑点，于是我通过戈宝权先生联系到了冯至先生，写信向他请教一些问题。冯至先生于 1975 年 12 月 29 日和 1976 年 2 月 15 日一一做了回复。后来我根据冯先生的意见并参阅了一些其他史料，写成了一篇文章，叫《鲁迅北京时期与文艺社团的关系》，发表于《南开大学学报》，后收入拙作《鲁迅在北京》。今天读来，这篇文章幼稚至极，史料亦不充分。但当时正值"文化大革命"后期，研究文学社团和流派还没成为文学界的关注点，所以多少有点拓荒的意义。

浅草社社名的由来在《浅草》季刊创刊号的《卷首小语》中说得很清楚：

"在这苦闷的世界里，沙漠尽接着沙漠，属目四望——地平线所及只一片荒土罢了。是谁撒种了几粒种子，又生长得这么鲜茂？地毯般的铺着：从新萌的嫩绿中，灌溉这枯燥的人生。荒土里的浅草呵！我们郑重的颂扬你；你们是幸福的，是慈曦的自然的骄儿！我们愿做农人，虽然力量太小了；愿你不遭到半点蹂躏，使你每一枝叶里，都充满伟大的使命。"

由此可见，浅草社的同人是自比为农夫，希望能在现实世界的沙漠里播撒文艺的种子，祈盼能长出嫩绿的浅草，给这枯燥的人生增添新绿。关于浅草成立的时间，有 1922 年、1923 年、1924 年等多种说法。

鲁迅的说法是，"一九二四年发祥于上海的浅草社，其实也是'为艺术而艺术的'的作家团体"。此后，王瑶的《中国新文学史稿》，田仲济、孙昌熙的《中国现代文学史》以及二十世纪七十年代复旦大学、中国人民大学的《中国现代文学史》教材均从此说。茅盾在《〈中国新文学大系〉小说一集导言》中，却把浅草社成立的时间说成是 1923 年春，江苏人民出版社出版的九院校联合编写的《中国现代文学史》从此说。我函询冯至得到的答复，是浅草社筹备于 1922 年。查证相关史料，冯至的说法比较贴近事实。1923 年 4 月 2 日，上海《时事新报》副刊《文学旬刊》第六十九期刊登了一则《浅草社消息》，一开头就说："我们这个小社，是在一两年前，由十几位相同爱好文学的朋友组织的。"1923 年的一两年前，即 1921年至 1922 年。这种说法，同样得到了林如稷的印证，林如稷是浅草社的主要发起人。1962 年，林如稷在四川人民出版社出了一本《仰止集》，内收《鲁迅给我的教育》一文。他写道："在一九二一年，我从北京转到上海读书，在那里认识同乡邓均吾和陈翔鹤，陈那年已在复旦大学读文学系，也常爱写点东西，我们便在次年（按：即 1922 年）不自量力地约集几个在北京求学的朋友陈炜谟、冯至等，创刊了《浅草》文艺季刊。"茅盾将浅草社的成立时间误为 1923 年，估计是因为《浅草》季刊创刊号出版于 1923 年 3 月。鲁迅将浅草社的成立时间误为 1924 年，估计是因为浅草社成员跟他通信并交往的时间始于 1924 年六七月间。

关于浅草社和沉钟社的关系，也有不同说法。在鲁迅、茅盾眼中，这两个社团是一脉相承的。鲁迅的表述是，1925 年，浅草社的中枢从上海移入北京，社员好像走散了一些，"《浅草》季刊改为篇页较少的《沉钟》周刊了"。但有人认为这是两个各自独立的文学社团，精神与趣味大相径庭。但冯至先生给我的信中却明确指出："浅草社是沉钟社的前身。"这种表述比较接近于史实。因为就基本成员来看，原来长期为《浅草》撰稿的十七位作者中，成为《沉钟》骨干的至少有九人。主持《沉钟》前期编务的也是原浅草社成员。从文艺观和创作倾向来看，两个社团之间自然也有其一致性，有所不同的是，浅草社的核心人物是林如稷，沉钟社的核心人物是杨晦。《浅草》

季刊重创作，而《沉钟》周刊和半月刊创作与翻译并重。

"沉钟"这一刊名和社名取自德国戏剧家霍甫特曼1896年创作的童话象征剧《沉钟》。剧中的铸钟师亨利铸造了一口沉钟，运往山上教堂的途中却被林中的魔鬼推入湖底。亨利在林中仙女罗登德兰的激励下决心另铸一座新钟，最终却因喝了魔浆被毒死。亨利为铸造沉钟而献身，沉钟社的同人希望能以足够的勇气，锲而不舍，为完成艺术家的理想献身。1925年夏天的一个傍晚，沉钟社四位核心成员在北京北海公园聚会时，又听到了从远处传来的钟声。于是，由冯至倡议，其他人赞同，确定了沉钟社的刊名和社名。鲁迅赞赏《沉钟》周刊第一期刊头选用的英国作家吉辛的诗句："而且我要你们一起都证实……/ 我要工作呵，一直到我死之一日。"这句诗所体现的精神，就是鲁迅赞扬的"最坚韧，最诚实的"精神，就是"每一期都显示着努力"，"将真和美歌唱给寂寞的人们"的精神。当然，鲁迅在肯定沉钟社的同时也有期待和批评。鲁迅说他们"提取异域的营养"，包括王尔德、尼采、波特莱尔、安特莱夫、霍甫特曼、史特林贝尔格……内容未免庞杂，其中既有滋养也有"世纪末的果汁"。鲁迅还直接提醒他们："你们为什么总是搞翻译、写诗？为什么不发议论？对一些问题不说话？为什么不参加实际斗争？"我向冯至先生提问时，很关心浅草社、沉钟社成员的状况。冯至回答得很简略："……至于林、杨、二陈，也是一言难尽。林在川大、杨在北大，你知道的，他们都在中文系，都老了，不大能工作了。二陈已先后去世。陈炜谟死于五十年代，解放后也在川大教书；陈翔鹤在学部文学研究所，死于 1969 年，曾编辑《光明日报》的《文学遗产》。"

林如稷（1902—1976），四川资中人，写过小说、诗歌，其小说《伊的母亲》和《死后的忏悔》是受鲁迅作品启发写成的。著有论文集《仰止集》、电影文学剧本《西山义旗》，译著有《卢贡家族的命运》。曾任四川大学中文系教授、系主任。

杨晦（1899—1983），辽宁辽阳人，五四爱国运动中火烧赵家楼的学生之一。1925 年与冯至、陈翔鹤、陈炜谟创立沉钟社，创作有剧本《谁的罪》《来客》《笑的泪》《楚灵王》《屈原》《除夕》《庆满月》《苦泪树》等，译著有罗曼·罗兰的《悲多汶传》、希腊悲剧《被囚禁的普罗密修士》、莱蒙托夫的《当代英雄》等，著有文艺评论集《文艺与社会》《罗曼·罗兰的道路》等，新中国成立后曾任北京大学中文系主任，北京大学副教务长。

陈炜谟（1903—1955），四川泸县人。在《沉钟》周刊发表小说、论文、译作、诗作三十余篇，出版有短篇小说集《信号》《炉边》。先后在重庆大学、四川大学任教。

陈翔鹤（1901—1969），重庆人。1938 年参加中国共产党。新中国成立后长期主编《光明日报》副刊《文学遗产》。后调到中国社会科学院文学研究所。著有小说集《不安定的灵魂》，剧本《落花》等。二十世纪六十年代，他的小说《广陵散》《陶渊明写〈挽歌〉》被定为影射小说遭到批判，十年浩劫中惨遭迫害，死后还被扣上了"畏罪自杀"的罪名。1969 年 5 月，陈翔鹤夫人王迪若在致文学研究所革委会的一封信中记录了他临终前的状况：

陈翔鹤是我的丈夫，他是中国社科院文学研究所研究员，今年 69 岁了。长期患有严重的心脏病、高血压等许多疾病，常年吃药打针。今年 4 月 22 日死于北京同仁医院。1969 年 4 月 22 日他上午在所里集中学习、开会，中午散会后回到家里已经十二点多了，他对我说："这两天老咳嗽，很不舒服。一咳嗽就气喘，要拿点咳嗽药止咳。"他拿了药要走，说下午所里还要开会。他到家后我一直陪着他，没离开一步。我送他到汽车站，走到马路边，他脚步就不大稳，我劝他回家休息，他说："不行，下午是开我的批判会，要赶回去。"急急忙忙地要走，我扶着他过了马路，他没有站住，我也扶不住他，就在马路边昏厥过去。当时拦住了一辆过往的汽车，立即送往同仁医院，当时还不到一点钟。医生测血压没有了，检查心脏也不跳动了，抽胃液也没有东西，抢救至四点一直未能醒过来……我不能同意你们所说"他是畏罪自杀"。

附录：冯至先生来函两封

陈漱渝同志：

12 月 8 日来信早已收到。迟迟未复的原因是由于我不知道 158 中学在何区何街。后来请教戈宝权同志，才知道你的详细地址。现在我就按照戈宝权同志寄来的地址给你回信。现就来信询问的几点答复如下：

1. 关于浅草社成立时间。浅草社最初的组织者是林如稷，他在1922年开始筹备，《浅草》季刊第一期在1923年出版。鲁迅先生说它"1924年中发祥于上海"，不确切。当时出刊物不容易，一方面组织稿件，一方面跟书店老板打交道，第四期到1925年2月才出版。鲁迅在《野草·一觉》中提到的那本《浅草》是第四期。《一觉》中说"两三年前"，也不确切。《一觉》写于1926年4月，如果是"两三年前"的事，那么就会是1924年或1923年了，而第四期是1925年出版的。应该说是一年前的事。

2. 关于沉钟社的成员。浅草社是沉钟社的前身。浅草社的成员多半是在上海聚集起来的，而且四川人居多，如邓均吾、王怡庵、陈竹影、陈翔鹤、陈炜谟等人都是四川人，林如稷也是；我是1923年夏才参加的。《浅草》第四期以后，就没有继续出，浅草社的成员也大半分散了。1925年下半年，陈炜谟、陈翔鹤和我另成立沉钟社，后来又加上杨晦（即杨慧修），出《沉钟》周刊十期，1926年下半年起出《沉钟》半月刊。郝荫潭是在1928年才从事写作的，那时《沉钟》半月刊已经停顿了。

3. 鲁迅对于浅草社、沉钟社的评价太高了，我们是受之有愧的。那时我们受西方资产阶级文学影响，思想情感都很不健康。对于旧社会感到不满，由于觉悟低，又看不见出路，只想在文学艺术中讨生活，因而流于"为艺术而艺术"，鲁迅先生在《新文学大系·小说二集序》中的分析是符合当时的情况的。至于 Poe 和 Hoffmann，是西方颓废派文学的"祖师爷"，我们当时介绍这样的作家，是很错误的。鲁迅之所以对我们有所肯定，可能主要是由于我们工作的态度比较认真吧。无论是创作、翻译，我们都没有作出什么成绩来。

4. 1929 年 4 月，鲁迅先生来北平，我和杨、陈、郝三人先到鲁迅家里，随后约他到中山公园午餐，餐后闲谈，一直谈到傍晚。鲁迅对我们谈的主要是他在广州、上海的经历，具体内容，我记不很清楚了。

5. 我们跟鲁迅先生接触，主要是在 1926 年前半年，这年暑假后，鲁迅就到厦门去了。在此以前，我听他的课，约有两年之久。回想当时听鲁迅讲课的情况，真是使人难以忘记的胜事。我们到他家里，他平易近人，总是鼓励我们写作、翻译。那时他每发表一篇文章或一条随感，我们都争相传诵。无论是口头上或是文字上，我们受到他的教益很大，不是三言两语所能表达的。

此复即祝教安！

冯至

（一九七五年）十二月廿九日

漱渝同志：

1 月 18 日来信，早已收到。就你提出的问题，回答如下：

1. 关于"沉钟丛刊"十五种，如你信中所说，出了四种，这四种都是北新书局印行的。剩下的十一种中，杨晦的独幕剧，在1929或1930（？）年自费出版，改名《除夕及其他》，后来又加上多幕剧，改名《楚灵王》，在商务印书馆出版。《当代英雄》和《Prometheus》，也都是由杨晦译出出版，是哪个书局印的，我记不清了。高尔基的三部著作，我记得陈炜谟译出不少，但是没有译完，未出书。其余的，有的着手而未完成，有的根本没有着手。那时我们对于俄罗斯文学，是很爱好的。

2. 北新书局除了出版过《沉钟》半月刊和沉钟社的几部书外，跟我们没有其他的关系。

3. 赵景深不是浅草社的成员。在1923年，浅草社编辑过若干期上海《民国日报》的《文艺旬刊》。说浅草社是沉钟社的前身则可，若说《文艺旬刊》是沉钟社的前身，则很不确切。

4.《沉钟》是同人刊物，很少有外来投稿。你信中提出的几个人都是我们当时比较熟悉的师友，并不是社员，如张定璜（凤举）那时在北大讲《文学概论》，他和创造社有过一些关系，葛茅姓顾名随，蓬子即姚蓬子，有熊是陈炜谟的笔名，冯君培是我，罗石君原是浅草社社员，搞《沉钟》时，他也送些诗来发表。

5. 关于我的介绍，我没有注意过，我没有法子回答是否有失实之处。至于林、杨、二陈，也是一言难尽。林在川大、杨在北大，你是知道的，他们都在中文系，都老了，不大能工作了。二陈已先后去世。陈炜谟死于五十年代，解放后也在川大教书；陈翔鹤在学部文学研究所，死于 1969 年，曾编辑《光明日报》的《文学遗产》。

6. 鲁迅在北大讲《苦闷的象征》，是在 1924 年下半年。鲁迅随译随印随讲，他把校改后的校样抽印几十份发给听讲者作讲义。但是课程表上仍然写的是"中国小说史"。鲁迅是利用讲"小说史"的时间讲这本书。我还记得第一课开始时，鲁迅曾说，"《中国小说史略》已经印制成书了，你们可以去看这一本书，我不用再讲了。我要利用这时间讲厨川白村的一部著作。"当时听讲者不只是北大的学生，有许多校外的人都来听，课堂上挤得满满的。

7. 我知道北京当时有个世界语专校，鲁迅在那里教过课，爱罗先珂也在那里教过世界语，至于集成国际语言学校，我没有印象，我查阅《鲁迅日记》，的确有不少地方提到这个学校，"国际语"当然也是世界语。我近来很忙，回答很潦草，请你原谅。你钻研的精神，使我钦佩。关于鲁迅先生，你可以寻根究底，深入探讨；至于我们沉钟社的这些渺小的人物，是不值得你在这上边耗费精力和时间的。

此致

敬礼

冯至

（一九七六年）二月十五日

钱谷融先生的真性情

钱谷融先生的道德文章堪称楷模，有口皆碑。他自然也是我发自内心崇敬的人物。近几十年来，钱先生培养了一批又一批的得意弟子，他在学界的声誉也日隆，以致产生了所谓"南钱北王"的说法。"北王"是指北京大学已故的王瑶教授。我不知道钱先生听到之后，会不会同意这种简单化的类比。听说最近有拍卖行拍卖钱师母杨霞华教授签赠施蛰存先生的一本书——《尼克索评传》，在宣传文字中竟把杨教授迳称为"国学大师钱谷融夫人"。我不知钱先生如果听到"国学大师"这种谥号，是会苦笑，还是会愤怒。

如实地说，我结识钱先生的时候，他还只是一位讲师，并不是大师。那是在 1978 年，中南地区七院校联合编写了一部《中国现代文学史》教材，在广西阳朔召开定稿会。除该书编写人员外，还另请了一些专家提参考意见，其中就有华东师大的钱先生，中山大学的陈则光先生，还有刚到北京鲁迅研究室不足两年的我。当年钱先生五十九岁，我三十七岁，我们虽然相差二十二岁，但在趣味上颇觉相投，所以没大没小、没长没幼地在一起玩。

阳朔处处皆美景，但也没有一处给我留下特殊印象。定稿会结束之后，编写人员留下加工书稿，我跟钱先生、陈则光先生便结伴游览桂林。接待我们的是广西师大的刘泰隆先生——他是钱先生的学生，当时好像是广西师大中文系的党总支书记，已评上了副教授。广西师大招待所安排住房要按职称职务。为了让钱先生住得宽敞一点，刘泰隆在为钱先生填写住宿登记表时特意写上了他"副教授"的身份。钱先生诚惶诚恐。他说，他本是极虚安之人，从不弄虚作假，但为了不辜负刘泰隆的美意，这回也就睁一眼闭一眼了。

桂林吃的东西很多。我跟钱先生、陈则光先生一起吃狗肉，喝蛤蚧酒，买罗汉果。陈则光先生很快就上火了，直流鼻血，所以游览大多成了我跟钱先生两人行。象鼻山毗邻广西师大，我们几乎每天都要经过。专门安排的项目有游漓江、游七星岩……印象最深的就是我们两人一起去观看了四幕话剧《于无声处》。这是上海作家宗福先的成名作，我记不清演出单位是广西话剧团还是桂林话剧团了。这出话剧人物不多，灯光布景也不绚丽，但台上的演员跟台下的观众都充满了激情，因为这是一曲能体现民心民意的赞歌。我告诉钱先生，我正是1976年"四五"运动期间到鲁迅研究室报到的。那时我刚辞旧工作，但又没有新任务，所以目击了当时那些难忘的历史场面，虽不是弄潮儿，但也算是目击者吧。

在桂林分手之后，我跟钱先生建立了通信关系。1978年底，人民文学出版社创办了一种刊登现当代文学史料的大型刊物《新文学史料》。初期试刊，属"内部发行"，负责人是楼适夷、牛汉。当时牛汉在北京朝阳门外上班，而家住西城二七剧场附近，上下班都要骑车经过我的工作单位所在的阜成门，常去找我组稿聊天，顺便也歇歇脚，所以我成了该刊的早期作者之一，至今仍联系不断。因为我要麻烦钱先生在上海办事，所以也曾将《新文学史料》的"试刊"寄给钱先生，聊表投桃报李之意。钱先生对这一刊物评价很高，表明他治学的特点是既重理论也重史料，丝毫也没有以理论新潮、观念前卫而鄙薄史料的偏见。1980年鲁迅研究室又内部印行了《鲁迅研究动态》，这也引起了钱先生的兴趣，成了我寄赠的刊物之一。

我当时托钱先生在上海买一些在北京不易购到的书，主要是《十日谈》和《飘》。《十日谈》是文艺复兴时期意大利作家薄伽丘撰写的一部小说，写的是十天中的一百个故事。我并不了解这部现实主义巨著在欧洲文学史上的奠基意义，也不了解这部书后来对艺术散文和短篇小说创作的深远影响。只听说这部书因为有反叛禁欲主义的内容，直到改革开放后才有了出版的可能。虽然初版就印了三万册，但仍然是一书难求，只好再版。《飘》是美国作家玛格利特·米切尔以美国南北战争为题材的作品，曾经因主人公斯卡雷特·奥哈拉（亦译为郝思佳）有"农奴主思想"而受到批判，后来我又看了根据这部小说改编的"内部电影"《乱世佳人》，所以也急于买到这套书。说实在话,我托钱先生买这两部书主要出于一种抢购"禁书"的好奇心理,书到手之后,我至今也并没有认真阅读。钱先生受人之托,就认认真真替人办事,一诺千金。这在钱先生给我的信中表现得十分清楚。1980年5月23日那封信中,他描写他们系资料室那位负责采购图书的先生,堪称画龙点睛的传神之笔。我想,钱先生如果搞小说创作,他笔下的人物也会一个个跃然纸上,栩栩如生。

我跟钱先生第二次较长时间的相处,大约是在1983年秋天或1984年。那年李何林先生跟我同去哈尔滨参加中国现代文学研究会召开的学术讨论会,钱先生也参加了此次会议。时任齐齐哈尔师范学院副院长的于万和邀请我和李先生乘机去他们学校讲学,乘火车从哈尔滨到齐齐哈尔只需四个小时。老于曾在1980年和1981年到鲁迅研究室进修,是李先生的学生,也因此成了我的好友。那时讲学没有付讲课费的规定,无非借此机会旅游观光,休闲散心。李先生是一个不爱玩的人,但碍于老于的盛情,同意前往。我觉得李先生性格古板,跟他同游玩不起来,便建议同时再邀钱先生。老于喜出望外,于是赴齐齐哈尔讲学就成了三人行。我们每人各讲一场,我跟李先生当然是讲鲁迅,钱先生讲的是曹禺剧本中的人物。齐齐哈尔这个城市的景点不多,我们除了到国家湿地鹤乡观赏了丹顶鹤之外,只去了一趟龙沙公园,瞻仰了王大化墓。王大化是著名秧歌剧《兄妹开荒》的作者,还参与过《白毛女》的创作,1946年冬在采风时坠车去世,终年只有二十七岁,被授予"人民艺术家"的荣誉称号。钱先生跟王大化同年出生，这一点给我留下了深刻印象。

课不多，玩的地方也不多，晚上颇觉无聊。我便跟钱先生到该院的外语教学楼电化教育室去看录像带。因为是院长的客人，所以电化教育室的管理人员对我们全开绿灯。不过当时齐齐哈尔师院还没有被并入齐齐哈尔大学，各项条件远比今天简陋。我不记得他们收藏有什么珍贵的音像资料。我跟钱先生只好胡乱看一气，觉得没劲就另换一盘带子，反正吃完晚饭就去，直到临睡前才回，把李何林先生一人扔在招待所看报纸。

应该就是在齐齐哈尔期间，我偶尔跟钱先生谈到，我想争取调到中国社科院近代史研究所工作。这仅仅是一时的想法，这件事我并没有跟家人商量，也未付诸实施。但对忘年之交体贴入微的钱先生记在了心里，后来给我写信时两次关注这件事情。如果不是重温钱先生的遗简，这件事我自己早已忘得一干二净。

我当时之所以萌生调到中国社科院近代史研究所工作的念头，其原因一是当时我跟该所有些业务合作，比如他们出版的"民国史资料丛书"中收入了我编的一本《中国民权保障同盟》，我还为他们编辑的《民国人物传》撰写了关于鲁迅的条目。友人杨天石也已调到该所工作，可以牵线搭桥。另一个根本原因就是我在鲁迅研究室待得并不痛快。单位内部屡屡因为评奖金、调工资、评职称等涉及个人利益的事情产生矛盾。当时我们单位赶上了粉碎"四人帮"之后的首次调工资，有些工龄比我短、资历比我浅的人涨了工资，而我仍然原地踏步。有人在会上公开说："陈某某虽然比我们干得多，但他原能挑得动一百斤，如今只挑了八十斤；有人只有挑六十斤的体力，但他挑了七十斤。所以挑七十斤的应该涨工资，挑八十斤的不应该涨工资。"当时鲁迅研究室的主任是我的老师李何林，他虽然觉得我有些散漫，有些自大，但心里也知道这样做有些不公，后来力争在评职称上对我进行弥补。他特意请来一些外单位的老专家做评委，如李新、胡华、唐弢等，还私下嘱咐本单位的有些人不要再制造障碍。所以我评上副研究员的时间比较早，在社科界的同龄人中，除了刘再复，我还不知道有其他人比我还早。这就是所谓因祸得福。

齐齐哈尔这次聚首之后，我再也没有机会跟钱先生同游，只是彼此都觉得余兴未尽，还想尽量找机会一起玩。他在信中提到，海南师专开会，他想我能同去。我也邀他一起去青岛、锦州讲学和去武当山观光。游武当山未能成行，缘何有此提议完全忘了。去青岛是因为中国鲁迅研究会在那里举办了一个暑期讲习班，承办人是青岛师专的张挺老师。他跟当时青岛市委宣传部部长很熟，既热心又有活动能力，当时邀请的讲学人有唐弢、薛绥之等，我也带爱人、孩子同行。有这种美事，我首先想到的当然是钱先生，钱先生也"很愿"跟我们同游，我便建议张挺老师给他发一封邀请信。钱先生在 1983 年 12 月 30 日的来信中提到的就是这件事。若干年后我去青岛拜会张挺，感谢他当年对我们一家的款待，但他已患老年痴呆症，整天坐在办公桌前，对着他的一堆奖状傻笑。

此后我虽然再没机会跟钱先生同游，但到上海开会时曾多次拜访他，他总是请我下饭馆，漫无边际地畅谈，只不过不谈政治，也不谈学术。有一次我问他："你不爱写论文，怎么会出了一本学术对谈录？"钱先生天真地笑着说："那是一位学生的好意，用我已经发表的文章拼接成的。我跟他多半时间是在一起下棋，并没有正襟危坐谈什么学术。"有弟子到北京访学，钱先生也托他们前来看看我，到过我单位那间简陋办公室的就有王晓明、吴俊，现在一个个都是中国现代文学界的领军人物。钱先生不侈谈学术，并不意味着他不懂学术，或是治学态度不严谨。实际上，钱先生博古通今，只是不爱卖弄而已。在学术环境不够正常的情况下，他不仅有学术智慧，而且有生存智慧。钱先生为人随和，我从未见他对任何人横眉瞪眼。但是他在不良学风面前却十分严厉，眼里不容沙，采取的是零容忍的态度。请读者认真读一读1984年5月31日钱先生给我的这封信，它表现的是钱先生真性情中的另一重要侧面。不能充分看到这一面，就不会全面认识一个真实的钱先生。

钱先生信中摘引的那段话出自鲁迅的《〈奔流〉编校后记·三》："然而这还不算不幸。再后几年，则恰如Ibsen名成身退，向大众伸出和睦的手来一样，先前欣赏那汲Ibsen之流的剧本《终身大事》的英年，也多拜倒于《天女散花》《黛玉葬花》的台下了。"（《鲁迅全集》第7卷，第172页，人民文学出版社2005年版）文中的Ibsen即挪威剧作家易卜生。鲁迅认为，易卜生当年敢于攻击社会，独战多数，后来可能"颇有以孤军而被包围于旧垒中之感"，便向他当年抨击过的庸众妥协了，伸出了和睦之手。1918 年胡适在《新青年》杂志介绍"易卜生主义"，并汲取易卜生思想的营养，写出了《终身大事》这种以婚姻问题为题材的剧本，有不少风华正茂的青年受其影响，追求个性解放、婚姻自由。但事隔十余年，这些当年的新潮少年中，不少人又复古倒退，成为《天女散花》《黛玉葬花》一类"国粹"的"粉丝"了。有一位研究者读不懂鲁迅作品中这一段颇为绕嘴的话，把"那汲"考证为"支那"的倒文。在钱先生眼中，《鲁迅研究动态》是鲁迅研究专门机构出版的一种专业刊物，绝不能混淆视听，误导读者。我及时转达了钱先生的意见。《动态》1984 年第三十五期刊登了一篇文章和两封来信，公开订正了上述错讹。读者来信中有一封是殷国明写的，他当时是钱先生的研究生，估计写信前一定跟钱先生交换过意见。钱先生对自己主编的《现代作家国外游记选》同样要求严格，因排版和注文的错误而十分生气。

我最后一次见到钱先生，是在 2006 年 11 月中国作协第七次全国代表大会期间，钱先生属上海代表团，我属国直代表团，同住一家宾馆。吃饭时我就特意去找他，边吃边聊。那年上海代表团的成员中有两位老神仙：一位是八十七岁的钱先生，另一位是比他大四岁的徐中玉先生——似乎徐先生的身体比钱先生更好，因为他可以跟我们一起晚上乘大巴去听音乐，而钱先生的精力已不如前了。那次见面时，钱先生既坦诚而又委婉地对我说："你这个人好辩。"钱先生这样讲，是因为我的言行有违"不闻方净，不争乃慈，不辩亦智"的古训，又有违我们当年曾经以"少触及时事"互勉的原则。显然，钱先生一直在关注着我，而我的言行又着实让他有些失望。记得钱先生出版他的大著（记不清是不是文集）的时候，曾托出版社寄赠我一套，我当时不知钱先生是否乔迁新址，便托出版社转寄他一封长信，其中谈及了我的一些真实处境和心境，但不知他究竟收到没有。

九十九岁的钱先生驾鹤西去了，生前散淡，临终潇洒——他辞世前不久还在中央电视台《朗读者》节目中朗读了一段鲁迅的《生命之路》。我当时也是电视机前亿万收看者之一。但他的喜丧仍然让我时时感到悲凉。我忽然想起了鲁迅小说《故乡》的结尾，作者希望他和童年好友闰土的下一代能过上一种新的生活，"为我们所未经生活过的"。回想起来，我们这一代人近百年来的确经历了太多的苦难。钱先生崇尚的"魏晋风度"毕竟是魏晋时代的产物，那样的时代绝非鲁迅所向往的中国历史上未曾有过的"第三样时代"。我想，钱先生九泉下有灵，一定会跟我们祈盼着这"第三样时代"。

"鹧鸪声里夕阳西"

——晚年的徐懋庸

无论就资历抑或学识，我都没有资格对老作家徐懋庸的历史功过进行评价。对于 1935 年至 1936 年中国文坛发生的"两个口号论争"（即周扬率先提出的"国防文学"口号和鲁迅此后提出的"民族革命战争的大众文学"口号），我更没有能力和兴趣去判断是非曲直。我写此文的冲动，完全是由徐懋庸之女的一封来信引发的。记得十余年前，我写过两篇一长一短的回忆徐懋庸的文章，但都有意犹未尽之处。我自认为，除了徐懋庸的直系亲属之外，学术界跟临终前的他接触最多之人恐怕就是我了——至少我是接触最多的人之一。我应该把我的亲历、亲闻、亲见用文字记录下来，保存自己的一份记忆，也给历史留下一份记录。

一封来信

1977 年 2 月 3 日，鲁迅研究室办公室收到一封来信，室

主任李何林让我拆阅后酌情处理，全文是：

鲁迅研究室负责同志：

我是徐懋庸同志之女徐延迅。

我父亲自你室同志来访后，准备进行一些有利于鲁迅研究的工作。但由于身体不大好，加之抗震，于1976年11月商询离京赴宁，在我大哥徐执提处养病。他在12月经常有信来，说身体好一点，正在进行鲁迅研究书信的注释工作。但由于身体虚弱，工作进程很慢，虽然如此，他感到很有意义，很有兴趣。但后来来信，却谈到由于体弱，不能动笔了。

今年一月初，我大哥来信说父亲发烧住院。1月14日突然来电报，说我父亲病危。我母亲和弟弟去南京后，来信说经输氧和各种医治，已有好转，现住南京414医院。但昨日我母亲来信，说父亲病又恶化，已两天不吃饭，不说话。现在家里商量准备让我父回京治疗，但不知回京后是否能马上住进医院。现在正在和机关联系筹办中。

我父亲患的是呼吸功能衰竭，症状是缺氧，二氧化碳潴留，体内酸中毒。想起你室同志前一阶段为"抢救资料"而奔波，深感我父之病重给你们工作带来影响，特将我父亲病状转告你们。

此致

敬礼

西城录音机厂工人　徐延迅

77.2.2

这是一封行文极其委婉的求助信。信中所说的"你室同志"就是笔者，没有其他人，所以室主任李何林阅后批示转我。信中详述了徐懋庸在赴南京后的病况，用意无疑是探询我们单位能不能迅速给她父亲安排一家合适的医院抢救。信中提到的"和机关联系"，这"机关"即指徐懋庸任职的中国社会科学院哲学研究所。徐懋庸为什么会将女儿取名为"延迅"，据我揣测只有两种可能：一、纪念他在延安的岁月和跟鲁迅的交往。二、承传延续鲁迅的精神品格。看到这封信，我在焦虑的同时又十分纠结。徐懋庸原是一位自 1926 年即投身大革命运动的青年，1938 年在延安入党的老党员，新中国成立之初曾担任武汉大学党委书记，中南行政局文化部副部长，教育部副部长。按当下的医疗制度，安排他住进高干病房进行抢救绝无问题，进入 ICU 病房之后生命也许就能得到延续。然而，徐懋庸虽于 1961 年冬天摘掉了"右派"帽子，但"文化大革命"期间又以"反鲁迅"而闻名全国，没有权威人士发话，谁能安排他入住高干病房呢？再说，我们单位当时的定点医院是一家叫"福绥境医院"的小医院，如果延误了他的病情，这岂非好心办坏事？我正在因自己的有心无力而苦恼之时，又收到了徐懋庸另一个儿子徐克洪的来信。他十分悲痛地告诉我，他父亲 2 月 7 日上午九时已经去世，希望北京有关单位派人去南京共商事宜。我的上级单位是国家文物局，徐懋庸的所属单位是中国社会科学院，两不搭界。我拜访徐懋庸以"抢救活资料"纯属个人行为，并非组织下达的任务，因此无权派员赴南京对他的丧事提出什么建议。后来听说，当时领导的决定有三条：一是不举行追悼会，二是骨灰可安放在八宝山（按：后安放在八宝山公墓九室六十号），三是发放一定数额的抚恤金。不召开追悼会的理由很明确："徐懋庸有严重的历史问题。"

徐懋庸的"历史问题"

徐懋庸有什么严重的历史问题呢？我听说的有三条：一、在武汉大学担任党委书记期间执行知识分子政策有"左"的倾向。二、1957年因发表《"蝉噪居"漫笔》等杂文被划为右派。相对而言，这两条影响面并不大。那时的观念是"左"比"右"好，因为"左"是要革命，但有些过激，"右"是反对革命。虽然右派的政治地位跟地、富、反、坏并列，但文化界的右派也并非人人知晓。最为关键的是，徐懋庸在"两个口号"论争中拥护周扬提出的"国防文学"口号，公开写信反对鲁迅提出的"民族革命战争的大众文学"口号。而根据1966年4月林彪委托江青召开的部队文艺座谈会纪要，"国防文学"被定性为资产阶级的投降主义口号。那时全国各行各业都在学习这个文件，所以徐懋庸顿时成了一位"全民皆知""人人喊打"的反面人物。有一次，他因患痔疮到北京西城区的白塔寺药店买药。一个顾客认出了他，便把他揪出药店，交给在附近大街串联的外地红卫兵。这群红卫兵把他批斗一番，看到西边的历代帝王庙有一所北京女三中，便又把他转押给女三中的红卫兵，跟女三中的"牛鬼蛇神"关在一间"牛棚"里，先给他剃了阴阳头，又把他双眼打出了"熊猫黑"。徐懋庸之女徐延迅正巧有一个同学在女三中，便偷偷跑到徐家报信。徐懋庸的家属赶紧到社科院哲学所报告，请求单位把他隔离起来，要批斗就固定在一个单位批斗，免得处处揪斗。徐懋庸跟我感慨地说："随着鲁迅作品流芳千古，我也就遗臭万年了。"1967年1月，屡遭批斗的徐懋庸填了一首词《玉连环》以抒愤懑："两条路线，非寻常争斗，谁能局外。奈一时玉石难分，况野火烧身，千般罥碍。且学混沌，将诸窍泥封草盖。只留待双眼，看他后事，如何分解？英雄大有人在，羡万千小将，冲天气概。也有些社鼠城狐，偶窃取天机，居然左派。冠冕堂皇，将风雨随心支配。料难逃，天网恢恢，红旗似海。"这首词，既表达了他当时的迷惘，也表达了他对那些投运动之机的"假左派"的警觉和憎恶，并预言这些人不会有什么好的结局。

"敌乎友乎，余惟自问"

那么，徐懋庸对二十世纪三十年代有关左联以及跟鲁迅的关系有什么真实想法呢？在《徐懋庸回忆录》第71页有一条小注："今年7月间，北京的鲁迅研究室和鲁迅博物馆的工作人员来找我，要我解释一些他们搞不清楚的问题。我因此感到，关于鲁迅的有些事情，现在知道的人极少了，有的而且只有我一个人知道了。"（人民文学出版社1982年7月初版，徐懋庸夫人王韦签赠）所以，他接受了我的建议，力争尽快把这些事情如实地说出来，写下来。

据徐懋庸回忆，鲁迅是对他影响最大的一位作家。他 12
岁即在老师的引导下比较系统地学习鲁迅作品，17 岁聆听了
鲁迅在上海劳动大学的讲演，20 岁左右受鲁迅杂文影响并创
作杂文，23 岁第一次跟鲁迅通信，24 岁新年期间跟鲁迅第一
次聚餐。同年他加入左翼作家联盟，经常跟鲁迅在"阿斯托里
亚（Astoria）咖啡馆"晤谈，每次都是鲁迅主动做东。1928 年
发生"革命文学论争"，他完全站在鲁迅这一边。但在"两个
口号"论争时，他却支持了周扬的主张。但他自问并不是鲁迅
的"敌人"。

鲁迅去世之后，他甘冒被人敌视的眼光亲赴灵堂吊唁，并
敬献了一副挽联："敌乎友乎，余惟自问；知我罪我，公已无
言。"在鲁迅出殡的行列中，也有徐懋庸的身影。此后他在《鲁
迅先生又有一比》一文中表示，把鲁迅比作"中国的高尔基"
固然不错，但鲁迅在中国新文化运动中出现，更像伏尔泰在
法国的启蒙运动中出现——他们都是"笔战强权"的斗士。为
了普及鲁迅著作，他在延安时期注释过鲁迅的小说。1952 年，
他还在中南人民出版社出版过《鲁迅——伟大的思想家与伟大
的革命家》一书。鲁迅先后给他写过五十多封信，许广平征集
鲁迅书信时他全部交出，尽管有些信的内容对他个人并不利。

那封让他倒霉的信

对于 1936 年 8 月 1 日写给鲁迅的那封让他倒霉大半辈子
的信，徐懋庸承认是他的"个人行动"。但信中对"国防文学"

的理解又的确是周扬等人灌输给他的观点。所以，他认为鲁迅所说"写信的虽是他一个，却代表着某一群"是符合实际的。事后周扬、夏衍及左联常委开会批评他"破坏了团结"，不承担各自应该承担的那一部分责任，他一直都不服气。徐懋庸说，他是1934年春经任白戈介绍参加左翼作家联盟的，其时他并不是共产党员。1935年春，阳翰笙被捕，任白戈去日本，让他出任左联的秘书长（亦即"书记"）。这是一种无权无利但有坐牢杀头危险的工作，没想到却真正陷入了一个没顶的泥塘。结果周扬把他当成了一块"肥皂"，想用他的"消失"来洗清自己的过失。

对于"两个口号论争"的历史评价问题，文艺界、学术界长期存在意见分歧，在研讨时甚至出现了意气用事的情况。我当时很想了解毛泽东和延安领导层当年对这一问题的看法，但丁玲、吴亮平、萧三等当时在延安的老同志说法并不一致。我很想听听徐懋庸的说法，因为1938年初经林伯渠介绍，徐懋庸从武汉经西安抵达延安。徐懋庸很认真地回答了这个问题。他说，毛泽东在1938年5月下旬就这个问题发表了几点意见："一、'两个口号论争'是革命阵营内部的争论，不是革命与反革命之间的争论。二、这个争论，是在路线政策转变关头发生的。由于理论水平、政策水平不平衡，认识有了分歧，发生争论是不可避免的。我们在延安，也争论得很激烈。争来争去，真理越辩越明，大家认识一致，事情就好办了。三、但是你们是有错误的，就是对鲁迅不尊重。"徐懋庸还说了一些相关的话，但给我印象最深的就是以上这三点。我觉得以上三点都是正确的。鲁迅也认为"两个口号"可以并存。文人相争，动点意气在所难免。私人信函，措辞行文总不会像签合同、写社论那么严谨。但后来相互掐得你死我活，这肯定背离了当事人的初衷。

对于鲁迅1936年8月3日至6日答复他的那封长信，徐懋庸始终有几点保留意见。首先，他觉得他当年8月1日写给鲁迅的是一封私人信函，不宜公开发表。他当时听说鲁迅身体有所好转，准备易地疗养，并不知道鲁迅病重，绝对没有想"气死""逼死"鲁迅的主观意图。不过，鲁迅认为徐懋庸信中的重要观点是代表了"国防文学派"的共同看法，代表了一种倾向，所以公之于众，展开辩论。其次，他认为鲁迅公开答复他的信中有些话说过了头，比如"甚至怀疑过他们是否系敌人所派遣"。事实证明，无论是他，以及周扬等人，都不是"敌人所派遣"。徐懋庸认为，鲁迅跟周扬之间之所以隔阂越来越深，跟有人"喊喊嚓嚓，招事生非，搬弄口舌"有关。他指的这个"有人"就是指胡风。他认为，胡风总是把他得到的消息报告鲁迅，以激起鲁迅对周扬的愤怒。而周扬在徐懋庸面前，却从不讲鲁迅的怪话，仅仅表达过对胡风的不满。有些琐事，因为当事人均已故去，所以恐怕谁都难以一一澄清了。

提到胡风，不禁引起了我的一点回忆。胡风夫人梅志生前，我常去她家拜年，接触较多，但跟胡风本人只通过一次信，见过一次面。那是他刚从四川返京后在家人陪护下去瞻仰鲁迅故居，跟我邂逅。他女儿张晓风向他介绍："这是陈漱渝，你刚给他回过一封信。"当时胡风头歪着，表情呆滞，步履蹒跚，毫无反应，令我顿时心酸。后来打听，知道他经过二十五年折磨，患有"心因性精神病"。1980年9月底，时任中宣部副部长周扬才到胡风病房探视，并宣读为胡风平反的文件。七十二岁的周扬对七十八岁的胡风说："你不是反革命分子，也不存在胡风反革命集团。文艺思想有错误，今后可以展开讨论嘛。"又过了八年，胡风"文艺思想有错误"的结论也取消了。1988年6月18日，中共中央办公厅发出《关于为胡风同志进一步平反的补充通知》，宣布胡风的文艺思想和主张，应由文艺界和广大读者通过科学的正常的文艺批评和讨论，求得正确解决，不必在中央文件中做出决断。

摧垮徐懋庸的一则"电讯"

1976年10月6日党中央果断粉碎"四人帮"之后，徐懋庸身体虽然不大好，但精神状态很好。我1976年夏天去拜访他，动员他撰写回忆录及注释鲁迅致他的信件（应该有五十三封，现存四十五封），徐懋庸表示同意，并让我帮他查找一些资料，我又送去了鲁迅研究室的专用稿纸，他就欣然开笔了。不料同年7月28日发生了撼天动地的京津唐大地震，徐懋庸有一个儿子在海军南京某部工作，就跟夫人及小儿子一起去南京避震。这期间我跟他多次通信，商讨回忆录跟注释的写法。他一口气注释了七封书信，计五千余字，托人从南京带到北京面交我。万万没有想到的是，1976 年 12 月 23 日，新华社刊发了一条电讯，把徐懋庸最后一根精神支柱彻底击垮了！

1976 年底，鲁迅研究界发现了十三封鲁迅书信。那时正准备修订增补 1958 年人民文学出版社出版的《鲁迅全集》，特别要增补全集中的书信部分，以恢复历史原貌。编辑《鲁迅全集》的原则是尽可能求全，有文有信全收，一字不易，所以每一封佚信的发现在文献学的意义上都弥足珍贵。这十三封信中，有一封是 1936 年 8 月 25 日鲁迅致小说家欧阳山的信。信中有这样一句话："但我也真不懂徐懋庸为什么竟如此昏蛋，忽以文坛皇帝自居，明知我病到不能读，写，却骂上门来，大有抄家之意。" 1976 年 12 月 23 日，新华社刊发了一则电讯：《新发现一批鲁迅书信》，刊发于次日《人民日报》。编写这则电讯的人在这批书信之前加写了一段按语："新发现的这些书信……其中对徐懋庸伙同周扬、张春桥之流，'以文坛皇帝自居'，围攻鲁迅的反革命面目的揭露，对于我们今天深入揭发、批判四人帮反党集团的斗争有重要意义。"我至今仍坚信这则按语的作者跟徐懋庸绝无个人恩怨，也未必事前请示过有关领导。他只不过按照他个人的思维模式及当时的行文风格大笔一挥罢了。我也估计，看到这则电讯，一般读者——特别是鲁迅研究者最关注的是鲁迅佚信本身，而不会真把记者的这条按语作为"上级精神"来领会贯彻。但对于当事人徐懋庸来说，这则按语每个字都让他椎心泣血。首先，徐懋庸像十年"文革"寒冬中被冻僵的一只秃鹫，刚刚在新时期的朝阳中苏醒，却又冷不防被不知哪儿来的冰雹砸断了翅膀。因为他不仅重新被戴上了"反革命"的帽子，而且又被人把他跟"四人帮"的"狗头军师"张春桥挂上了钩。然而，徐懋庸跟张春桥从来就没有接触过。周扬无论在上海，还是在延安边区，跟张春桥也没有直接接触。后来到晋察冀，周扬任中央局的宣传部部长，张春桥当《晋察冀日报》的副主编，张春桥也从不找周扬汇报工作。

深受打击的徐懋庸忍无可忍，于同年12月在病中写了一篇《对一条电讯的意见》质问："新华社的报道，也是有政策性和策略性的，那么，这篇报道根据的是什么政策呢？"这篇文章，直到1979年10月才在《新闻战线》第五期公开发表。但徐懋庸发出的这个"天问"，当时和后来都无人应答。

看到这条电讯以及答复这条电讯当然严重损害了徐懋庸的健康。他在1977年1月4日给我的信中，担心政策上又不知对他如何处理，并说，他准备写一份材料，"寄中央提个意见"，也准备将抄件寄给我。但令人痛心的是，徐懋庸1月7日突然病重，已无法握笔。2月7日，六十七岁的他就怀着困惑、愤懑和恐惧，离开了人间。

由徐懋庸忆及周扬

在徐懋庸去世之后，我两次采访过周扬：一次是单独去的，另一次是跟单位领导和同事去的。那时周扬刚获得"解放"，住在北京万寿路中共中央组织部招待所，等待重新安排，陪伴他的是夫人苏灵扬。谈到"两个口号论争"的情况，周扬的说法跟徐懋庸有同有异。共同之处是他们都承认当年对鲁迅尊重不够。不过周扬声明："我们在对待鲁迅的问题上，不管有什么缺点错误，但从没有搞过什么阴谋。如果说我们对鲁迅进行了攻击，那主要就是两条：一条是说鲁迅不懂统一战线，另一条是说鲁迅偏听胡风的话。我们有错误，但不是阴谋。"稍有出入之处，是徐懋庸似乎说周扬到延安后向毛泽东作过汇报。他转述毛泽东的话："关于两个口号争论的问题，周扬同志他们来延安之后，我们已基本有所了解。"但周扬强调："我跟毛主席接触较多，但从来没有谈过这次论争的问题。"（1977年11月2日采访周扬记录，经本人审定）1977年10月下旬，北京高校的中文系因为教学的需求，急于澄清二十世纪二三十年代有关左翼文艺运动的一些问题，其中包括"两个口号之争"的问题，北京大学、北京师范大学、北京师范学院为此先后召开了三次学术研讨会。与会者的意见不一：有的倾向肯定"国防文学"的口号，有的倾向肯定"民族革命战争的大众文学"口号，有的态度比较持平。但普遍看法是，当时某些左翼文化运动领导人对鲁迅不够尊重。周扬也承认自己"在思想上不尊重鲁迅，不认识鲁迅的伟大"。直到1983年12月26日那天，我才亲耳听周扬说："有两个伟大人物，可以说是空前的：一个是毛泽东，一个是鲁迅。他们是真正意义上的天才。其他人可以有才能，学问很深，但是都不能称天才。天才不等于没有错误，不犯错误。在这个意义上，鲁迅是个相对意义上的完人。"

我长期有一个困惑：鲁迅既然是凭借他的创作实力和中外影响而被拥戴为"左联盟主"的，左联之倚仗鲁迅超过鲁迅之倚仗左联。那么，左联的一些负责人为什么又会犯有"对鲁迅尊重不够"的通病呢？徐懋庸解释说："我只有一个想法，关于路线政治问题，总是共产党员比较明白，鲁迅不是党员，而周扬却是的。所以，在这个严重的关头，总得基本相信周扬他们所说的。"我相信徐懋庸说的是真心话，不过他似乎忘记，帮鲁迅起草《答徐懋庸并关于抗日民族统一战线》一文的冯雪峰不但是中共党员，而且还是延安派赴上海搞上层统战工作的特派员。此后，我也听到过夏衍的一句名言："鲁迅毕竟不是党员。"我相信夏衍说的也是真心话。

周扬、夏衍、田汉、阳翰笙这四位文艺界的重要领导人之所以在"文化大革命"期间挨整，当然各有其不同原因，但相同的是都跟他们被称为"四条汉子"有关。不过鲁迅的本意是形容他们当时态度轩昂、年轻气盛、神气十足，但却绝不是一种政治罪名。鲁迅绝对不会想到，他1936年给这四个人取的"群体绰号"，居然会有这么大的政治杀伤力。

一份未完成的文件

对于"两个口号论争"的评价，不仅牵涉到历史上的是非恩怨，也关系到一些健在当事人的现实处境。在二十世纪七十年代末八十年代初，他们当中的有些人重新走上了领导岗位。讨论这个复杂的问题，不同意见双方容易动感情甚至闹意气。

夏衍撰文批评冯雪峰，楼适夷、李何林撰文为冯雪峰辩护，就在当时引起了一场风波。为了促进文艺界的团结，维持社会和谐稳定，徐懋庸夫人王韦写了一封信给他的老战友沙洪。沙洪（1920—2004）原名王敦和，是革命歌曲《你是灯塔》的歌词作者，先后在中央宣传部、中央组织部从事新闻宣传工作。他将王韦的信转呈给中央某负责同志，那位负责同志曾作批示，建议中宣部等有关部门起草一个《关于革命文艺运动若干历史问题的决议》，其中包括革命文学论争、两个口号论争、延安文艺运动、电影《武训传》批判、胡风问题、丁陈反党集团问题等，就像起草一份《关于党内若干历史问题的意见》一样。为此，我应邀去中宣部文艺局参加了两次座谈会，记得主持人是中宣部副部长贺敬之，但此后并无下文，未听到任何权威解释。不过，据我琢磨，刑事问题可由司法部门裁决，政治历史问题可由中组部作结论，但文艺论争基本上属于学术问题，应该允许见仁见智，即使下达一个文件做出若干硬性规定，也只能生效于一时，而不能奏效于长远。

徐懋庸夫人王韦

徐懋庸的冤假错案问题于 1978 年 12 月正式平反，其时他已经去世一年零十个月。1979 年 4 月 12 日，他所在的单位中国社会科学院给他召开了追悼会，承认他"襟怀坦白，敢于讲出自己的观点"，"是我们党的好党员、好干部"。其时他已经去世了两年零两个月。这对他的亲友当然是莫大安慰，但谁又能相信徐懋庸真能九泉之下有知呢？ 1982 年 7 月,《徐懋庸回忆录》由人民文学出版社出版,1983 年 2 月,《徐懋庸杂文集》由三联书店出版,这两本书他的夫人王韦都已签名赠我。王韦在此前给我的一封信中写道:"您对懋庸和我们的关心,真使我们非常感谢! 常感觉得只有您关心我们,为我们办理了若干我们不能办理的事情,但我们对于您却无任何帮忙,还要麻烦您。我们能理解,这一切无非是出于一种正义。懋庸生前虽未能完成您所给他的任务,但有了往来,有所了解。"(1979 年 5 月 14 日王韦致陈漱渝)对于徐懋庸夫人的这番话,我自然受之有愧,但我感到这确是她的肺腑之言。就个人而言,我的确对于徐懋庸本人并没有什么特殊的个人情感,但他二十六岁那年因为年轻气盛写了一封私人信件,不仅给他带来了几十年的无妄之灾,而且牵连了一批跟他观点相近的人;此外,即便是当年跟他意见相左的论敌(如冯雪峰、黄源、胡风乃至巴金),都有各不相同的厄运。这的确使我产生了一种同情心和正义感。但我人微言轻,除了鼓励他们说出历史真相之外,其他任何实质性的忙都没有帮上。

对于徐懋庸的晚年了解得最真实、最全面的当然是他的夫人王韦和他的儿女。王韦为人温和平易,看来性格可以跟徐懋庸互补。她跟徐懋庸一起经磨历劫,相濡以沫,我建议她也写一些回忆,以弥补徐懋庸意犹未尽之处。王韦答应了,也确实写了。但她打电话跟我说,她的儿女们都反对发表这类文字,因为这四十年的风风雨雨,的确不堪回首,心有余悸。

忘却和拒绝忘却

我是从鲁迅的《为了忘却的记念》一文中学会"忘却"这个词的，后来才知道，其实是唐宋文人早就用过的。"忘却"就是"忘了"，就是"失忆"，其类型和得失不能一概而论。类型可分为暂时失忆、永久失忆，局部失忆、全盘失忆、个人失忆、群体失忆……效果有好有坏。宋人张先在《满江红·初春》中就有"愁和闷，都忘却"之句，说明有些精神重压应该释放，有益于身心健康。但有些历史教训却绝不能忘却，以免重蹈覆辙。坦率地说，在新时期有关"两个口号论争"问题的讨论中，我是站在鲁迅这边的。认为鲁迅等人提出的"民族革命战争的大众文学"口号虽然累赘，拗口，但却解释得全面清晰。而周扬等人提出的"国防文学"口号是从苏联进口的舶来品，虽然简明，有影响力，但提倡者和拥护者在解释上难免有不同方面的片面性。不过争来争去，在抗日救亡的总目标上总还是一致的。文人相争，难免意气用事，或笔墨相讥，或相互骂詈，虽有是非之分，但都是文坛圈里的事情，即使全不正确，也罪不至死，更不能累及他人。唯有"两个口号之争"，从1935年开始，直至1977年仍余波未息，这其中的历史教训真的应该总结，应该吸取。事隔数十年，在我脑海中仍不时浮现出徐懋庸那瘦骨嶙峋的身影，周扬忏悔时那夺眶而出的眼泪，胡风歪着头蹒跚而行的姿态，以及夏衍跛足而行的样子……

孙用印象

我跟孙用先生并无深交。所谓"印象"，是指他在我头脑中留下的一些迹象。这些迹象或清晰，或模糊，无法取代对他的深入研究和全面评价。

早在中学时代，我就通过鲁迅作品接触了匈牙利爱国诗人裴多菲的一首短诗："生命诚可贵，爱情价更高；若为自由故，二者皆可抛。"同时我也了解到，早在二十世纪初，鲁迅就是裴多菲作品的热爱者。后来，我又读到了裴多菲的长诗《勇敢的约翰》以及《裴多菲诗40首》《裴多菲诗选》，译者都是孙用。因为他在中匈文化交流上的贡献，1959年匈牙利政府专门为他颁发了劳动勋章。听说，前些年匈牙利还为他建造了雕像。同时又由于他翻译过波兰的《密茨凯维支诗选》和小说《塔杜须先生》，波兰政府也于1959年为他颁发了密茨凯维支纪念章。

1976年初，经中共中央政治局讨论，在鲁迅博物馆增设了鲁迅研究室。当时研究室的八个顾问当中，有一位就是孙先生，本名叫卜成中。不过，那年他已经七十四岁，仍参加1981年版《鲁迅全集》的编注工作，所以几乎没有在鲁迅研究室露过面。由于我曾到他在北京东单红星胡同十四号的宿舍去借书请教，又跟他用通信的方式联系，所以留下了一些印象，以及他的十封信函。孙先生给我最深刻的印象，是腼腆而低调。孙先生是杭州人，宽阔的前额下架着一副高度近视眼镜，皮肤白皙，声调柔和，说话时甚至红脸。但对我们这些年轻的来访者却十分热情。京津唐大地震时，我曾到他寓所去借旧报刊。这是人民文学出版社的职工宿舍，记得是一座大杂院。孙先生家的陈设原本简朴，抗震期间更不可能有什么豪华摆设。估计是为了便于地震时随时转移，孙先生将他的大量书刊分门别类，用报纸一包一包地包好，再用麻绳捆结实。每包的体积差不多，不仅包得有棱有角，而且每包上面都有编号，并张贴了一张书目。另外还有一份总书目，一查便知哪种书刊放在哪一包的什么位置。我是一个杂乱无章的人，看到孙先生包的书不禁叹为观止。我很少见到这种一丝不苟的文人，因为不少文人不仅不拘小节，而且还以书籍杂乱为荣。我由此推断，在生活中，在工作中，孙先生肯定也是一个一丝不苟的人。

孙先生对后进的提携，突出表现在对朱正兄的态度上。1977年7月6日，他将朱兄的两篇文章寄给我，托我转交《鲁迅研究资料》编辑部。信中写道："朱正先生以前曾在人文社出版过《鲁迅传略》一小册，我是由冯雪峰同志口头介绍而通信相识的，他还寄示过他的《〈鲁迅全集〉补注》《鲁迅手稿管窥》等稿。我觉得他对于鲁迅研究是很用功的。他在给我的信末尾的几行话，大约指他在反右时被定为右派而言。现在他在长沙搞测量工作（具体单位我不知道……）。"我后来乘出差之机，按孙先生提供的地址探望过朱正兄。我十一点多到长沙文艺路三里牌九十一号朱宅，但他直到十二点多才扛着一根测量标杆，满头大汗地下班回来。

然而，那时我仅仅是《鲁迅研究资料》的一名编辑，负责人是从《光明日报》调来的金涛。金涛初审后必须给研究室主任李何林定夺。李先生审阅后，再交国家文物局王冶秋局长最后拍板。我至今仍清晰记得王局长一边抽着中华牌香烟，一边用中华牌铅笔在稿件上批写修改的样子。因为那时虽说已粉碎"四人帮"，但政治气候乍暖还寒。人们都心有余悸，生怕编刊物让别有用心的人抓住什么把柄。全国平反冤假错案的工作直到党的十一届三中全会之后才进行，朱正兄的错案也是直到1979年才得以改正的。朱正兄文章的质量当然毫无疑问，但由于对作者政治状况的疑惑，他的文章总是通过不了。这种情况当时让孙先生跟我都十分尴尬。孙先生在给我的信中说："这一点又很难对他（按：指朱正）直捷说明。"重提旧事，我在表达对朱正兄愧疚的同时，也感到孙用先生的义肝侠胆是难能可贵的。

孙先生是翻译家，《鲁迅全集·译文序跋集》的编注人之一，所以我向他请教的主要是鲁迅作品中所涉及的外国文学或外国人物问题。比如菲律宾爱国诗人厘沙路（1861—1896）有一首绝命诗《我的最后的告别》，曾由梁启超译成中文。鲁迅从中听到了"爱国者的声音"，在"革命思潮正盛"的清朝末年引起了他的感应和共鸣。我想了解这首诗在中国的传播史。孙先生告诉我，这首诗有人译成韵文，有人译成散文。他看到1948年出版的一本《世界诗选》，就采用了散文的译法。他另抄得一种韵文译本，共十四节，每节五行，但已记不清出处。此诗崔真吾和李霁野也翻译过，以李霁野的译文最为完整。孙先生还有一本厘沙路的著作《一百年来的菲律宾》，扉页上就有这首绝命诗，他表示可以把这本书和他的抄件全都供我借阅。

审读《南腔北调集》注释时我也跟孙先生交换过意见。这本杂文集中有一篇《又论"第三种人"》，提到"法朗士在左拉改葬时候的讲演"。1894年，法国军方诬陷犹太籍军官德莱塞斯叛国，右翼势力乘机掀起一股反犹太浪潮。法国著名作家左拉（1840—1902）和法朗士（1844—1924）先后为其辩护。孙先生开始怀疑"改葬"的提法有误，应为"安葬"。因为他有一本英文的《左拉传》，其中记叙左拉于1902年9月29日在巴黎住宅中因煤气中毒而去世，10月5日举行葬礼。法朗士在葬礼发表演说，其中就提及了德莱塞斯事件，这本传中有法朗士这篇讲演的全文。后来再查资料，证明左拉原来安葬在巴黎蒙马特公墓，后来的确"改葬"于法国"先贤祠"。1906年法朗士又在左拉改葬后的墓前发表了第二次讲演，称颂左拉为"伟大的公民"。这就证明鲁迅的叙述并没有错。为了每一条《鲁迅全集》的简短注释，参与的同人都是这样反复推敲，谨慎落笔。

同书《谚语》一文中，鲁迅又写道："清末，因为想'维新'，常派些'人才'出洋去考察，我们现在看看他们的笔记罢，他们最以为奇的是什么馆里的蜡人能够和活人下棋。"鲁迅的文中并没注明这个掌故出自哪部笔记，一般鲁迅研究者都对此感到茫然。然而孙先生写信给我提供了这个掌故的出处。原来是清代吏部尚书戴鸿慈的《出使九国日记》，他藏有1906年（光绪三十二年丙午）北京第一书局出版的这本书。林辰先生曾跟我说，人民文学出版社鲁迅著作编辑室多"杂家"，多"奇人"，孙先生无疑就是其中的一位。

出于信任，孙用先生也让我帮他做过一点琐事。他注释《鲁迅译文序跋集》时，查到了日本厨川白村的《从艺术到社会改造》一文，注有"原载《民报副刊》第3期至6期；又，第9期至12期"，但遗漏了出版日期，我替他查明后做了增补。为此，孙先生专门驰函表示谢意。

孙用先生是鲁迅亲自扶植的文学青年。新中国成立后，这种鲁迅的同时代人不多，但孙先生从不以此自炫，更不夸大和渲染他跟鲁迅的关系。1976年，是鲁迅逝世四十周年。为编辑《鲁迅研究资料》，金涛同志和我约孙先生写一篇纪念文章，孙先生谢绝了。他在当年6月4日给我的信中说："我从来没有见过鲁迅先生，只有通过几次信，但只谈到投稿的一点问题。他为我那个译本费心、费力、费钱，我是铭感无既的。我记得大约三十多年前写过一篇纪念文，说了一些感激的话。

现在却写不出什么回忆录或资料性的文章了。您和金涛同志的关注，我很感谢！"1980年11月20日，我又约他为《鲁迅百年纪念集》一书撰稿。他于同年11月23日复信说："《鲁迅百年纪念集》文，我实在写不出来；我是搞翻译的（而且翻译得很坏），本不善于写作，现在年纪大了，思路艰涩，更难着手。"但是，孙先生最终还是经不住我们的再三恳请，写了一篇感念鲁迅的文章，题为《感情的负债》，收入我们编辑的《鲁迅诞辰百年纪念集》。文章的题目是他于1941年10月一篇悼念鲁迅的短文用过的，此文曾刊登于当时的《浙江日报》副刊《文艺新村》。文中写道："'感情的负债'，真的，然而又何止感情！对于鲁迅先生，我们中间有谁不负着很重的债呢？"由此可见，在孙先生的内心深处，对鲁迅的恩情是从来也未敢或忘的。

孙先生跟鲁迅结缘是由翻译《勇敢的约翰》一书开始的。这是裴多菲的一首长篇童话叙事诗，取材于匈牙利的民间故事，描写牧羊人约翰勇敢机智的斗争故事。早在1926年，孙先生就在《语丝》周刊上读到鲁迅翻译的五首裴多菲诗作，激起了他对这位匈牙利民族英雄的敬爱。1928年，他又得到了《勇敢的约翰》的世界语译本，如获至宝，便利用一年多的业余时间译完了这本诗集，并抄出其中可以自成片段的文章寄给鲁迅，想发表在鲁迅主编的《奔流》杂志上。鲁迅读后认为"译文极好，可以诵读"，于是先后联系春潮书店、《小说月报》《学生杂志》等出版单位和报刊，均未成功。后经鲁迅亲自校订，订正了专有名词的音译四五十处，修改了不太顺口的短语和不太常用的单词三十四处，如将"白姆将军"改为"培谟将军"，将"真美丽极"改为"真是美丽之极"，将"近着了"改为"临近了"，将"长行"改为"长征"……使译文的质量得到了提升。1931 年 11 月，几经周折，这部诗集方由湖风书店出版。鲁迅不但垫付了二百多元印制了十二幅插图和一幅作者肖像，而且提前垫付了七十元出版税。孙先生说："没有鲁迅先生，这本书是无论如何不能出版的，至少是无论如何不能印得那样精美的。"

鲁迅跟孙用联系时，他还是杭州邮局的一个小职员，当了二十三年拣信生。但鲁迅对他的来函基本上收到即复，现存鲁迅致孙用书信多达十四封，其中涉及《勇敢的约翰》的有十封。但我发现，孙先生写给鲁迅的信有一封未获回复。这就是他 1936 年 3 月 8 日致鲁迅信。鲁迅同年 2 月 9 日日记中"得卜成中信"即指此封。我估计，鲁迅未予回复有两个原因：一是当时病重，精力不济；二是此信涉及鲁迅的友人郁达夫，鲁迅多半也不愿介入此类人事纷争。

孙先生此信的大意是：他对郁达夫原来就没有什么好感，看到郁达夫"老是发表无聊的日记和自名为'臭'为'屁'的旧诗"，更觉得是在"无耻地传播着卑劣的种子"。他看到郁达夫日记中有"访鲁迅"的记载，感到很不舒服，常想着："先生怎么会和他在一道儿的呢？"

郁达夫 1933 年 4 月举家移居杭州后，的确一度意志消沉。

郁达夫日记中，也确有孙用信中所披露的情况："有借坐市长的汽车，有某君的唱和某长的宴会，有丝绸某同人的聚餐，有打牌，有喝酒……"但孙先生当时"以人废言"的主张终究是不可取的。郁达夫是一位有着复杂曲折经历的作家。刊登孙先生译文（俄国莱蒙托夫诗作四首，匈牙利赫尔才格小说《马拉敦之战》，保加利亚伐佐夫的回忆散文《过岭记》）的《奔流》月刊，就是鲁迅跟郁达夫合编的。郁达夫的旧体诗词卓尔不群，绝不是用"臭"和"屁"两个字所能概括的。

孙用先生写这封信时，年方三十四岁，社会正义感满满；但跟鲁迅相比，对郁达夫缺少一些"同情的理解"。1977 年 7 月 8 日，少不更事的我竟直接问孙先生为什么会给鲁迅写这样一封信。孙先生 7 月 10 日复信说："我寄给鲁迅那封攻击郁达夫的信，我还依稀记得。那时少年气盛，好像不能已于言似的，就贸然寄去了。后来没有收到先生的复信。"我想，孙先生所说的"年少气盛"，固然跟年龄有关，但当时孙先生跟郁达夫在杭州《东南日报》副刊《沙发》上有一场笔战。"论争"加"年少"，所以意气就更盛了。我把这封信的文风跟我眼前的孙先生对比，简直判若两人。由此我想到，岁月会对一个文人的锐气不断打磨吧？又想，孙先生的性格也许本来就有"外柔内刚"的一面，只不过一般人难以觉察罢了。

孙先生偿还对鲁迅的"心灵的债务"，主要表达方式就是他将中年、晚年三十三年的宝贵光阴完全奉献给了鲁迅著作出版事业。他先后参加了十卷本和十六卷本《鲁迅全集》的编注工作，并出版了《〈鲁迅全集〉校读记》《鲁迅译文校读记》。直白地说，"校读记"并不是畅销书，但却是鲁迅研究的基础读物。孙先生在《〈鲁迅全集〉校读记》的《小引》中写道："鲁迅先生的著译，在编成集子以前，极大部分都在当时的报刊上发表过，将这最初发表的和后来集印的两种文字对勘起来，就往往发现许多不同之处""这样的改动不但更有力地说明了作者的认真写作的态度，而且尤其是学习者最好的范本"。孙先生不但通过校勘将一切比较重要的增删和修改全部录出，而且辑录了有关原书的资料性文字，如写作缘由、作品意义、发表年月等，读者使用时非常便捷。我在编注鲁迅作品时也做过这种工作，真实的感受是"这是傻子才愿意干的活"！因为校勘需要搜求各种版本，校对起来累眼又累心。世俗社会根本不把这种成果视为"学问"，更不可能靠这种校勘记去参评"教授""博导"，以及各种名义的"学者"。至于报酬之低，那更让人羞于启齿。然而，谁都承认文本是研究作家的基础，不在校勘上下死功夫，那得出的结论很可能是"差之毫厘，谬以千里"。鲁迅在《且介亭杂文·忆韦素园君》一文中，把未名社的韦素园比喻为"楼下的一块石材，园中的一撮泥土"，这也同时可以借来比喻孙先生。在构筑鲁迅研究大厦、耕耘鲁迅研究园圃的过程中，首先需要的就是孙先生这种不计名利、甘于奉献的专家。

前文提到孙先生这两本校读记，虽然是1982年由湖南人民出版社出版，但主要利用的是他二十世纪五十年代出版的

《鲁迅全集校读记》和《鲁迅全集正误表》，以及他在二十世纪六十年代整理的《鲁迅著译校读琐记》。这些成果虽然有进一步调整充实的必要，但由于孙先生视力日衰，1938年出版的《鲁迅全集》二十卷本又被1981年人民文学出版社的新版《鲁迅全集》所取代，重版时不仅要把孙先生在原校本新增补的校记一一誊抄下来，而且为了方便读者阅读，还必须把1938年版的页码一一更换为1981年新版本的页码。这种工作十分繁重琐碎，远远超出了一般编辑的职责范围，更何况新版《鲁迅全集》增补的文章还需要依据原刊进行补校。主动请缨的是朱正兄，其时他的错案已经得到纠正，成为了湖南人民出版社鲁迅著作编辑室的负责人，后来成为了该社的社长，第六届全国人民代表大会代表。命运大转折，必然使朱正兄面临超负荷压力：他是编辑，有分内的业务工作；他是领导，有相应的行政事务；他是学者，当然还要著书立说，尽可能追回难以追回的宝贵时光。在这种情况下，朱正兄毅然担任了这两部校读记的责编。孙先生自然知道朱正兄的工作远远超出了一般责编的工作范围，便多次提出出书时署名用"孙用朱正合编"或"孙用编朱正续编"，但朱正兄一直婉拒，正式出书时仍然只署了"孙用编"这三个字。

由鲁迅先生、孙用先生跟朱正先生这三代人的关系，我不由得想到了传统伦理之中提倡的"道义之交"。古人云："博弈之交不终日，饮食之交不终月，势力之交不终年，惟道义之交，可以终身。"所谓道义，在我看来就是一个共同的目标，一个崇高的事业。鲁迅当年破财耗时，提携一个素未谋面的邮局小职员，无非是因为他的"译文极好"，可以促进中外进步文化的交流。孙用当年不避风险，力荐一位落难于社会底层的"测量工"，无非是因为他对于鲁迅研究"十分用功"，应该催生他的学术成果以繁荣鲁迅研究园圃。朱正兄出版孙先生这种虽有学术价值但并无市场效益的书籍，也无非是因为孙先生为此付出了"巨大的精力和时间"，而这种校勘成果又是鲁迅研究的基石。我以为，这种"君子之交"就是当下日趋功利的现实生活中特别稀缺的道德资源，应该在学界薪火相传，发扬光大。

"犹恋风流纸墨香"

——我与丁景唐先生

"犹恋风流纸墨香"，这是 2004 年丁景唐先生出版的六十年文集的书名，说明丁先生的一生是跟文字结下不解之缘的一生。

早在二十世纪六十年代，我就拜读过丁先生研究中国左翼文学的大作，久怀仰慕之心。直到调到鲁迅博物馆鲁迅研究室工作之后，我才有了跟先生通信并亲聆教诲的机缘。

初见丁先生似乎是在上海永嘉路慎成里的一幢老房子里，时间是二十世纪七十年代末的一个晚上。先生的"多功能室"（卧室兼书房、客厅、餐厅）在这座号称"一步楼"的三层，楼梯相当陡峭。我那时虽然年轻，但由于肥胖、近视，加上夜间灯光昏暗，先生的三女言昭就成了我的拐杖。我不解一位老革命、一位老领导的住处为何这样简陋。后来才知道先生出身清贫，生活历来简朴，跟夫人有七个子女，外加一个保姆，生存空间自然就变得狭窄了。但先生并不以为意，在书橱玻璃门上贴着一幅自书的陆游诗句："老来多新知，英彦终可喜。"不觉间，他在这座旧楼整整住了七十年。2000年3月，左联成立七十周年学术研究会举行，丁先生抱病参加。因为他是上海代表，会议没有为他单独开房，我就劝他到我的房间午休。不料他突发心脏病，脸色煞白，赶紧送到医院抢救，把我吓得魂飞魄散。2009年8月6日，他长期住进了华东医院。那间病房住两人，合用一护工，条件比外地一些高干病房简陋。但经常有亲友探视，病友间也相互串门，所以先生并不以为寂寞。这一住又是九年，直到2017年12月11日，才以九十七岁高龄去世。

丁先生在文坛初露锋芒是在1938年春。作为一位作家，他的杂文开始在上海四川路青年会少年部的墙报上发表，墙报上引用了鲁迅的名言："在可诅咒的地方击退可诅咒的时代。"接着又跟同学王辂办了一份文艺刊物《蜜蜂》，发表文章时署名"丁宁"。此后采用的笔名有三十多个，如唐突、姚里、蒲柳、黎容光、洛黎扬、黎琼、芳丁、煤婴、江水天、洛丽扬、微萍、歌青春、戈庆春、秦月、辛夕照、乐未央、乐未恙、包小平、丁大心、宗叔、丁英、芜青、黎扬、于封、卫理、郭汶依、丁宗叔、于奋、雨峰、丁行、鲁北文、佘逸文、于一得、景玉等。作品体裁大多为散文、诗歌。其中影响较大的应该是在关露主编的《女声》杂志上发表的诗歌《星底梦》，1945年3月由上海诗歌丛刊社初版。可以说，作为文人的丁先生原本是诗人。

新中国成立后丁先生长期在上海宣传出版社系统工作，担任过上海文艺出版社社长、总编、党组书记。作为一位杰出的出版家，丁先生业绩主要表现在两方面：一是影印了很多已经成为珍本秘笈的左翼文学期刊，二是主持编纂了二十卷《中国新文学大系（1917—1937）》。

"文革"之前，丁先生跟周天合作，影印了两批四十余种二十世纪二十年代末至三十年代初的革命文学期刊，接着又影印了几种抗日战争和解放战争时期的期刊。"文革"之后，丁先生直接主持上海文艺出版社的工作，又影印了《语丝》《光明》等进步刊物。目前提倡弘扬传统文化。在我看来，传统文化中既有古代优秀文化，同时也包括了五四新文化运动以来中国的进步文化，特别是以"左联"为旗帜的左翼文化。在承传"红色文化"的过程中，丁先生所作的贡献是不可磨灭的。他家保存了不少闲章，其中就有用不同字体镌刻的"纸墨寿于金石"六字。这说明他对出版左翼（进步）期刊深刻而长远的意义有着十分明晰的认识。丁先生说得好："那时的左翼（进步）文学期刊反映了左翼文学家和进步文化人士的政治信仰、思想情绪、价值取向、审美观念、写作动态，他们的喜怒哀乐之情，都倾注在这些左翼文学期刊发表的文章里。"所以，传承这类红色期刊，也就是在传承着一种理想和信仰，相当于旗帜的交接，火炬的传递。

1990年12月，上海文艺出版社历时六年，又系统推出了《中国新文学大系》（1937—1949）。这是继《中国新文学大系》

（1917—1927）之后的又一浩大文学工程。这套丛书共分十一卷，二十集，囊括了文学理论、短篇小说、中篇小说、长篇小说、散文、杂文、报告文学、诗歌、戏剧、电影、史料等方面的代表作品，并有一卷索引。各分卷的序言由王瑶、康濯、沙汀、荒煤、洁泯、柯灵、廖沫沙、臧克家、陈白尘、刘白羽、张骏祥等名家撰写，更增加了这套丛书的权威性。丛书主持人即为丁先生。1992年，这套丛书荣获第六届中国图书奖一等奖。此后《大系》三辑、四辑、五辑的编纂工作，丁先生也有付出。

利用从事宣传出版工作的业务时间，丁先生长期进行左翼文艺运动史的研究。除开瞿秋白研究之外，殷夫研究也是丁先生研究的一大亮点。"文化大革命"之前，丁先生曾在北京图书馆查阅《孩儿塔》全稿，并拍成了照片，但在"文革"中被毁。1979年，他又从北京图书馆获取了《孩儿塔》全稿的缩微胶卷，并提供给有关殷夫研究者。1983年1月，丁先生和康锋整理了《〈孩儿塔〉未刊稿三十种》，发表于《中国现代文艺资料丛刊》第7辑。1984年2月，丁景唐、陈长歌合编的《殷夫集》作为"浙江烈士文丛"之一由浙江文艺出版社出版，发表了《孩儿塔》全稿，成为了殷夫遗诗集大成的诗集，为此后的殷夫研究奠定了文本基石。

丁先生对研究中国左翼文艺运动情有独钟，绝非偶然，因为他本身就是一位1937年底参加抗日救亡运动，1938年加入中国共产党的革命者。著名老作家袁鹰（田钟洛）曾亲自告诉我，丁先生是他的入党介绍人，当年每隔十天半个月就会到他那间仅有三四平方米的斗室里去传达上级指示。丁先生本人也以他是"老同志"而深感自豪。1982年5月，丁先生去南京参加华东五省一市党史会议。他在当月11日致我的信中写道："这次去的都是老同志，我能参加这一会议，引为荣幸。上海这次去了十几人的代表队，由陈沂同志带队，有几位是二十年代末的留苏老同志。会议在南京中山陵十一号招待所举行，约七天至十天返沪。"字里行间，蕴含了对昔日峥嵘岁月的缅怀追忆。

由于我是一个以鲁迅研究为职业的人，所以想在此文中多谈谈丁先生对鲁迅研究的贡献。

二十世纪三十年代中期，身为初中二年级学生的丁先生就对鲁迅作品产生了浓厚的兴趣，并搜集了一些鲁迅著作。他爱读鲁迅翻译的蕗谷虹儿的诗作，模仿其风格创作了一些抒情小诗。鲁迅是左翼文坛公认的盟主，丁先生研究左翼文艺运动自然会侧重研究鲁迅。

丁先生鲁迅研究的开篇之作是1945年10月撰写的《祥林嫂——鲁迅作品中之女性研究之一》，使用的笔名是"丁英"。那年丁先生刚二十五岁，发表此文之后也就忘了，时隔三十六年才知道这篇文章产生了始料未及的影响。原因是1946年上海雪声剧团的编剧南微看了这篇文章，就向越剧艺术大师袁雪芬做了推荐。袁雪芬再找来鲁迅的原著一读，同意把这篇经典小说改编成越剧，演出后产生了强烈反响，成为了越剧表演史上辉煌的一章，也是普及鲁迅经典的一次成功探索。在雪声剧团的纪念特刊上，还摘登了丁先生这篇文章的片段。在鲁迅研究史上，一篇研究文章能产生如此广泛的社会影响实属罕见。此后，丁先生坚持撰写有关鲁迅研究的文章，仅收入《学习鲁迅作品的札记》一书的就有约五十篇，篇篇都有新史料或新见解，没有一篇是泛泛之论。

有人说，钩稽作家的佚文是对遗失生命的寻找和激活。这个比喻十分生动形象。丁先生很重视鲁迅佚文佚信的钩沉，比如：1925年4月8日鲁迅致刘策奇信，1927年4月26日鲁迅致孙伏园信，1928年12月12日鲁迅致郁达夫信，1931年8月12日撰写的《〈肥料〉后记》，1931年11月30日发表的《〈日本研究〉之外》，就都是丁先生首先发现并补遗的。再如《几个重要问题》是鲁迅临终前对于抗日救亡运动的一次重要表态。对于此事严家炎先生在《新文学史料》1980年第一期发表过长文。但早在1963年1月10日，丁先生就在《文汇报》介绍过这篇鲁迅佚文，题为《记鲁迅关于学生运动的谈话——〈鲁迅全集〉补遗》，笔名"于奋"。1980年3月，他又会见了这篇谈话的采访者"芬君"——即上海名记者陆诒，并请陆诒写了一篇回忆录《为〈救亡情报〉写〈鲁迅先生访问记〉的经过》，托上海文艺出版社的同志亲自带交严家炎和《新文学史料》的负责人牛汀。1961年8月，丁先生还曾综合各地征集、辑录鲁迅佚文的成果，撰写了《记新版〈鲁迅全集〉（十卷本）以外的四十四篇佚文》这篇综合性的文章，初刊于同年9月出版的《上海文学》，后编入《新华月报》10月号。1962年，他又在他主持的《中国现代文艺资料丛刊》上发表了《〈鲁迅全集〉未印著作》五十一篇，引起了鲁迅研究界的极大关注。这些佚文包括鲁迅撰写的自传、书目、杂文、题记、序跋、译后附记、书刊广告等，具有不可低估的研究价值。丁先生长期为钩稽鲁迅佚文所做的工作，恐怕鲁界研究的一些人士并不一定全都知晓。

丁先生既注重辑佚，更注重考订。比如，丁先生友人杨瑾玮发现了署名"野火"的杂文《反〈闲话〉》，觉得内容和文风都跟鲁迅杂文相似，便作为鲁迅佚文收进了《〈鲁迅全集〉未印著作》。后来我也发现了一篇署名"野火"的杂文，抄寄丁先生鉴定。丁先生一看凭直觉就否定了，觉得文章风格与鲁迅作品不像。丁先生 1978 年 6 月 27 日致我的信中说："对二篇'野火'署名文章，我竟有这样不同的直觉，前者持肯定（但现在又虑证据不足），后者持否定。我自己也觉得矛盾。我建议你写一文章，把后者作为一种可供研究的问题提出来，不要现在就肯定，请更多的同志来共同研究一下。"后来修订《〈鲁迅全集〉未印著作》一文时，丁先生断然抽掉了《反〈闲话〉》，以示慎重。

订正鲁迅本人著作中的一些错讹，这是丁先生做的另一件极有意义的事情，也不是一般人所能做的事情。因为跨越前人，必须有相当的学术功底，否则就成了妄改和颠覆。在《鲁迅〈柔石小传〉校读散记》一文中，丁先生根据柔石本人的著作和柔石亲友的回忆订正了鲁迅《柔石小传》的若干错误。这对研究鲁迅著作和柔石著作都是很有裨益的。对于鲁迅撰写的《〈凯绥·珂勒惠支选集〉序目》，丁先生也指出了文中的好几处笔误和差错。比如，珂勒惠支的父亲不是木匠而是泥水匠；第一次世界大战期间战死在比利时的是她的次子，不是长子；《战争》六幅系 1923 年作，并非 1902—1903 年；先后刊登木刻《牺牲》的是《北斗》创刊号和《现代》第二卷第六期，并非《译文》杂志；左联五烈士殉难是 1931 年 2 月 7 日，不是 1931 年 1 月间；木刻《穷苦》中抱着一个孩子的是她的祖母，不是父亲。此外，《序目》中所选二十一幅版画的制作年代也有多处错误。鲁迅说过，人无完人，文章也不会十全十美。鲁迅当年身处环境险恶，条件艰苦，很多资料接触不到，这是可以理解的。不为贤者讳，才是对贤者的最大尊重。

对于编注《鲁迅全集》这一浩大的文化工程，丁先生长期予以关注，提出了许多建设性的意见。1956 年至 1958 年人民文学出版社出版的《鲁迅全集》（十卷本）是新中国成立后第一个内容相对完善的鲁迅全集，也是鲁迅著作出版史上第一个注释本。丁先生首先肯定了这一版本"有着很大的成就"，但也提出了若干修订意见。如指出"十卷本"文字有讹误，将《公民科歌》中的"大人"误排为"人人"；体例不够完善，如外国人物的姓名有的注英文，有的注俄文。注释文字也偶有失误，如文学研究会成立于 1921 年 1 月 9 日，注文却根据茅盾一篇误记的文字，注为 1920 年 11 月。鲁迅 1935 年 5 月 23 日致曹靖华信中提到的"它事极确"，是指 1935 年 2 月瞿秋白被捕一事，并非指他 1936 年 6 月 18 日就义。

丁先生藏书甚丰。这些藏书在注释《鲁迅全集》过程中也发挥了作用。比如鲁迅 1936 年 8 月 2 日致曹白信中，曾经提到有一本叫《庶联的版画》的书籍，内容和印刷都相当糟糕，未经鲁迅同意就把《记苏联版画展览会》一文作为该书的序文，不仅糟蹋了苏联的艺术，而且败坏了鲁迅的声誉。"文革"前注释十卷本的《鲁迅全集》，注释者遍找《庶联的版画》一书而不得，然而丁先生恰好庋藏了此书，系 1936 年 5 月由多样社刊行，韦太白辑。书中所收一百零四幅版画并非根据原作复制，而是从苏联版画展览会和《苏联人民文学》一书翻拍的，印刷、校对又极粗劣，故鲁迅认为该书偷工减料，做法恶劣。后来利用丁先生的藏书增补了这条注释。对于《十字街头》这份左联机关刊物，《鲁迅全集》注释曾误注为半月刊或旬刊，其实该刊仅出三期，第一、第二两期是半月刊，第三期是十日刊。后来也利用丁先生的藏刊进行了修订。

1981 年版《鲁迅全集》出版，是粉碎"四人帮"之后的一次文化盛举。它集中了鲁迅研究界乃至中国现代文学研究界的集体智慧，为构建鲁迅学的科学体系奠定了重要的文本基础。丁先生多次撰文给予高度评价，但又指出了其中的若干错讹和疵点，比如漏收了鲁迅 1930 年 5 月 16 日撰写的自传，同一嘉业堂主人刘承干的生卒年互有出入，瞿秋白赠鲁迅诗中的"冷摊负手对残书"误为"冷摊员手对残书"……这就为 2005 年版《鲁迅全集》的修订工作提出了建设性的意见。一部《鲁迅全集》，两万多条注释，近二百万字，其中出现个别错讹并非不可理解，对于丁先生这样友善的学者兼读者，出版方和注释者无不由衷地感激。这种态度，跟那种撰文公开劝人不买《鲁迅全集》的酷评家形成了鲜明对比。

作为一位史料大家，丁先生历来重视版本的收集与手稿的研究。他节衣缩食，从搜求各种版本的鲁迅著作中获得乐趣，比如鲁迅的杂文《二心集》（包括《拾零集》），丁先生就搜集到十种不同版本，通过对比勘校，为建立鲁迅著作版本目录学奠基。他经常提醒鲁迅研究者从鲁迅手稿中学习写作本领。他以鲁迅杂文《死》为例，有一句原是这样写的："大约我们看待生死都有些随随便便，不像欧洲人的认真了。"后改为"大约我们的生死久已被人们随意处置，认为无足重视，所以自己也看得随随便便，不像欧洲人那样的认真了。"这就把中国人轻生死的原因归咎于随意处置人的苛政，杂文锋芒的指向也就明确了。

在这篇纪念丁先生的文字中，我还想再谈谈他跟我的私交。丁先生对我学术事业的最大支持，是慨然允诺为我1987年在湖南文艺出版社出版的《鲁迅史实求真录》一书作序。在序言中写道："陈漱渝同志的《鲁迅史实求真录》是一本史料研究、考订、辨伪方面的著作，虽然书中没有振聋发聩的观点和灿若云霞的文采，但是作者把'求真'作为研究工作追求的目标，这种态度是可取的。即使在一些'补白'式的文章中，也可窥见作者朝这方面努力的痕迹。当然正在追求的目标并不等于业已达到目标，所以在一本称为'求真录'的书中，也还可能存在'失真'之处，这就有待于'求真'的读者们来指正了。"

丁先生同意为拙作《鲁迅史实求真录》作序，既有他提携后进的拳拳之心，也有他女儿的促成，但更重要的是重视史料真实性的共同理念。他在1984年10月25日致我的信中写道："我对史料的真实性有兴趣，现在有些回忆或别的文章，常有意想不到的'新发现'，而揆诸史实，纯属乌虚之谈，此中学风实令人担心。鲁迅、瞿秋白的研究中均有这种倾向。"拙作中收有我批驳沈鹏年的五篇文章，其人擅于作伪，常在一些人所共知的史实中塞进一些他编造的"私货"，以真伪杂糅的手段耸人听闻。丁先生对于我的做法是予以肯定的。沈鹏年谈所谓毛泽东到八道湾拜访鲁迅的文章发表于1982年2月出版的《书林》杂志第二期，丁先生特意从上海寄给我以供批驳。

丁先生跟我之间的情谊，在他《学习鲁迅作品札记》（增订版）中也留下了若干痕迹。书中有一篇《鲁迅和华慈的著名油画〈希望〉》，介绍鲁迅留日时期曾准备跟友人合办一份名为《新生》的文学杂志，并从购置的一本《瓦支选集》中选出了一幅油画《希望》作为插图。长期以来，对于画面人物是诗人还是少女有两种说法，人物怀抱的乐器是竖琴还是独弦琴也众说纷纭。1982年，丁先生在《艺术世界》第四期看到了用彩色精印的油画《希望》，便撰写了《鲁迅和华慈的著名油画〈希望〉》一文，澄清了画面人物是象征未来的少女，而不是周作人所说的诗人。至于她左手抚动的乐器，丁先生查阅了《日汉词典》《日语外来语词典》《广辞苑》《乐器大图鉴》《西洋绘画史话》，又请教了一些专家教授，确定那乐器叫竖琴或抱琴都可以，是译法上的问题。此时，鲁迅博物馆宣教部主任彭小苓根据相关日文资料，也写了一篇介绍瓦支（通译为华慈）的文章，我提供给丁先生之后，他又增写了一篇"附记"，进一步指出《希望》画的人物是瓦支友人的一位漂亮朋友，而不是周作人所说的诗人；又援引了瓦支的一段话说明《希望》主题："希望不是期望，它有点类似从那仅有的琴弦上奏出的美妙的音乐。"当年 11 月 27 日他在给我的信中写道："谢谢你寄来彭小苓同志的文章，我已摘引日本人的二个小史料作为《附记》编入我的《鲁迅札记》（增订本）中，《附记》说明是彭小苓同志提供的资料，特此感谢。那本《札记》和你那本《史实》一样扩充了一倍，还不知明年今日是否能印出来？"情况跟丁先生估计的差不多，他的《札记》增订本 1983 年 12 月由上海文艺出版社出版。

1982 年夏，丁先生为《鲁迅题诗签名的〈呐喊〉〈彷徨〉珍本》一文增写了一篇"附记"，收入《学习鲁迅作品的札记》增订本。"附记"写道："去年，为纪念鲁迅先生诞辰一百周年，人民美术出版社出版了一本大型《鲁迅画传》。当时，我正在北京参加中国鲁迅学会举办的纪念鲁迅诞辰一百周年的学术讨论会。在会场上购得《鲁迅画传》（1881—1936）一册，作为纪念。这是建国以来收集材料最为丰富的一本画册。"让我引以为荣的是，我参与了这本画册的文字撰写和定稿工作。同年12月17日，丁先生来信："现在有一个问题请教，你们合编的《鲁迅画传》中有鲁迅为山县先生题诗送赠的《呐喊》《彷徨》照片，不知是从日本内山嘉吉处得来，还是许广平访日时携归的？烦查一下。在此之前，似未见有原件刊出，也许在《鲁迅诗稿》上曾用过。"丁先生在文章完成修订之后还继续查根问底，表明了他治学的精益求精。但我对此事确无研究，经打听，这帧照片大约是日中文化交流协会白土吾夫寄赠的。

丁先生对我的帮助，除了为我写序，还表现在另一件事上。二十世纪八九十年代，我常到上海出差，有时是为单位的事情，有时只是为了自己写作（如为撰写《宋庆龄传》到上海档案馆查阅资料）。为了方便以及省钱，丁先生多次安排我去位于建国西路三百八十四弄十号甲的上海文艺出版社招待所住宿。这是一座三层洋楼，房间是西式的，还有味美价廉的餐厅。更为难得的是，在这里还能碰到一些著名作家和编辑。有一次经过一楼，碰到两位老太太，其中一位是"文化大革命"前北京铁路二中的校长魏莲一。她曾经给毛泽东主席上书，反映学生负担过重，为此，毛泽东作出了"健康第一"的批示，建议中学课程总量应砍掉三分之一。当时我也在北京西城第八女子中学教书，跟她熟识。经她介绍，认识了另一位老太太，她就是人民文学出版社的原社长韦君宜。韦君宜原姓魏，是魏莲一的亲姐姐。还有一次路过传达室，碰到一位颊红髯长的男士在大声打电话，声如洪钟。一打听，他是来自安徽的诗人公刘。记得 1957 年我上高三时，曾把他的诗作抄到笔记本上，跟同学交流欣赏。这次我不仅见了鸡蛋（钱钟书先生喻为作品），而且见了母鸡（作者），实人生一大幸事。又有一次，招待所的房间紧张，我跟湖南文艺出版社的副社长朱树成合居一室，听他谈编辑唐浩民成名作《曾国藩》的过程，颇受教益。跟朱树成同时到上海出差的还有一位叫周实的编辑，现在是一位风格独特的小说家，以主编《书屋》杂志蜚声文坛。离招待所不远还有一家著名餐馆"乔家栅"，在这里吃饭时碰到了跟我同年的文化学者余秋雨。所以，上海文艺出版社的这家招待所跟北京朝内大街一百六十六号的人民文学出版社大楼一样，都成为了唤起我温馨回忆的标志性建筑。

丁先生对中国现代文学研究的贡献，除了他本人的学术成果之外，还表现在培养了两个优秀的接班人：一个是他的三女丁言昭，另一个是他的五儿丁言模。我跟言昭相识于 1978 年，那时她在当年出版的《破与立》学报上发表了一篇《鲁迅与〈波艇〉》。我对鲁迅研究史料情有独钟，一读这篇文章就觉耳目一新，怀疑这位新人背后一定有学术巨擘支撑。打听后果不其然，言昭说，这是她在父亲指导下写的。她跟父亲合作撰文还使用过一个笔名，叫"胡元亮"。如果说，《鲁迅与〈波艇〉》的文笔还有些稚嫩，但不过多时言昭就令人刮目相看了。她是上海戏剧学院出身，分配到上海木偶剧团工作，除撰写了一部《中国木偶史》外，我的案头还摆着她撰写的中国现代女性传记，传主有萧红、丁玲、林徽因、陆小曼、王映霞、许广平、关露、张幼仪等，每本都有珍稀史料和她四处奔波、辛苦搜集的口述资料。言昭生性活泼，擅写儿童剧，所以她的学术著作除开史料新颖翔实之外，还以文笔清新活泼见长。这在现代女性传记作家中可谓独具一格。近些年来，我跟言昭疏于联系，但在《绿土》等文史报刊上常读到她整版的新作，每篇肯定都有新资料。言昭的成长，当然是丁先生培养教育结出的硕果。

丁先生私下对我说，他的三女虽然颇有名气了，但还有一个五儿丁言模，理论水平高，极有学术潜力。现在丁先生的预言也得到了证实。近些年来，言模在出版艰难的现实境遇中，陆续推出了《鲍罗廷与中国大革命》《杨之华评传》以及瞿秋白研究丛书七本，张太雷研究丛书四本。最近，言模又出版了《穿越岁月的文学刊物和作家》，共两卷，八十三万字，对左联刊物和左联解散后的左翼进步刊物进行了系统介绍，分量相当厚重。这些成果，不仅利用了丁景唐先生的藏书，而且丁先生当年阅读时留下的"批语"也给作者以宝贵的启示。所以，这两本书的问世，是丁氏父子合作的成果。现在丁先生驾鹤西去，但他的学问有子女薪火相传，这应该是一件令人欣慰的事情。

行将结束这篇拉拉杂杂文章的时候，正值农历丁酉年大寒。对于我个人而言，丁酉年的确多灾多难：除开老伴缠绵病榻之外，还有许多亲友故去，其中有丁先生这样的前辈，也有同龄人，还有一些黑发的晚辈。年近八十的我也受到许多慢性病困扰。我切实感到了老苦、病苦、无奈、无助。九十七岁的丁先生仙逝，应属喜丧，学界固然折损了一员老将，但对他本人却也是一种解脱。但悲哀仍然时时袭上我的心头。

丁先生不希望生者为他做什么纪念活动，但后人一定会长远地忆念起他。有些学术明星辞世时会喧闹非凡，但若干年后也许会随风而逝。而丁先生的学术事业已经融入了中国现代文学史和出版史的崇楼广厦之中，即使他细如沙石，小如钉子、螺丝，但却会跟这座宏伟的学术大厦一样永恒。是的，"他是楼下的一块石材，园中的一撮泥土，在中国第一要他多"。（鲁迅：《忆韦素园君》）

他想让诗更朦胧

——"九叶诗人"王辛笛

1990年暮春三月，江南细雨霏霏，条条的雨丝织进了渐渐的朦胧。我跟友人丁言昭撑着折叠伞，艰难地跳过行人道上一个个小水洼，来到位于上海南京西路的一座旧洋楼，拜访二十世纪四十年代以《手掌集》蜚声诗坛的老朦胧诗人辛笛先生。诗人今年七十八岁，因咽部长息肉，声音显得有些沙哑；又因为患前列腺炎，需要体外引尿，所以左腰侧面挂了一个塑料袋。但是，他仍然盛情地接待了我们。他的风度，恰如他笔下的香港诗人戴天："爽朗中有婉约，豪放中有沉思，谈笑中有微言大义。"(《请带去一片云彩的问候》)

我们交谈的主要内容当然是诗。

辛笛曾经概括了一个公式："印象（官能通感）÷思维＝诗"。我请他对这个公式加以阐述。

辛笛说，诗歌是感觉通过理性的升华而凝聚成的。诗歌即是形象思维的产物，首先必须从印象出发；善于捕捉印象是写诗必不可少的要素。所谓印象，不仅包括五官的感受，而且也包含了第六感的官能通感。

辛笛告诉我，他父亲是个老举人，因此他从小就读了不少古诗词，尤爱李商隐、姜白石、龚自珍的作品。五四运动之后，受鲁迅影响，多读外国书，少读或者不读中国书。他开始创作时跟新月派的成员差不多，倾向于欧洲十九世纪浪漫主义思潮。二十世纪三十年代，他在清华外语系就读，讲授英美诗歌的是叶公超先生；还有一位赵萝蕤，即陈梦家夫人。在他们的影响下，辛笛接触了不少西方现代派诗歌，还翻译了现代派大师艾略特的名篇《荒原》。1937年，辛笛去英国爱丁堡大学研究英国文学，更有幸成为艾略特的学生，并与名诗人史本德、刘易士等时有过从，从此由浪漫主义转回现代派。难怪有人读了辛笛的诗，感到如同观赏了一幅幅欧洲印象派的绘画。

不过，中国现代派诗歌并不是外国诗派的机械模仿或简单横移。辛笛强调：他历来主张既要继承我国古典诗歌和民歌传统，又要借鉴外国诗歌手法，把传统和西方元素同时摄入意境，带入自己的诗作。所以他的诗作中既有现代意象，却又散发着古典诗词的浓厚韵味。辛笛举例说，西方现代派所主张的象征、暗示、官能通感、时间交错等等，在我国古典诗歌所主张的"赋、比、兴"字典中，早就有相似的实践。李商隐的"莺啼如有泪，为湿最高花"（《天涯》）即是"官能通感"的好诗："啼"是声，诉诸听觉；"泪"是水，诉诸视觉；水而能"湿"，诉诸触觉。李商隐的诗，诗境极美，但较难理解，只能意会，像"最高花"是什么，就不必去想，心中自有一种切实感受，这接近于国外的印象派，象征主义。

我问辛笛先生："根据您的创作实践，古诗中哪些方面特别需要借鉴呢？"辛笛不假思索地说："起码有三个方面。一是要借鉴古诗词格律的严谨性，二是要借鉴古诗词表现意象的方法，三是要借鉴古典诗词的抒情传统。诗歌要强调以情感人。"中国古代"载道"的东西太多了，不要再以诗"载道"。

在这次交谈中，辛笛还回顾了自己的创作道路。他说，他在二十世纪四十年代有一个丰收期，1979年之后又有一个丰收期，当然主要是写新诗。沦陷时期写了一些旧诗，因为旧诗具有主题的多义性，能够比现代朦胧诗更朦胧，适宜在政治环境不很正常的时期写作，也可用于应酬。"文革"时期他也写旧诗，据说竟然帮他避过了一些凶险。他认为自己的旧诗虽然不多，但其中也有精品。

1949年至1979年，是辛笛诗歌创作的断裂期。二十世纪五十年代，辛笛曾在上海财经委员会地方工商局担任秘书，接管英美烟厂，先后任上海烟草工业公司公方副经理、上海食品工业公司副经理。紧张繁忙的行政公务使他少有创作。在"文革"期间，他被扣上了种种"莫须有"的罪名惨遭迫害，长期被下放到农村养猪，孩子们称他为"猪爸爸"。他的罪名之一是"里通外国"，原因是抗战胜利后出任过《美国文学丛书》编委。事实是：抗战期间，美国驻华新闻处的费正清先生建议翻译一批美国优秀作品，并提供了几千元美金作为经费。费正清找的是夏衍。夏衍将此事转托给郑振铎。因为辛笛在银行工作，郑先生特请他出任编委，负责财务。谁能料到，就是这样一件促进中美文化交流的好事，竟使他在"文革"期间获咎？凡结识辛笛的人都知道，1949 年中国政局大变动时期，辛笛及其夫人原已在香港，并打算接管香港某银行，但当有些人纷纷移居外国时，他们夫妇却飞回大陆，并捐献了十五万美元家产。世界上哪有这种"里通外国"分子呢？

我问起辛笛今后的创作计划。他呷了一口治嗓子的浓黑的中药汤，几乎一字一顿地说："想多写点旧诗。如果写新诗，就要写得更朦胧。"最近，"九叶诗派"又有"两叶"凋零，他在悲痛中写了献给诗友唐祈先生和陈敬容女士的悼诗。

为了不多耽误老诗人的宝贵时间，我们在采访一小时后便匆匆告辞。踏上归途时，湿风扑面，蒙蒙细雨仍然笼罩着烟树迷离的大上海。我在心中默默祝福，祝福老诗人彻底治愈瘀紫的伤痕和沙哑的嗓音，早日从朦胧的心境中走出来。我相信他会迅速康复的，因为他说过：

"哪怕衰老悄悄地爬进细胞，蓬勃的生命却永远是顽强地植根于湿厚的土地之中。"（《乡恋》）

甲辰中秋夜，吾怀廖沫沙

　　年逾八旬之后，步履艰难，几乎与世隔绝，经常生活在回忆里：白天如此，梦中亦如此。回忆对象中，自然少不了前辈乡贤。记得是二十世纪八十年代初，《湖南日报》文艺部主任张兆汪约我写一组短文，介绍鲁迅与湖南同时代作家的关系。因为我是湖南人，以鲁迅研究为职业，而鲁迅结交的湖南各界人士有六十人左右，其中有共产党人，如毕磊；也有作家，如徐诗荃、黎锦明、白薇、田汉、萧三、黎烈文、丁玲、叶紫、周立波、周扬等，其中也有一位绕不开的廖沫沙。

　　廖沫沙是一位老革命。1927 年就担任过湖南省学生联合会干事；当年在革命低潮时期申请入党，由于从事地下活动的领导人失联未果。根据廖沫沙 1984 年底自撰的小传，他被批准入党的时间是在 1929 年 7 月（一说 1930 年）。新中国成立之后，他先后担任过中共北京市委宣传部副部长，中共北京市委教育部部长。不过，他的高干身份并不为一般人所知，直到"文革"时期，因为他是"三家村"中的一员，也因"反鲁迅"

而遭批判，这才使他几乎成了家喻户晓的人物。我拜访廖沫沙是在 1981 年 5 月 6 日和 11 月 10 日，访谈时间颇长，聊天内容极广，有口述史的价值。

初见廖老，我自报家门，说我是湖南长沙人。廖老说："我的原籍也是长沙，不过你是城里人，我是乡下人。辛亥革命之后也在长沙城里的白沙街住过。"我说："我住在天心阁，距离白沙街一公里。这里有口古井。老百姓说，白沙井水水无沙，天心阁上阁有心。每天都有老百姓到这里打水喝。"这一聊，顿时拉近了我跟廖老的距离。廖老接着问我的年龄。我说："时年四十，但仍然有惑，不是不惑。"廖老笑着说："我七十四了。你四十岁正当年。我四十岁时，受周总理委托，在香港《华商报》当副总编、主笔。此前写了很多文章，常写到凌晨四五点，第二天上午再补一觉。现在有人收集我的文章，有七十多万字，当然不全。"因为我用了很多笔名，有些连自己也忘了。不过几乎每个笔名都含含义。比如'达伍'，就是因为我过去的老婆叫熊达伍；'野容'，因为我有个朋友叫'容野'；'文益谦'，因为明末清初有位诗人叫钱谦益，我把他的名字倒过来用，其中也含满招损、谦受益的意思。"廖老接着问我调到鲁迅研究室之前的经历。我说："教了十四年中学。"廖老好奇地追问："1973 年'四人帮'号召'学黄帅，反潮流'，当时你受冲击没有？"我如实回答："那时批斗高潮已经过去，很多中学生没文化，只会砸玻璃，撬地板，没有拿毛笔写大字报的能力了。"廖老哈哈大笑，说："你看，你看，这就是你们教出来的学生！"

寒暄一通之后，话题转到了他跟鲁迅的关系。廖老说："我还在读高小的时候，就受到了五四新文化运动的影响，那时国文老师把'读经课'改为了选修白话文，鲁迅的杂文、小说那时就接触过。我在徐特立创办的长沙师范学校读书时，国文老师是后来的杂文家、文学史家陈子展。从那时起，我就爱上了文学，当然还读过茅盾、胡适、郭沫若、郁达夫、冰心等作家的作品。写战斗性的杂文，鲁迅还是开山祖师。创造社、太阳社攻击鲁迅，鲁迅反而名声鹊起，《阿Q正传》在文坛的地位也更高了。"

谈话自然转入了廖老跟鲁迅之间的那段公案。鲁迅在杂文集《花边文学》的序言中写道："这个名称是和我在同一营垒里的青年战友，换掉姓名挂在暗箭上射给我的。"1934年初，廖老经聂绀弩介绍参加了左翼作家，时年二十七岁，故鲁迅称之为"同一营垒里的青年战友"。"换掉姓名"，是指廖老撰写《论"花边文学"》一文时使用的笔名叫"林默"，跟此前有所不同。鲁迅将此文视为"暗箭"，是因为他认为鲁迅用"公汗"为笔名撰写的杂文《倒提》有"买办意识"，而且，又把报纸副刊上四周围着花边的小品或语录讥讽为"花边文学"，而且"花边"也是银圆的别名，暗指写这些文章的作者只是为了贪图稿费。

廖老说："这其实是一场误会。我的本意是替鲁迅出口恶气，不料反而误伤了鲁迅。鲁迅在《申报·自由谈》发表杂文，是通过该刊编辑黎烈文。我在左联的一次集会上听到黎烈文被撤换，取而代之的是一位老先生，感到很气愤，便憋着一股气，想在《自由谈》发表的文章中找岔子，结果找到了《倒提》这一篇。'公汗'这个笔名鲁迅此前似乎没用过，绝没想到黎烈文离职之后鲁迅还能够在《自由谈》发表文章。至于我讽刺的那些不痛不痒的小品或语录，明明指的是'论语派'提倡的那种'小摆设'。此前我在《自由谈》发表过一篇《人间何世》，就是针对周作人、林语堂在《人间世》杂志提倡的这种性灵小品。我的错误，是没读懂鲁迅《倒提》一文的微言大义，曲解了这篇文章。我的《论〈花边文学〉》刊出之后，就被调到党的地下机关工作，并于1934年冬被捕，直到1936年才出狱。1938年我随田汉到长沙编《抗战日报》，兼任副刊主编，才有机会读到鲁迅的《花边文学》一书，深感由于自己的鲁莽冒失铸成了大错。但鲁迅去世，公已无言，我只能模仿鲁迅的历史小说和杂文，写出了《鹿马传》这种小说和《分阴集》一类杂文，聊以补过。"

第二次拜访廖老时，他海阔天空地跟我聊到了一生的主要经历，以及三次被捕和十年"文革"的情况。临别前，他主动给我题写了两首七绝。他声明他不是诗人，好用俚语写一些打油诗，里面也有一些自嘲或讥讽，他题写的是《偶感》：

其一

四汉三家道不孤，

秦皇事业化丘墟；

坑灰未冷心犹热，

读尽残篇断简书。

其二

岂有文章惊海内，

漫劳倾国动干戈；

三家竖子成何物，

高唱南无阿弥陀。

落款是："录旧作供漱渝同志一哂，廖沫沙。一九八一年十一月"。

因为"诗无达诂"，我请廖老大体解释一下这两首的含义。廖老说，第一首七绝写于 1973 年春夏之间，当时他被隔离审查，家属探视时，带来了林彪坠机而死的消息，以及一些马列著作和鲁迅著作的单行本。批判"四条汉子"和"三家村"，拉开了十年"文革"的序幕。1961 年 9 月，中共北京市委的机关刊物《前线》半月刊想效仿《人民日报》副刊的做法，开辟一个杂文专栏叫《三家村札记》，执笔者是北京市委书记处书记兼《前线》主编邓拓，北京市副市长吴晗，以及时任市委统战部长的他。他们三人共用"吴南星"这个笔名，轮流每期为《前线》撰写一篇千字左右的杂文。他跟邓拓都是二十世纪三十年代入党的老党员，吴晗虽然五十年代才入党，但四十年代就是著名的历史学家和民主人士。三个人都在北京市委和市政府工作，当然有工作联系，但为《前线》撰稿却是各写各的，刊物也是原文照登，绝非是"四人帮"污蔑的那种有组织、有计划、有目的的反党反社会主义的团伙。鲁迅文章提到的"四条汉子"当中，他跟田汉最熟，他二十岁时曾在田汉担任校长的上海艺术大学旁听，并参加过南国剧社的活动。田汉的弟弟田沅是他的同学。廖老得知田汉1968年已被迫害致死；1969年，吴晗及夫人、养女也被迫害致死，内心极为悲痛。"四汉三家道不孤"，是对友人的缅怀。"秦皇事业化丘墟"当时是指林彪。1971年9月13日，林彪的座机在蒙古温都尔汗坠毁。

第二首诗写于1978年冬，其时已经粉碎"四人帮"。1979年8月，经中共中央批准，中共北京市委正式决定为所谓"三家村反党集团"冤案彻底平反。"高唱南无阿弥陀佛"，表现出廖老身处逆境时的一种乐观态度。他不但决心身处逆境不轻生，而且在"文革"挨批斗低头弯腰时，常默念"大慈大悲南无阿弥陀佛，救苦救难观世音菩萨"，用这种方式来分散肉体和精神方面的痛苦。廖老跟吴晗1967年夏天同台被批斗时，他还写了一首《嘲吴晗并自嘲》的打油诗："书生自喜投文网，高士于今爱'折腰'。扭臂栽头喷气舞，满场争看斗风骚。"1980年12月11日上午九时，廖老在最高人民法院特别法庭公审江青时出庭作证。他说："我这样一个同党血肉相连的人到了六十年代，竟然被你诬陷为叛徒，特务，被无故关押了八年多，流放三年，对我进行非法虐待，毒打我，满口牙齿被打落，不给吃饱饭。不仅我一个人，北京市许许多多的干部、群众受到你们的摧残迫害。"（《瓮中杂俎》，第 450 页，中国社会科学出版社 1994 年 11 月第 1 版）我想，廖老如果没有乐观精神和坚强意志，怎能迎来粉碎"四人帮"的春天呢？

我撰写此文时，正值 2024 年（甲辰年）中秋之夜。白天回家探视的儿孙云散，病妻早已入眠。我两腿不良于行，无法去欣赏那六十年一遇的明月，只能枯坐书斋。忽听咔嚓一响，吓得一惊。起身一看，原来是暖气上面的窗台板被一摞一摞旧书压塌。这居室已有四十五年房龄，窗台是压缩板制成，被厚重的旧书压塌是情理之中。我只得把这些纷乱狼藉的旧物重新拾起，无意中，发现了一个《人民日报》馈赠作者的小笔记本。打开一看，居然有我四十三年前采访廖老的记录。是将这些文字毁弃，还是整理成文？我着实纠结了一番。佛家讲"看破放下"，"世事漫随流水，算来一梦浮生"。但又觉得我跟廖老的访谈记录，还不是扰乱心绪应该放下的"闲事"，而是在一个历史转捩点的时代记录。比如文中"扭臂栽头喷气舞"这类苦中作乐的谐语，我的儿孙就已经完全读不懂了。如果以史为鉴，这些陈年旧事还是不应当完全忘却的。于是勉力为文，为廖老，为自己，也为一切不忘革命初心的人们，留下这段简单质朴的文字实录。

"小鹿"陆晶清

"小鹿"指文坛耆宿陆晶清,因其姓"陆",个子不高,又喜欢蹦蹦跳跳,所以学生时代即有此昵称,绝无不敬之意。她是一位不应该在人们的记忆中被淡忘的人物。

九十八年前,她就主编过《京报副刊·妇女周刊》,后来又编辑过《世界日报·蔷薇周刊》,产生了广泛的影响。她以创作诗歌、散文见长,文笔华美,情感细腻,代表了当时女性作品的普遍风格。她的散文集《素笺》和《流浪集》于1930年和1933年先后出版,在中国现代散文史上占有一席之地。

她是鲁迅的及门弟子,许广平的同窗好友,毕业时曾跟许广平等邀请鲁迅、许寿裳参加谢师宴。鲁迅跟许广平离京南下时,在车站的送行者中,也有她娇小的身影。经她跟其他校友证实,1925年12月1日,女师大学生运动取得胜利,学潮中二十四名骨干(包括陆晶清)在校门口合影。照片顶端的题词系鲁迅拟稿:"民国十四年八月一日,杨荫榆毁校,继而章士钊非法解散。刘百昭率匪徒袭击,国立北京女子师范大学蒙从来未有之难。同人等敌忾同仇，外御其侮。诗云：修我甲兵，与之偕行。此之谓也。既复校，因摄影，以资纪念。十二月一日。"这一题词，应视为一篇重要的鲁迅佚文。

很多人都不了解，她还是中国现代妇女运动的骨干。1926年1月，经李大钊介绍，她参加了中国国民党左派组织。当时正值国共第一次合作的大革命时期。她在何香凝领导的中央妇女部担任干事，同在妇女部的还有中共党员邓颖超、蔡畅、刘清扬等人。那时她用的名字叫"陆娜君"。第二次国共合作期间，她又积极参加国内的抗日工作，并在欧洲参加国际反法西斯运动。1939年8月26日，她的丈夫王礼锡烈士病逝时，他们夫妇正分头进行战地访问，九天之后她才闻此噩耗，如霹雷轰顶。她后来担任民革中央委员和民革上海市委副主任委员，无疑跟这段光荣历史有关。

我跟她是1975年通信联系的，中间人是当年女师大刘和珍烈士的战友张静淑老人。初次到上海岳阳路拜访她，是由挚友和"老上海"丁言昭带路，因为我中小学时代生活在只有"七里零三分"的小城，到了马路纵横的大上海立马成了"路痴"，上街就晕，茫然不知所措。

跟她聊天是件有益而特别亲切的事情。我们谈及了"蔷薇社"，谈及了为鲁迅所鄙薄的剽窃者欧阳兰，谈得最多的当然是二十世纪二十年代中期发生的"女师大风潮"。后来，她写下了一篇《鲁迅先生在女师大》。因为我曾经任教的北京鲁迅中学就在女师大旧址，所以有些细节只有我跟她能相互沟通，比如她提到原女师大当作"病房"用的那座西小院，原有八间小房，其中有一间就是我住过十四年的单身宿舍，她曾经居住过的北京校场口，也是我初次安家的地方。但是，她从没有说过她一度经历的坎坷曲折。她的文章《忆浦熙修》开头一句就转述了浦熙修的原话："我拥护党！我相信党！我问心无愧！问题总有一天能弄清楚的！"我想，这也就是她久蓄于内心的话吧！

她还有一篇短文，题为"我漂浮在回忆的长河中"。她八十六年的生涯，的确饱览了变幻而壮美的历史风云，又有一支生花妙笔。令人遗憾的是，她留下的回忆文字跟她的经历相比实在太少。比如，她经历的大革命，担任编辑的神州国光社，参加的抗日救亡运动，她在欧洲的反法西斯活动，值得写下的其实还有很多很多。她跟我交流时，我竟忘了收集她回忆挚友石评梅的口述资料。她仅在1939年写过一篇简短的《王礼锡先生传略》，而没有来得及亲自为丈夫扩写一部厚重的王礼锡传，来纪念这位三十九岁即英年早逝的杰出人物……

我跟她最后一次见面应该是1982年8月，她应邀到北京开会，不慎摔了一跤，导致骨折，住进了积水潭医院北三楼骨科病房三〇一号。我去探视过她，有一次还陪着刘亚雄老人一起去看她。刘亚雄是她在女师大的同学，"女师大风潮"中的"偕行者"，其父刘少白是毛泽东敬重的"开明士绅"，本人曾任劳动部副部长，当时是交通部顾问，被薄一波尊称为"刘大姐"。两位老人在一起回忆起学生时代的峥嵘岁月，感慨万千。

六年后刘亚雄去世，这次会面竟成她们的最后一面。

　　"小鹿"生于昆明，卒于上海，白族人，终年 86 岁，今年是她逝世三十周年。她跟我们虽然已经天人永隔，碧海青天永渺茫，但她跟一切为中国文学事业和民族解放事业作出过贡献的前贤一样，会永存在后人的缅怀中。唐代白居易《梦微之》诗中写道："君埋泉下泥销骨，我寄人间雪满头。"虽然我跟她的交往无法跟白居易和元稹相比，辈分也不合，但切合我撰写此文时的心境和年龄状况，故援引于上，以作纪念。

"一味黑时犹有骨"

——聂绀弩先生印象

他肤色黝黑，颧骨隆起，背佝偻着，说话时底气不足，有时还哮喘，但双眸炯炯有神，好像能穿透世间万物。这就是我对聂绀弩先生的最初印象。其时他73岁，遭受了近十年的缧绁之灾，刚从山西获"特赦"返回北京。直至1979年3月和4月，他才先后被摘掉"右派分子"和"反革命"这两顶帽子，恢复了长达半个多世纪的党籍。不知怎的，一见聂老，我脑海中顿时冒出了清代诗人徐宗干《咏炭》诗中的两句："一味黑时犹有骨，十分红处便成灰。"聂老其时虽处逆境，但仍傲骨嶙峋，桀骜不驯。

我是文科生，当然知道聂老是诗人、杂文家，对古典文学乃至语言学都研究很深。我1976年4月即调到北京鲁迅研究室任职，也知道聂老是鲁迅晚年接触较多的左翼作家之一。1934年他主编《中华日报》副刊《动向》，刊登过鲁迅二十多篇杂文，其中就有《拿来主义》《汉字和拉丁化》《略论梅兰芳及其他》这些著名文章。鲁迅遗物中还保存着这些报纸，不过因为时间太长，一碰就会掉渣，无法翻阅。当年《动向》副刊支付稿酬的标准大约是每千字一元，但为了优待鲁迅这样的大作家，聂老每篇短文按三元付酬。鲁迅跟聂老开玩笑说："那我以后投给你的稿子要越来越短了。"1936年初聂绀弩等创办《海燕》月刊，鲁迅亲自题写了刊名，又在该刊发表了九篇杂文。鲁迅去世之后，聂老是治丧委员会成员，十六位起灵扶柩者之一。聂老还撰写了一首著名的悼诗《一个高大的背影倒下了》："一个高大的背影倒了，在无花的蔷薇的路上——那走在前头的，那高擎着倔强的火把的，那用最响亮的声音唱着歌的，那比一切人都高大的背影倒了，在暗夜，在风雨暗天的暗夜！……"

还原萧军决斗的历史现场

我在跟聂绀弩老人不多的接触中，有两次记忆最为深刻。第一次是1976年11月11日下午，地点在北京东直门外左家庄新源里九楼三单元三十三室聂老的寓所。带我去的是鲁迅博物馆研究室的老主任李何林先生。李先生是鲁迅研究界的奠基者之一，仅比聂老小一岁。李先生之所以亲自出马，因为此行是在执行一项政治任务。国人都不会忘记1976年那金色的秋天。10月6日晚，中共中央召开政治局紧急会议，一举粉碎了祸国殃民的"四人帮"，结束了十年之久的"文化大革命"，紧接着，就是紧锣密鼓地清算"四人帮"的现实罪行和历史罪行。我们的上级单位国家文物局承担了调查"四人帮"成员张春桥历史劣迹的任务，而聂老曾经跟张春桥打过交道。十分有趣的是：这次严肃的"外调"竟然是从萧军跟张春桥打架这件佚事聊起。

在这次拜访聂老前不久，我曾跟李先生及另一位同事金涛一起，到北京西城鸦儿胡同六号拜访过"东北作家群"领军人物萧军。萧老一开口就跟我们聊起他跟张春桥的接触。他说："鲁迅去世之后，成立了一个治丧委员会，但这只是一个名义，具体的事情都由治丧办事处来做。我是负责人，张春桥在我手下跑龙套，做点登记挽联花圈之类的事情。后来，我被感情驱使，到万国公墓的鲁迅墓地前焚烧了一些登载悼念鲁迅文章的刊物，如《中流》文学半月刊的《哀悼鲁迅先生专号》。张春桥的朋友马吉蜂就写文章挖苦我。我约他在上海徐家汇一带的空旷菜地决斗，张春桥作为马吉蜂的证人，聂绀弩、萧红作为我的证人。一上手，我就绊了马吉蜂一个跟斗，扑上去又给了他三拳，第二回合，我又把他打倒了，警告他：你再写文章骂我，我还揍你。"我跟聂老复述这件佚事。聂老说，"确有此事，萧军烧的是《中流》《作家》一类刊有悼念鲁迅文章的刊物，马吉蜂写文章嘲讽萧军搞封建迷信。萧军大怒，带了一根铁棍，要跟马吉蜂决斗。张春桥是马吉蜂的见证人。我跟萧红是萧军的见证人。萧红怕真出人命，夺走了铁棍，马吉蜂个子大，但萧军习过武，两人打得不相上下。后来萧军见人就说他打赢了，但我可以证明，马吉蜂当场并没有认输。"说这番话时，聂老显出了孩童般顽皮的神情。

回忆因办报和曹聚仁产生矛盾

我们询问《中华日报》副刊《动向》的情况。聂老说："《中华日报》是国民党汪精卫改组派的报纸，但该报的文艺副刊《动向》等于是'左联'半公开的机关报，具有独立性。《戏》周刊也是如此。我是通过叶紫认识鲁迅并约他写稿的。鲁迅给我写过一些信，但他去世前我大多烧了。因为我入了党，必须考虑鲁迅的安全。"拜访聂老，自然会问及他跟曹聚仁的矛盾，因为这不单纯是私人之间的纠葛，而是涉及对鲁迅1936年2月21日致曹聚仁信的理解。聂老说，鲁迅临终前不久，想跟他和二萧等一些左翼青年作家合编一本刊物。胡风提议刊名为《海燕》，鲁迅同意并亲自题写了刊名。印刷费是大家一起凑的，编辑杂务由他承担。当时出版刊物，一定要注明发行人和地址，并交法院报备。但聂绀弩不能公开身份，第一期"发行人"就用了一个"史青文"的假名。地址印的是上海兆丰路人和里八号。刊物因此受到警告。一天晚上，他在上海金神父路（今瑞金二路）碰见了曹聚仁。"那时曹聚仁跟徐懋庸住在一起：曹是二房东，徐是三房客。"曹聚仁主动跟他打招呼。聂灵机一动，就想请曹聚仁出面做《海燕》的发行人。曹不赞成，聂劝了半天，陈述了很多理由，他以为曹默认了，所以《海燕》第二期出版时，发行人就印上了曹聚仁的名字。刊物准备发行时，聂去代售该刊的群众杂志公司，正看见曹用油墨把第二期上他的名字一个个涂掉。曹说："我没有答应，你误会了。"2月19日，曹给鲁迅写了一封告状信，鲁迅21日复信调解。因为曹不仅发表了公开声明，而且把聂告到了法院。《海燕》第一期印出后，当天售尽两千册，可见广受欢迎。第二期印出后，以"共"字罪被禁，同时被禁的刊物有二十多种。聂也被判罚款五十元，当然并没有真去交罚款。鲁迅的这封信，从字面意思来看，是想缓和当时的态势，所以先批评聂因是年轻人激烈的热情，不顾前后，又对曹"怀着同情，却又不能不有所顾虑的苦心孤诣"表示理解。曹聚仁觉得刊物只要"内容没有什么，就可以平安"，鲁迅表示这"是不能求之于现在的中国的事"。因为当局关注的"并不在内容，而在作者"，对于凡刊登左翼作家作品的刊物，"前途的荆棘是很多的"。对于《海燕》的夭折，鲁迅当然是悲愤的，因为这是鲁迅跟青年作家共同创办的最后一种刊物，内容原本丰富，刚发行时的势头又那么好。

解释为何被鲁迅公开批评

在围绕建立文学界抗日民族统一战线展开的"两个口号"之争中，聂老是旗帜鲜明地拥护鲁迅提出的"民族革命战争的大众文学"口号，反对周扬等人率先提出的"国防文学"口号。但在《答徐懋庸并关于抗日统一战线问题》一文中，鲁迅却公开批评了聂老，原文是："人们如果看过我的文章，如果不以徐懋庸他们解释‘国防文学’的那一套来解释这口号，如聂绀弩等所致的错误，那么这口号和宗派主义或关门主义是并不相干的。"对于这个问题，聂老的回答是："冯雪峰对鲁迅说，‘国防文学’口号是上海地下党提出的，不能公开反对，全面否定。‘两个口号’可以并存，实际上是冯雪峰的意见，目的是加强团结，缓和矛盾。鲁迅同意了这个意见，并以自己的名义公开发表了《答徐懋庸并关于抗日统一战线问题》，所以‘两个口号并存’也是鲁迅在经过跟友人商议之后赞同的意见。""两个口号论争"的问题在当时和当下都是一个众所纷纭的问题，但作为历史的参与者和见证人，聂老的说法无疑是值得参考的——至少是一种说法。我对于四十六年之前的这次访谈之所以记忆如此清晰，完全不是靠的"好记性"，而是靠的"烂笔头"。我当场认真做了速记，回单位后马上进行了整理，这整理稿还保存在我的一本采访日记当中。1977 年，我所在的鲁迅研究室准备编一部资料完整的《"两个口号"论争集》，而由于时间不够，第一次采访时聂老又语焉不详，便用通信方式请他再安排一次时间，那年 2 月 26 日，聂老复信说"何时枉顾均可"，所以 4 月初我就跟同事张小鼎再次登门了。

这回见到的聂老身体更差，他坐在床上，腰后垫了一个枕头，腿上盖了一条褥被。小鼎是我的师兄，热情博学，后来调人民文学出版社，编辑过《瞿秋白文集》《茅盾全集》《老舍全集》等重要著作，主要缺点是有时说话有点啰唆。我记得我们连板凳都没坐热。"周婆"就走进来对聂老大声嚷嚷："你这病刚好一点，不好好休息再病了怎么办？""周婆"指聂老的老伴周颖，邓颖超的校友，天津觉悟社成员。1929年跟聂老结婚，新中国成立后曾任全国政协常委，民革中央常委。我问聂家的朋友，"周婆"这个称谓从何而来？回答是：这是聂老对夫人的昵称。聂老因错案劳改时，就写过一首七律《柬周婆》，描写他当时砍柴背草推车的情况。周颖短发，脸盘方圆，我们采访当年已经六十七岁，所以大家都跟着叫"周婆"，并不认为失敬。那天"周婆"一声吼，我们知道是下达逐客令，便吓得赶忙告辞，落荒而逃，所以采访也一无所获。至于此后聂老还为我们撰稿没有，现已毫无印象。我们拟编的《"两个口号"论争集》也因故流产。1986年，聂老走完了八十三年的坎坷一生。2017年，他故乡的武汉出版社出版了一部十卷本的《聂绀弩全集》，为他修建了一座非人工的纪念碑。

心灵的债务

——怀张静淑老人

我虽并非宗教徒，但却有忏悔意识。特别到了暮年，常反思此前做过什么错事，荒唐事，不周到的事；能弥补则抓紧弥补，实在弥补不了那就只能今生抱憾，留待来生了。

本文所想偿还的，是我对张静淑老人的心灵债务。

这应该是六十四年之前的事情了。我在湖南长沙雅礼中学就读期间，语文老师声情并茂地在课堂上讲授鲁迅的杂文《记念刘和珍君》。文中有一句话让我刻骨铭心："始终微笑的和蔼的刘和珍君确实死掉了，这是真的，有她自己的尸骸为证；沉勇而友爱的杨德群君也死掉了，有她自己的尸骸为证；只有一样沉勇而友爱的张静淑君还在医院里呻吟。"根据鲁迅此文叙述，发生于1926年的"三一八惨案"中，刘和珍烈士在段祺瑞执政府前中弹，从背部入，斜穿心肺，已是致命的创伤，只是没有便死。"同去的张静淑君想扶起她，中了四弹，其一是手枪，立仆……"从此，张静淑"沉勇而友爱"的形象就镌刻在我的心版上。对于她传奇式的经历，我也产生了强烈的好奇心。

五十八年前，由于命运的安排，我出乎意料地被分配到了北京西城第八女子中学任教，而这所学校的校址恰巧是刘和珍、杨德群、张静淑这"三个女子"母校的原址。又是由于命运的安排，四十六年前我居然萌发了撰写一本《鲁迅与女师大学生运动》的念头。这是一本史料性的读物，资料来源之一是当时的报纸杂志和历史档案，之二是当事人的口述历史。经过多方打听，我终于得到了静淑老人的通信地址，于是就开始了约三年的通信联系。

回忆起来，我最初给静淑老人写信是 1975 年底，询问了六个问题。1976 年元旦她即给我写了回信。当时她还居住在湖南省长沙市建政街二十四号，是租赁的一处民房，条件极差。后来才搬迁到长沙南区幸福街三十二号一处公房，条件稍有改善。静淑老人在回信中说："从你信中所提出的六个问题看，使我感觉到你这位五七届高中毕业生比我这个五十年前女师大毕业的学生对女师大的情况都熟悉些。我不知道为何能如此熟悉？资料出自于何处？"

我当然最想了解老人当年受伤的情况。据旧报刊报道，在"三一八惨案"中张静淑受伤，被抬回女师大，惨叫了一夜，第二天才住医院，身体备受摧残。我跟老人核实这一情况。她复信说："我受伤后苏醒过来一看，我正倒在军阀段祺瑞执政府院内，左边大铁栅门口。刘和珍、杨德群两位也都倒在那里呻吟。我使劲地抬起双手来，抱着刘和珍，叫她快起来！她指着胸前子弹眼说：起不来……当时，这院内大铁栅门口人堆人，极难爬过去。有一位北大戴眼镜的男同学把我向缝隙里一推，我跌倒在地上。他扶起我问：'哪里的人？'我说：'女师大的。'他叫了一辆人力车，扶我上车，放下车篷，嘱咐拉车的：'由小胡同走！'我到校时已是傍晚，同学们正集聚门口等候我们三人。同学把我抬到寝室床上后，发现枪弹从我背后尾脊等处射入。当时学校成立了救伤委员会。注册课的职员伍斌，湖南衡山人，戴眼镜，用电话请德国籍校医克礼来诊，当即送往位于东交民巷的德国医院，几天后将弹头一一从大腿等处取出。这时鲁迅先生也住这家医院，是临时避难的，他吃得很少，我常将我吃的东西分送给他吃。"（1976年1月13日来函）

同时，我当然会向她了解刘和珍、杨德群两位烈士的事迹。她函告我，刘和珍烈士是她的好友，1923年一同考入女高师。刘读英文系，她读教育系。烈士是江西南昌人，1920年毕业于江西女子师范。1921年秋在该校组织进步团体"觉社"，出版《时代之花》半月刊。"三一八惨案"发生之后，她的遗体是从段祺瑞政府手中几经交涉才夺回的。烈士的老母亲1960年才去世，活到八十三岁，无疾而终，一直享有烈属待遇。刘和珍之弟刘和理，新中国成立后在江西师范学院化学系任教。

静淑老人还函告了杨德群烈士的情况，说杨德群是湖南湘阴县人，牺牲时二十四岁。杨德群牺牲后，她父亲过继了一个儿子，叫杨建民，在长沙冶金工业学校任教。杨德群的父亲曾为女儿编过一本《杨德群烈士纪念册》，内有烈士部分日记及散文，原始资料由湖南汩罗县弼时公社弼时中学杨宪章老师保存。

经静淑老人介绍，我跟刘和理老师取得了联系。他曾将刘和珍生前照片捐赠给上海鲁迅纪念馆。上海馆向来办事周到，又翻拍洗印了三十张（每张复印三份）回赠捐赠人。刘先生自留一份，送给静淑老人一份。另外十张，刘先生写信跟静淑老人商量。信中说："我意，可赠与北京市 158 中学语文教师陈漱渝同志，由先生（指张静淑）直接寄去，或由我转寄均可。并请先生反面注明影中人姓名及关系。关于陈老师，在我给先生的信中已经做过介绍。陈老师对于先生及烈士是极为敬仰的。"不久，我就收到了静淑老人转赠的这十张珍贵照片。喜出望外，立即转交了鲁迅博物馆资料部，作为文物收藏。杨宪章老师那里，我一直没有主动联系。

我还向静淑老人了解了一些有关女师大风潮的其他情况。鲁迅《记念刘和珍君》一文开头写道，敦促他撰写此文的是一位"程君"。她前来问鲁迅道："先生可为刘和珍写了一点什么没有？""先生还是写一点罢；刘和珍生前就爱看先生的文章。"由此可见，这位"程君"就是这篇经典之作的催生者，就跟孙伏园是《阿Q正传》的催生者一样。我开始臆测，这位"程君"可能是郑德音，因为她是女师大风潮骨干，又是笔杆子，而且"程""郑"音近。静淑老人函告我："程君名字叫程毅志，湖北孝感人。她继承祖母遗产，在校时经济状况最好，穿着讲究，人也漂亮，是刘和珍、我的好友之一，不知现在是否健在？"（1976年2月20来函）在女师大"偕行社"的合影上，能看到程毅志其人，印证了静淑老人的说法。

上文提到的"偕行社"合影，是静淑老人跟刘和理老师向我提供的最为珍贵的史料，因为合影上端的题词是一篇重要的鲁迅佚文！

1925年12月1日，是女师大复校后的第二天，刘和珍、许广平、刘亚雄、郑德音、赵世兰等二十四名学潮中的骨干在校门口合影留念。照片上端有一段题辞："民国十四年八月一日，杨荫榆毁校，继而章士钊非法解散，刘百昭率匪徒突袭，国立北京女子师范大学蒙从来未有之难。同人等敌忾同仇，外御其侮。诗云：修我甲兵，与子偕行。此之谓也。既复校，因摄影，以资纪念。十二月一日。"我听说这段题辞系鲁迅代为拟稿，因为它既符合鲁迅的立场，又符合鲁迅的文风。此前，鲁迅也有为女师大进步学生起草宣言的先例。我函询静淑老人。静淑老人肯定说，这题辞确系鲁迅拟稿，鲁迅就是在场人，校友吴瑛也可以证实。为什么照片上的题辞不是鲁迅手迹呢？静淑老人解释说："在女师大复校斗争中，鲁迅先生被称为'学潮鼓动者'，因此既不参加摄影，也不手书题辞。然而'偕行'一照鲁迅先生是完全知道的，许广平先生参加了合影，就是极为有力的证明。"（1976年3月3日来函）

为了进一步落实这一重要史实，静淑老人又函询了她的学友陆晶清，得到的回复是："女师大并没有偕行社这一组织，只是鲁迅先生为我们24人拍的照片题辞时用了'偕行'这词。

那题辞确是鲁迅题的，是老许（按：许广平）和我去求他题的。字可不是他写的，可能是照相馆人代写的。"（1976年6月3日来函）陆晶清也是女师大风潮的积极参与者，著名女作家。她是鲁迅为合影题词的邀请者，这进一步证明这一题辞的确是一篇重要的鲁迅佚文。

关于静淑老人本人的经历，她向我提供了一份传略，还有一篇回忆《我在吉隆坡》。从中得知，1902年6月，她在江西赣江逆流而上的一艘船上诞生。因为其时在江西太和县工作的父亲被革职，只好冒酷暑返回故乡长沙。六岁时父亲病逝，江西贫家出身的母亲只好携张静淑寄居长沙南门外白马庙的一个尼姑庵，以刺绣为生，抚孤成人。后得表叔资助入学。小学毕业后，张静淑考入了长沙古稻田女子师范学校。校长是徐特立先生，学校不仅提供食宿，而且每年发给灰布制服一件，青布长裙一条。1922年毕业后曾在长沙幼幼小学及北京平民半日学校任教。1923年考入北京女子高等师范学校，后升格北京女子师范大学。

"三一八惨案"后，张静淑辍学去吉隆坡任教，介绍人是她的同乡、同学任培道。任培道也是杨德群烈士的好友，杨烈士传略的撰写者。1908年，吴雪华女士跟她的邻居钟卓京先生在马来西亚的首府吉隆坡创办了一所坤成中学。这是一所华文学校，重视女子教育。学校预支了张静淑两百元路费。1926年底，张静淑乘坐一艘"斯劳斯"号法国邮轮抵达了吉隆坡，迎接她的是十余名从国内聘请的教员。到校后，同事、学生、家长以及当地华侨对她都很好，唯独跟校长格格不入。校长张纯士女士毕业于长沙艺芳女中，观念陈旧，主张复古、读经。张静淑虽是国文教师，但极力反对八股文，坚持讲授白话文。当时，作家许杰在南洋编辑了一份《盖群报》，曾把张校长错解《论语》的一些话编成《新语录》披露。张校长怀疑是张静淑所为，于是派来一位叫陈君保的督学来监听张静淑讲课。当时一些进步学生对张静淑表示支持，校方便以"言行越轨"为由开除了四名学生，其矛头实际上是指向张静淑。

在吉隆坡，张静淑经学生何慕兰介绍，结识了一位共产党员莫华。莫华瘦而高，说一口广东式普通话，居无定所。在他那里，张静淑第一次读到了《共产党宣言》。此后，莫华都是主动联系张静淑，让她秘密散发一些传单，主要是宣传第一次国共合作期间北伐战争的胜利，并动员华侨募捐支援北伐。张静淑在吉隆坡待了两年，休学期已满，在坤成中学又难以再待下去，便于1928年回国复学，直至女师大毕业。

毕业以后张静淑长期从事教育工作。先后在北京女师大附中、长沙私立幼幼学校、纯德职业学校、含光女子中学任教。抗日战争时期长沙沦陷，她辗转流离于益阳、沅陵、桂林等地，长达七八年之久。1949年长沙和平解放，张静淑与友人创办大同小学及新民、光明两所托儿所，致力于小学教育和学前教育。

晚年的张静淑境遇不好。1976年3月，我写信给她问候起居。她同月15日复信说："当前我的健康情况很不好，一些老年人的病：血压高，白内障，失眠，动脉硬化我几乎全有，再加上左腿骨跌倒骨折，须扶杖行。五十年前中四弹的伤疤，至今仍隐隐作祟……这些使我处于不安的状态，心脏的活动是随时会停止的。"1976年11月至1977年1月15日，静淑老人"病得严重，几乎死去。经诊断是肥大性脊髓炎，致使白血球增加，影响到血压、神志和便秘"。（1977年1月15日来函）

1977年春，我拜托在长沙定居的表弟王平探望老人。同年5月1日，她复信说："承关怀，托令表弟王平同志来看我，非常感谢。我因年老体衰，血压高，经常失眠，通宵不能成寐，加之最近有时夜晚忽然失去知觉，不认识人，据医生说系梦游，由于年老，神经衰弱，用脑过度所致，因此不但没有和人来信，连书报都极少阅读。"

1977年5月2日，我又写信问及静淑老人的经济状况。她函复说："我晚年的生活境况不好，其原因是：我一生毫无积蓄，年老多病不能工作，仅有一子，他已成家，其工资收入极微，时感入不敷出，更无力顾我。"（1977年6月22日来函）她很希望上海鲁迅纪念馆、北京鲁迅博物馆能向有关方面反映，以求得到党和政府在经济上的援助。

我收信后，即将她的情况及联系方式告诉了有关单位和个人。上海鲁迅纪念馆派虞积华先生专程赴长沙向她征集文物，并支付了一点征集费。静淑老人很高兴，说为数不多，但不无小补。她撰写的《忆刘和珍烈士》一文，我也转寄给了《读点鲁迅丛刊》的负责人王世家，王世家回复说可在1977年11月在该刊发表。中国社科院文学所向老人寄赠了《鲁迅手册》。女作家陆晶清也答应1978年春天由昆明返回上海市时，到长沙小住，探望这位半世纪之前的同窗。这些都丰富了静淑老人晚年的生活。为此，她于1977年12月31日来函向我表达谢意。

最有意思的是，静淑老人在一封信中还跟我以"战友"相称。当时刚刚粉碎"四人帮"，我以"关山"为笔名，在《南开学报》发表了一篇文章，批判"文革"时期上海市委写作组"石一歌"写的《鲁迅传》，引起了静淑老人的强烈共鸣。她说"石一歌"写作班子也曾经联系过她，幸亏她没有搭理，否则她就有可能被视为"四人帮"伸向长沙的黑手了。好险！（1977年1月14日来函）

令我感动的是，1977年6月22日，静淑老人还签名盖章，专门给我单位写了一封信，信中说："我自从认识陈漱渝同志并与之通信后，使我重新得到战斗的鼓舞，我似乎年轻了许多，这是我得感激党和政府，感谢你们，感谢陈老师的。""战斗的鼓舞"这类语汇，今天读来似乎有隔世之感。她当时提到的"战斗"，主要是指揭批"四人帮"并肃清其流毒。信中虽然对我过誉，但我跟她联系，唤起了她对峥嵘岁月的回忆，使她在病贫交加之时有了一些情感的慰藉，倒确是一个事实。

1978年初，静淑老人病逝，终年七十六岁。当年2月6日，我接到她儿子的讣告："家母生前，承蒙关怀，家母死后，顷接惠书。字里行间，情谊深厚，深表谢意。"当时，我的第一本小册子《鲁迅与女师大学生运动》一书由北京出版社公开出版，我立即给老人寄赠了一本，没想到老人遽然仙逝，未能亲自对拙作进行指正。同年 5 月 22 日，静淑老人的儿子收到书后给我写了一封长信，首先肯定拙作"作为资料性读物，的确是一本很好的书，尤其是能将有关此一专题的零散的珍贵资料，以史实为依据，进行整理收编，确实难得"，接着进行了尖锐的批评，主要是未能编入静淑老人的照片和资料。他说，鲁迅《记念刘和珍君》一文中赞誉的是"三个女子"，怎么能仅突出刘和珍、杨德群而撇开张静淑呢？对于薛绥之先生主编的《鲁迅杂文中的人物》未能收入张静淑传，他也提出了类似的意见。

今天反思，老人儿子的严正批评并不是全无道理的。不过，《鲁迅与女师大学生运动》完稿于 1974 年，那时我尚未跟静淑老人取得联系。北京出版社的资深编辑邓清佑首先肯定了这本书的出版价值，但由于书中涉及了"文革"中被定为叛徒的瞿秋白烈士，受到不公正批判的李大钊烈士，被外交部造反派批判因而"靠边站"的陈毅将军。女师大运动的一些骨干，如刘亚雄等，当时也正处于被审查阶段。邓清佑要我将这部"齐清定"的书稿先压在出版社，没想到这一压就是三年多！如临时增补章节，会导致重排、倒版等一系列问题，出书心切的我便知难而退了。再说，虽然 1976 年 10 月已经粉碎了"四人帮"，但大规模平反冤假错案是直到 1978 年 9 月才进行的，那时公开发表文章有一个不成文的规定，就是不但要审查作者的政治状况，而且也要审查文章或著作中所涉及人物的政治情况。静淑老人是一个隐姓埋名几十年的人物，当年被我发现可以比喻为"出土文物"。虽然谁都知道她的历史贡献，但对她1926 年之后近四十年的状况却都不清楚，我也不可能以个人名义去"内查外调"，所以，在报刊和公开出版物上广为宣传，还存在疑虑和顾虑。发表我关于女师大风潮文章的《南开大学学报》，1977 年前后发行量在全国报刊中雄踞榜首，但因为发起关于鲁迅思想发展问题的谈论，却引发了一场政治风波，有关编辑险些遭到无妄之灾。这件事表明，粉碎"四人帮"之初，中国还是一种"乍暖还寒"季节。张静淑老人写的《刘和珍烈士》一文，我转寄王世家先生主编的《读点鲁迅丛刊》。这是黑龙江省黑河市教师进修学校的内部刊物，无上级主管单位，所以很痛快地发表了，并在鲁迅研究界产生了一定影响。当时全国研究鲁迅的专门刊物似乎只有两种，所以北国边陲城市的这个内刊在鲁迅研究圈子里，可以说是无人不晓。静淑老人《我在吉隆坡》一文涉及作家许杰，当时他正在上海复旦大学任教。我将这篇文章寄他审阅。他说已经记忆模糊，未予置评。至于张静淑先生的传略，我也转寄给了编撰《民国人物小传》的有关单位，他们处理的结果我已渺无记忆。

我个人的不当之处，是未能在拙作《鲁迅与女师大学生运动》一书中增写有关静淑老人的章节。此后我的研究重点发生了转移，又没有在静淑老人仙逝之后专门撰写缅怀悼念她的文章，因此一直心存愧疚。当下正值抗击新型冠状病毒疫情期间，半年基本处于禁足状态。暇时翻阅幸存的师友旧笺，唤起了四十余年前的许多温馨回忆。如今我也成为八十岁的老人，庆生贺寿的朋友微信中提醒了我的真实年龄。有些心灵的债务如不赶快偿还，那就真会造成终生的遗憾！于是我在垂暮之年握笔，勉力写了这篇未能尽表心意的文章，希望能减轻我内心的负累，因为心灵的负债是要用情感的利息偿还的。同时我也想提供给研读鲁迅的同好参考；让这些珍稀史料据为己有，肯定会违背静淑老人的初衷。

2020 年 7 月 31 日

苏雪林日记中的逸闻趣事
——她日记中提到我

  1979 年 9 月 10 日，中国台湾学者史墨卿从高雄到台南拜访苏雪林（1897—1999），当时苏雪林正在翻阅自己的旧日记。史墨卿看到，认为是宝物，可以影印行世。苏雪林大笑说："这种陈芝麻烂绿豆，有什么保存价值？死前我会一把火烧了。"但是，苏雪林的日记并不是"陈芝麻烂绿豆"，因为她本人就是一位从二十世纪二十年代末期即已闻名于世的女作家、女学者，仅 1979 年之前，她结集出版的著作即多达五十四种，此后印行的各类选集难以准确统计。她自幼即有写日记的习惯，直至逝世。1999 年 4 月和 2010 年 9 月，台湾成功大学先后将她的日记和补遗收进共十五册，四百二十多万字的《苏雪林作品集》，可惜 1948 年之前的日记已片纸不存。本文所引资料，系出自《苏雪林日记选（1948—1996）》（张昌华选编，商务印书馆 2017 年 10 月出版）。

日记中的传记资料

苏雪林日记的价值，首先是为研究这位女作家、女学者本人提供了第一手资料。1990年，苏雪林开始酝酿她的口述传记资料，1991年完成《浮生九四——苏雪林回忆录》，由三民书局出版。在1990年6月25日日记中，她概述了自1925年7月从法国归国的简历，其中提及了当年秋天结婚一事，具体时间是中秋节前一日。苏雪林说，她的婚姻是"一场不愉快的梦境"，丈夫叫张宝龄，别号"仲康"，小说《棘心》中主人公"叔健"的原型。张宝龄是一位五金商人的儿子，肄业于上海圣约翰大学，后赴美国麻省理工学院机械系学造船专业。这桩婚事系由苏雪林的祖父包办，苏雪林拒婚三次，成为了她母亲杜浣青的一桩心事。张宝龄是工科生，苏雪林是文科生，彼此性格爱好差距颇大。苏雪林当时身边又有学艺术的追求者，因为母亲病危，苏雪林才勉强答应了这桩婚事，结果她未能以牺牲自己的幸福为代价，挽回母亲的生命。当年冬天，五十四岁的苏母即撒手人寰。由于志趣相异，苏雪林结婚三十六年，但跟丈夫仅同居四年，婚姻等于名存实亡，只得在痛苦中皈依了天主教。天主教的教义禁忌离婚，所以苏雪林在婚姻上成为了儒教和天主教的牺牲品，晚年陪伴她的只有大姐苏淑孟。1972年苏雪林的大姐去世，此后的二十七年中苏雪林孤身一人，形影相吊，除雇有钟点工外，只能靠朋友和学生关照。苏雪林在1990年11月1日的日记中说，她写自传"打算将张宝龄事完全隐去不说","盖我已立志不言彼过，婚姻不如意就不如意，算了！世尚多不婚者，遇人不淑者，我有文学学术自慰，何必婚姻！"

以猫为伴

杨静远在《我记忆中的苏先生》一文中说，苏雪林由于婚姻不幸，经常将感情寄托在猫身上。她不是为了防老鼠而养猫，而是把猫真当成宠物来养。苏雪林说，"我乃冷血人，不甚知道真正爱情滋味"（1986年10月3日日记），"惟猫则不可一日无，奈何！"（同年10月13日日记）1950年6月19日，五十三岁的苏雪林在巴黎一家法文补习学校学法文，提高听力及会话水平。在学校的铁栅栏外，她看见两只猫在嬉戏："一黑一花，花者尾极松大，有如狐狸，殊为美观，余唤以咪咪之声，两猫居然应声而至，耸背作献媚状，奇哉！咪咪唤猫等于爸爸妈妈，普世皆同，任何猫皆懂。余今日本携有乳油面包，取以饲之，黑猫与余已发生若干情感，花猫则似较贵族化，仅食少许，便去爬树，不再前来。"这种描写，岂止是"拟人化"。在苏雪林心中，猫不就是两个可爱的孩子吗？

在家庭生活中，苏雪林对家猫以家人待遇。她认为猫畏寒，首先为猫筑一温暖之窝。猫多时，她一边说养不起，一边仍以小鱼、鸡骨、肉包、蛋糕、排骨汤饲之。所以猫对她也特别亲切，经常依偎在她身边，撒娇打滚。有一只瞎猫，听苏雪林的声音伴其左右，谓之"仙猫"。此猫病了苏雪林悉心照顾，死了亲自掩埋，心中酸哽，甚至频频入梦。

"抠门"的背后

苏雪林一生节俭，这在亲友间有口皆碑。一双黄皮鞋，她保存了三十多年。一块普通手表她用了十五年。她用碎布拼接了一件衣服，领子就重做了六七次之多。她的内衬薄毛线衫，破烂不堪，自己用黑布缝补。为了怕信件超重，多付邮资，她用天平量过以后又换薄信纸重新誊写。为了省钱，她甚至到了不惜伤害自己身体的地步。她家的腌鱼肉经常发霉生蛆，猫都不愿吃，但她洗洗擦擦自己吃，以致腹泻。苏雪林在1977年6月8日日记中，承认自己常生"吝念"。1964年9月，苏雪林曾到新加坡南洋大学中文系任教，至1966年2月。她在1965年11月6日日记中写道："余之贪小便宜一向有名，到新加坡来，此癖愈甚，盖遇弃物之可用者，必携归也，亦可笑矣。"有一次她为了捡一只破刷子，几乎跌倒。还有一次，她捡了几片碎玻璃回家，想用来铺在花盆底部，结果用木棒敲碎玻璃时，玻璃的飞屑竟划破了小腿，鲜血直流。

苏雪林的节俭乃至于抠门，固然跟个人性格有关，但主要还是收入有限而物价飙升，生活缺乏安全感。苏雪林1952年由法国到中国台湾，任教于省立师范学院。由于台北物价昂贵，住房条件又差，于1956年迁居到台南，任成功大学中文系教授，直至1973年七十七岁退休。因为苏雪林在该校连续任教的时间不到二十年，领到的一次性退休金及福利费不到二十七万台币；当时可兑换约七千九百四十美元。如折成当今的人民币，仅五万四千元。存在银行的年利息仅一分三厘七，所以的确是坐吃山空，不得不以卖文卖画贴补生活。文人称谓大多与"穷酸"二字相连。虽然苏雪林晚年创作欲仍旺盛，但稿费收入毕竟有限，发表文章和出书也相当困难，甚至要自费出书。1974 年她在台北广东出版社出版《〈天问〉正简》，自己就掏了五万元腰包。苏雪林自以为有些绘画基础，曾想以卖画为主，但她擅作山峦，而不会画树，多年不用毛笔，书法也差。直到 1994 年 9 月，九十八岁的苏雪林在各界人士帮助下，集资台币八十万元，才出版了一本《苏雪林山水画册》。然而，必须告诉读者的是，在困顿中，苏雪林也经常资助亲友。最为难得的是，1937 年在抗日战争时期，苏雪林曾把半生嫁妆和多年积攒的收入换成五十一两黄金全部捐献给国家。（左志英：《苏雪林——冰雪梅林》，第 240 页，民主与建设出版社，2012 年 1 月出版）

日记中的胡适

作为一位经历过逾百年沧桑岁月的文化名人，她日记中关于其他文化名人的记载很值得关注，其中首先提及的应是胡适。苏雪林是众所周知的"胡迷"，跟胡适是师生和同乡的双重关系。面对胡适，她甚至有如梦如幻、如痴如醉的感觉。1949 年 4 月 1 日，苏雪林到上海，在上海银行拜访胡适。胡适给香港大学中文系主任马鉴写了一封介绍信，推荐苏雪林去该校任教，又赠送了三本书，一一签名。她在当天日记中写道："胡适与余拥抱而别，盖视余犹女，行此外国礼也。余感甚，泪盈于眶，嘱其保重，不久相见。"如果单纯把吻颊视为普通的外国礼，跟中国人见面作揖打拱一样，那就没有在日记中专写一笔的必要，也不至于激动得"泪盈于眶"。

但在学术上，胡适跟苏雪林的看法有两点重要分歧。这在苏雪林日记中都有记载：一是屈赋研究，二是《红楼梦》研究。所谓"屈赋"，泛指以楚国爱国诗人屈原为代表的辞赋作品，书楚语，作楚声，纪楚地，名楚物，但具体篇目一直聚讼纷纭。苏雪林几乎以毕生精力研究屈赋，著有《〈离骚〉新诂》《屈赋论丛》《〈九歌〉中的人神恋爱问题》《屈原与〈九歌〉》《〈天问〉正简》等。苏雪林"不惜举养老费掷之"求出版此类著作（1974年2月20日日记），准备以此甄选中国台湾"中央研究院"院士。苏雪林对于屈赋主要有两个见解：从文本的角度，她致力于梳理《天问》的"乱简"。因为在长期流传过程中，《天问》可能发生了"错简"的情况，也可能丢失了一些文字。苏雪林打算把"错简"的部分抄录下来，重新拼合排序。但对这种工作学术界因为资料缺乏，不敢遽断，至今仍以东汉文学家王逸的《楚辞章句》为依据。在研究方法上，她实际上接受了西方比较文学的影响，对屈赋进行了跨文化、跨民族、跨科学、跨时空的研究，她的基本论点，是中外神话同源，屈赋中的神话受到了古印度、古希腊、古埃及和西亚诸国神话的影响。不过苏雪林的外语水平不高，在比较文学研究领域，进行平行研究，提出几个中外相似的例证并不困难，但从影响研究的角度立论则很难坐实。苏雪林在新加坡南洋大学讲楚辞时，嗓子都哑了，而学生"有一半看他书，打瞌睡"（1965年6月15日日记）。胡适从一开始就不敢苟同，学界也"视为野狐外道"（1982年10月19日日记）。1961年8月9日上午，苏雪林给胡适友人王世杰写信，认为这是胡适从中作梗，宣布胡适如跟她断绝师生关系，她亦无惧，将远走南洋，老死海外。在8月10日日记中，她又对此进行了反思："今日心中闷闷不乐，躺在床上时时想哭，似小儿之受甚大委屈者，无非为了屈赋研究遭人压抑，有生之年永无出头之望故耳，然自来学术上之新发现，照例不为世所接受，余知此理而不作抑制自己之感情，修养究竟浅薄。"

在《红楼梦》研究方面，苏雪林跟胡适也有重大分歧。胡适是中国现代白话文运动的倡导者和践行者。他倡导白话文并立其为文学正宗的依据之一，就是中国原来就有一部灿烂的白话文学史。《红楼梦》《水浒传》等作品，就是这部文学史上的经典。胡适推翻了"索隐派"把《红楼梦》视为影射之作的牵强附会之论，发现了《红楼梦》的原作者是清代大臣兼皇商曹寅的孙子曹雪芹，而《红楼梦》就是一部隐去真事的"自叙传"。在版本考证上胡适断定曹雪芹只写了前八十回，后四十回是高鹗续写增补的。高鹗打破了中国旧小说往往以大团圆为结局的陈旧写法，替中国文学保存了一部有悲剧下场的小说。但苏雪林却贬抑《红楼梦》和曹雪芹，她认为胡适重视甲戌本

《红楼梦》是"上当"，高鹗续书前的《红楼梦》"贾宝玉沦为守街卒，宝钗难产死，黛玉沦入教坊，湘云贫为乞丐，最后与宝玉为夫妇。文笔既尘下，思想亦伧俗不可耐"（1977年5月21日日记），这就是苏雪林对"曹雪芹真面目"的揭破：仅从对屈赋和《红楼梦》的看法，苏雪林并未得她恩师胡适的学术真传。

尽管苏雪林和胡适在学术上有严重分歧，但她对胡适的感情依然十分深厚。1962年2月24日星期六，胡适突发心脏病猝然逝世。据苏雪林日记，苏雪林从收音机中听到这一消息，"宛如晴空霹雳""心胆俱落""惊定，悲从中来，掩面大哭"。当晚，苏雪林即收拾行囊，于次日赴台北致哀，在殡仪馆"痛哭一场"。周一回台南，"一路泪痕不干，同车瞩目，欲强忍不哭，奈眼泪水不听控制，总是继续流出"，几乎犯心脏病。随后在一个半月时间内，她连写了《寒风酸雨哭大师》等七篇悼文，后集成《眼泪之海》一书，于1967年由台北文星书店出版。日记中还有苏雪林到胡适墓谒灵，吊唁胡适家人，直至1975年9月2日祭拜胡适夫人江冬秀的记载。可见苏雪林终其一生，都是视胡适为精神偶像的。

日记中的其他名人

苏雪林日记中还有关于其他文人和艺术家的珍贵记载。1931年夏，她曾受武汉大学之聘为特约讲师，跟文学院长陈源及其夫人凌叔华很熟，并与凌叔华、袁昌英并称为"珞珈山三女杰"。苏雪林回忆，陈源退休后处境不好，年迈多病，夫人不在身边，跟外孙女同住，常在外面小餐馆就食。1966年5月17日日记："回家前得陈源先生信，自述近来生理状况，如何记忆力日退，不但人名、地名不能记忆，种种成语及用词，亦无从寻觅，文思阻塞难于下笔，即看书阅报，亦极迟缓。"1970年3月15日苏雪林阅报，知陈源忽然中风，已送入医院。3月29日，陈源病逝于伦敦。苏雪林6月28日出席了在台北举行的陈源追悼会，在当天日记中记载了追悼会的详情。日记中也有多处提到凌叔华，主要是说凌叔华瞒报年龄，把自己的生年说成是1904年，而实际上是1900年3月出生在北京东城干面胡同。凌叔华之所以瞒报岁数，是因为她有一个比她小八岁的英国情人朱利安·贝尔。在1987年11月30日日记中，苏雪林还说到徐志摩曾爱过凌叔华，但她认为陆小曼的才华"胜叔华十倍"。1990年5月26日，苏雪林在《联合报》看到凌叔华在北京逝世的消息，准备写一篇悼文，"舍其短而言其长"。

在"珞珈山三女杰"中，跟苏雪林感情最深的是袁昌英，昵称为"兰子"。袁昌英是学者兼作家，1922年她借鉴了西方戏剧的手法，写出了三幕剧《孔雀东南飞》，驰名文坛。苏雪林深深怀念这位挚友，在1982年4月17日日记中写道："与兰子不相见三十余年，从未忘记她，今忽梦中相聚，或为其《孔雀东南飞》剧不能寻获，而渠耿耿于中，故人梦相寻耶？"1984年元旦，八十七岁的苏雪林为中国台湾洪范书店数次校对《袁昌英文选》，用实际行动纪念故友。日记中还有一些其他文人的记载，如五四新文化运动中活跃人物，"新潮社"骨干罗家伦，晚年竟成为"白痴"，常趁人不备偷吃花盆里的小土块，令人不禁唏嘘。

苏雪林日记中也有被非议的人物，其中最引人注目的是她对周作人看法的转变。她跟周作人有师生之谊，又曾一度喜爱其文章。苏雪林1983年日记记载："今日看《周作人文选》。……亦不甚喜，理由是他失身事敌，昧于民族大义，而其文字除拥护民俗神话童话者，言中国民族性总是一派历史轮回论也。"1988年10月22日日记又说："看《周作人文选》，周之文字文言居多，及对文天祥、史可法、岳飞等乃其汉奸心理之泄露。余素爱重作人，今观念甚改。"

在艺术家中，应该提及的是苏雪林跟潘玉良的关系。潘玉良是民国时期在国际上受到好评的女画家、雕塑家，也是苏雪林的红颜知己。她原姓张，曾身陷青楼沦为歌伎，被一富商潘赞化赎出做偏房，改姓潘。1921年，苏雪林跟潘玉良同船赴法，入里昂中法学院，一年后，潘玉良考入巴黎艺术学院深造，苏雪林在中法大学专修文学。当潘玉良的坎坷经历遭人质疑时，是苏雪林仗义执言，使这位执着追求人格独立和事业发展的新女性免受冷眼歧视。潘玉良对苏雪林说："苏梅，同学里你是最体谅和关心我的，朋友中如果没有你，我就会感到人生索然寡味。"苏雪林在台湾定居后仍跟潘玉良保持联系。1970年，潘玉良患高血压，同年4月14日日记中，有苏雪林到台南中药铺购寄草药"仙草"为潘玉良治病的记载。1977

年 7 月 31 日，苏雪林收到一张法国寄来的帖子，原以为是潘玉良举办画展的请柬；细看才知，原来是潘玉良当年 7 月 22 日在巴黎病逝的讣告，顿时慌乱，非常难过。

苏雪林日记中，还有国画家张大千 1983 年 4 月 2 日病逝的记载。她在 4 月 3 日日记中写道："大千之画固佳，但余所不喜者，树干直上分为枝丫，树叶皆在树丫后，又好以蓝翠泼墨，处处殊不似真山真水。"苏雪林懂画，她的看法也不失为一家之言。1986 年 7 月 28 日日记中，还有九十四岁的摄影家郎静山外出摄影遭车祸的记载。如此高龄如此敬业，令人佩服。此次车祸同车死伤数人，而郎静山仅受轻伤，可谓奇迹。1995 年 4 月 13 日，郎静山在台北病逝，享年一百零四岁。

真假张爱玲

苏雪林日记中有一件趣事，那就是"张爱玲"来访。张爱玲是二十世纪四十年代在上海文化界崭露头角的女作家，后来经美籍华裔评论家夏志清推崇，在台湾红极一时。苏雪林 1985 年 3 月 17 日至 3 月 23 日日记中，有关于"张爱玲"来访连续记载，兹综述于下：

3 月 17 日上午，苏雪林正在阅报，忽闻门铃声，来了一男一女，说是经女作家林海音母女介绍来访。那女士约六十岁，自云是张爱玲，旅美三十余年，因谋生计弃文改修资讯电子专业，与老母兄嫂同住。这次赴台湾，怕记者争相采访，不欲外界知晓，改从母姓，叫"黄爱"。这位"张爱玲"跟苏雪林热情相拥。苏雪林因与盛名作家相晤，想写一篇《喜晤张爱玲》。苏雪林想请"张爱玲"去饭馆吃饭，"张爱玲"坚辞，两人在家随便吃了一点速冻饺子。临别时，苏雪林送了她六本自己的作品，一一签名。3月19日，那"张爱玲"又来访，送了一盒草莓，不洗就自己吃了起来。苏雪林问她年龄，回答是四十二岁，这就引起了苏雪林的怀疑：难道她十二岁就暴得大名了？"张爱玲"走后，苏雪林发现家里丢失了几百元的邮票，于是写了四页信给林海音，问这位"张爱玲"的究竟。直至3月23日，苏雪林才知道这位"张爱玲"是个骗子小偷。陪"张爱玲"来家的那位男士姓林，是成功大学助教，他家的首饰、人参、证件也被偷了。这位"张爱玲"的下落此后不明，苏雪林估计她已逃之夭夭了。1995年10月5日，苏雪林读真正张爱玲的成名作，认为"无甚特色，不及台湾名女作家远甚"，"夏志清推为女作家第一，实为过誉"，"其所作文学史当无价值"。苏雪林原打算写一篇批评张爱玲小说的文章，但目力昏耗无精神，只写了一篇《真假张爱玲》，发表于中国台湾《联合报》。

苏雪林的晚景

苏雪林日记中，引人注目的还有她晚年境遇的描写。苏雪林一直体弱多病。从二十世纪五十年代开始，即患失眠、大便秘结、颈椎病、支气管炎、痔疮、肾衰、胃病、眼疾、皮肤过敏等疾病，八十岁以后更是耳聋、大小便失禁，经常摔倒，直至折断肋骨。她感到阎王随时会来拘捕，自己也随时可能奄忽逝去，"上床脱了鞋和袜，不知明朝穿不穿"（1979 年 2 月7 日日记）。然而，"歪树不倒，破船不沉"，苏雪林竟然活了一百多岁。使苏雪林心情郁闷的不仅是疾病折磨，更有对台湾社会状况的不满。苏雪林晚年虽然足难出户，但通过看电视、读报纸等方式关心台湾的现实社会。她的日记中有很多抢劫、强奸、绑架、枪击、逆伦等恶性案件的记载，痛斥"台湾已成禽兽世界"（1994 年 10 月 25 日日记）。苏雪林写过一篇《割除毒瘤》的文章。她所说的"毒瘤"就是"台独"势力，以及成立"台湾共和国"等倒行逆施。1994 年 11 月 13 日日记中，苏雪林深感"台湾前途实堪虑"。她坚决表示："如真的台独当道那天，我要回大陆老家。"

有幸的是，1990 年 12 月 24 日日记中，苏雪林有一段关于我来访的记载。我深知苏雪林有故国之思，乡土之情，在诗中有"名山曾有约，头白好归来"之句，写的是她故乡的黄山。她还画过黄山最出名的景点"西海门"，便鼓励她回安徽看看。她说因为跌断左脚，远行几无可能，但希望死后能将她的骨灰盒安葬在母亲的坟畔，亡灵能长依在慈母膝下。分别后，我写了一篇散文《她希望葬在母亲墓旁——台南访苏雪林教授》。令人欣慰的是，1998 年，一百零一岁的苏雪林在亲友陪护下，奇迹般地回到故乡，登上了黄山。翌年，一百零二岁的苏雪林去世。她的骨灰终于安葬在安徽太平县岭下村她母亲的墓旁。

由《夜凉》引发的回忆

——诗人蒋锡金

　　蒋锡金（1915—2003）先生出版过抒情诗集《黄昏星》，儿童叙事诗《瘸腿的甲鱼》。他蜚声诗坛是在二十世纪三四十年代，曾与严辰合编《当代诗刊》，与蒋有林合编《中国新诗》；还主编过《抗战文艺》的副刊。1937 年抗战全面爆发，萧军、萧红从东北漂泊到武汉，就是在蒋锡金所住的武昌水陆前街小金龙巷 21 号落脚。这段往事后来拍进了香港许鞍华导演的电影《黄金时代》，片中扮演蒋锡金的就是演员张译。

　　如实地说，以上情况都是我结识蒋先生之后才陆续知道的。我跟蒋先生结缘应该在 1977 年下半年。那时我刚从北京西城一所中学调进位于北京西皇城根北街二号的鲁迅研究室，跟从《光明日报》调来的记者金涛合编不定期丛刊《鲁迅研究资料》。金涛有一位朋友叫孟庆枢，是比较文学研究专家。他当年在长春东北师范大学工作，常趁到北京出差之机来我们单位聊天。有一次，老孟带来一摞稿纸，上面写的是注释鲁迅日记的文字，其中有一条令我至今未忘。

鲁迅 1913 年 3 月 24 日日记："晚何燮侯招饮于厚德福，同席马幼舆、陈于盦、王幼山、王叔梅、蔡谷青、许季市，略涉麻溪坝事。"一般读者因与这则日记所涉及的人和事隔膜，读起来肯定如读天书。但稿纸上的注文不仅介绍了有关人物，而且解释了"麻溪坝事"的背景："麻溪坝在绍兴北部临浦镇东南，明清以来当地人常为该坝的废留发生纷争。1912 年省议会陈请废坝，县议会反对。双方均通电各省同乡会及北京政府，争执不已。本月，当地天乐乡的四十八村村民群起将该坝拆除。"

读完这段注文，我当即向孟庆枢和金涛拍案称奇。我用开玩笑的口吻说："我考证鲁迅生平，有人已嫌繁琐，这年头居然还有比我更繁琐的人！"碰巧的是，当时根据毛泽东有关批示的精神，正启动重新编注的《鲁迅全集》（即 1981 年版的《鲁迅全集》）的大型学术工程，而我们单位又恰巧承担了注释鲁迅日记的任务。在刚度过"十年浩劫"寒冬的当时，像这样的注释人才真是踏破铁鞋无觅处，得来全不费工夫。这样，经过我跟金涛联合推荐，蒋锡金先生很快就借调到了北京。后来我才了解到，蒋先生的祖父是鲁迅在北洋政府教育部的同事，四十年代又曾经跟许广平一起研读鲁迅日记，所以他能写出这种注文不是偶然的事情。

蒋先生给我留下的最初印象，是身材魁梧，性格慈祥，但不修边幅，不拘小节。他的爱好是喝酒，晚上喝，白天也喝。

他时年六十出头，精力已不如年轻人；喝了酒，醉眼蒙眬，政治学习的时候更爱打瞌睡。主持政治学习的是鲁迅研究室主任李何林。李先生素以严谨著称，开会时从来都正襟危坐，便时时把蒋先生捅醒，那场面十分搞笑，所以记忆深刻。有一天上午上班，我推开蒋先生宿舍的房门，发现他瘦骨伶仃地卧在水泥地上。我吓了一跳，以为出了大事，不料他对我嫣然一笑。原来是他酒喝多了浑身发烧，躺在地上凉快凉快。此时此刻，我不禁想起了鲁迅所说的魏晋风度。

大约是在1979年，蒋先生又被借调到人民文学出版社参加《鲁迅日记》注释工作。注释组的负责人包子衍是我的朋友，都有考证的癖好，估计是老包和蒋先生的共同推荐，我也被借调到这个注释组，跟蒋先生有了朝夕相处的机缘。关于这段愉快的经历，蒋先生有一篇回忆文章，题为《为了鲁迅的事业》，发表在1986年出版的《鲁迅研究动态》第二期。

那时每天上下午讨论注释，中间都有休息的时间，我们便经常去附近喝咖啡，而且习惯性地让蒋先生解囊付款。心想，蒋先生是老教授，工资一定比我们高，他不会在乎这点小钱。直到蒋先生去世之后才听他女儿说，蒋先生1957年被错划为"右派"，收入必然受到影响，经济状况相当窘迫。只不过蒋夫人赵彝节衣缩食，保证蒋先生的零花钱，而蒋先生又克己待人，所以给我留下了阔绰的假象。

除了敲蒋先生竹杠，我还给蒋先生提出一些今天看来实属过分的要求，而蒋先生总是有求必应。比如有一次我对他说："我喜欢收集史料，你是诗人，就抄一首旧作给我留作纪念吧。"于是，1980年6月16日，他就给我抄录了一首《夜凉》，并写了一段长长的跋语。

夜凉锡金

　　一天的星斗无语，拍着蒲扇话起的都是些年势的辛酸。雨水的消息杳然。

　　白天的暑热还埋留在泥里，草蚊的哄闹象是闷雷。

　　叹出一口恶气，片刻的安憩是值得感慨的！

　　心头的抑愤都倾诉罢！萤火虫的飞坠象是一颗颗流星；

　　一些不可知的意念在心头飞翔、盘旋，每人又把话头隐下。

　　抚着肌骨的隐痛，困倦是随着夜凉俱来；

　　睡去罢，——

　　收拾起一天的困倦，每人再把沉闷抱到明天。

　　　　　　　　　　　　　　　　——1934年，夏，江苏松江。

　　右诗一章，十八行四节，曾发表在一九三六年六月出版的吴奔星、李章伯主编的《小雅》诗刊创刊号。大约，那是一个当时北师大同学所办而出版于北京的诗刊罢？我久已把自己写过的这首诗忘记了。一九七九年夏，奔星同志过长春，和我谈起这个诗刊和这首诗；本年春，他又从徐州把诗刊的封面并目录以及部分的诗摄成照片惠寄给我，并又抄示了全诗。这使我想起了往昔的岁月和心情，但又没有什么想说和好说的。你要我写一首过去的旧作给你看看，就把这首幼稚的、穿着开裆裤还含着手指头的"作品"供一粲罢。我手边只有这一首，没有别的了。

谨以录呈给陈漱渝同志

锡金 1980.6.16，北京。

《夜凉》描写的应是江苏农村夏夜的景观。遭遇旱灾的农民，白天冒酷暑在田里耕作，晚上又被成群的草蚊困扰，他们的肌骨跟他们的生活一样充满着酸痛，欲向星空倾诉心头的抑愤，但又只能把话头咽下，像夜空中飞坠的流萤。这首诗虽然只有十八行，但意象丰富，充满了诗人"穷年忧黎元"的底层关怀。蒋先生这首"旧作"发表在 1936 年 6 月 1 日出版的《小雅》诗刊创刊号。主编者署"吴奔星，李章伯"。

吴奔星（1913—2004），诗人，当时是北平师范大学国文系学生，"一二·九"爱国学生运动的参加者。他创办《小雅》诗刊，就是为了倡导新诗现代化，提倡国防诗歌，反抗日寇侵略。他留下的诗集有《暮霭》《春焰》《奔星集》《都市是死海》《人生口哨》等。当年《小雅》的作者有五十多人，其中有戴望舒、施蛰存、李金发、林庚、罗念生、柳无忌、陈残云、吴兴华、李长之、路易士等名家，形成了一个推动"现代派诗歌"的强大阵营。《小雅》的另一位主编者李章伯（1906—1993）也是一位诗人，是北平师范大学外文系学生，吴奔星的朋友，后长期从事农业教育。《小雅》每一期印一千份，约需三十块大洋，这笔费用就是李章伯的女友提供的。李章伯于

1993 年 4 月 1 日去世，吴奔星为其编有《月华轩诗稿》在香港出版。

提起蒋锡金先生，我还想谈一件自己悔恨不已的事情。1987 年 11 月 12 日，我主持召开了一次"敌伪时期周作人思想创作研讨会"，特邀抗战时期的文坛宿将蒋先生参加。由于经费支绌，以及图交通方便，我们安排蒋先生住在鲁迅博物馆南面的一家招待所，那招待所是平房，室内无卫生间。12 日早晨，蒋先生去厕所，正赶上院内施工，要跨过一条小沟。蒋先生以为跨过去了，其实一条腿陷进沟里，立即骨折。我闻讯赶到现场，将蒋先生送进北京骨科的权威医院积水潭医院，一直把他放上担架推进手术室门口，再返回单位主持会议。蒋先生这一摔摔伤了元气，回长春后长期卧床，再也没出过差了。

病中的蒋先生仍然时时关注我，也有来信，还买我新出的书，让我非常感动。蒋先生夫妇去世之后，我利用到长春讲学之机，专程去了他家。接待我的是他的长子，记得是在东北师大中文系资料室工作。没想到蒋先生住的是一所老旧的职工宿舍楼，墙面多年未粉刷，更显暗淡，室内没有什么时髦摆设，几乎可用"家徒四壁"四字来形容。我想到这房间原来的主人是一位 1938 年入党的老革命，新四军的文化战士，后来又是一所名校的老教授，蜚声诗坛的诗人，不禁感慨系之。

下篇

患难之交杨天石

2019年2月15日上午10点来钟，天石兄突然来电，说当天中午东方出版社要为他做寿，假座华侨大厦玫瑰厅，希望我也能参加。我一时犹豫，答复得有些迟缓。我之所以片刻犹豫，是因为我是一个连自己的生日都说不清的人，退休之后从没有参加过类似聚会；又患腿疾，老伴当时瘫痪三年，不提前安排，出家门确有具体困难，但想到这些年故人云散，就下定决心赴宴。老朋友多聚一次就能多见一面，万不能因为疏懒而给自己造成终身遗憾。此前我曾有过两次这样的教训！

待我乘出租车赶到餐厅时，八十八岁的文学评论家陈丹晨已经到了。他是天石大学时代的同窗好友，一位既博学而又有革命资历的人，完全看不出在场人中他岁数最大。六十三岁的史学家雷颐也到了。他是我的湖南老乡，见面时总要先秀几句长沙话表达乡情。到得最晚的是国学家刘梦溪，他是活跃人物，上午刚参加了一个重要会议。梦溪跟我同年，但来时已经架拐，有一位助手照顾他，让我切身感到"岁月无情人有情"

这句话。

因为餐桌上还有出版界人士和天石的粉丝，出于周到，天石便将来宾一一作了介绍。轮到介绍我时，天石说了一句："这是我的患难之交。"这句话让我感到十分准确，十分亲切，也十分荣幸，顿时心中倍感温暖。

那是五十八年前的事了。1962年秋天，我刚从天津南开大学中文系毕业，分配到北京工作，虽然学习成绩还好，政治鉴定上也承认我"政治上一贯要求进步"，但由于抛弃我们母子的生父1947年已经带着一个越南舞女跑到中国台湾，让我成了一名备受歧视的"狗崽子"，等分配长达半年竟没有一个单位愿意接收。最后收留我的是西城区第八女子中学，校长王季青是高干夫人，本人是"一二·九"时代的老党员，看重才华，敢于"招降纳叛"，便安排我教初中二年级一个班的语文课，终于领到了五十四元月薪，可以勉强养活自己和远在湖南老家的母亲。

女八中在石驸马大街，那位驸马爷叫石璟，娶的是明宣宗的长女顺德公主。校址即在鲁迅任过教的国立北京女子师范大学原址，学生中有人尽皆知的许广平、刘和珍、杨德群、张静淑……出校门东行，过一个有红绿灯的街口，就到了另一所中学，叫北京西城区第三十一中学。该校前身叫崇德，是北京建校最早的一所完全中学，邓稼先、杨振宁、梁思成、孙道临……都是该校的毕业生。我的一位南开室友杜学忠同年分配到该校任教。我在北京无亲无故，课余有时就溜达着到三十一中看望学忠。学忠在三十一中同宿舍的另一位老师叫周思源，复旦大学中文系毕业生。周思源有一位无锡同乡，又是中学校友，这就是杨天石。由命运牵线，我跟天石从此就成了"患难之交"。

天石是北京大学中文系"55级"出身。"55级"指1955年入学1960年毕业的这批学生，他们在1958年的"大跃进"运动中集体著书立说，在国内学界名声大噪。天石是55级的佼佼者，但学习成绩优秀给他带来的却只有一顶"白专"帽子。虽然理论上说的是"讲成分，不唯成分，重在表现"，但实际上判断一个人是"红"是"白"，当时主要还是取决于他的家庭出身和社会关系。就这样，这位北大高才生杨天石刚毕业就被分配到了位于北京南苑五爱屯的八一农机学校。当时南苑还是荒郊野地，农机学校号称职业专科学校，但却是借附近小学的几排房子办起来的。天石绝对不懂农机，有一段时间就安排他去看守传达室。传达室的主要工作是收发报刊，闲下来的时候天石就用来通读侯外庐先生的《中国思想通史》。我想，天石对于中国哲学的初步了解，主要是由这部著作奠基的。然而这所农机学校命蹇时乖，匆匆上马，又忽而匆匆下马，留下了一批教职员等待重新分配。如今没有硕士学位大约很难到中学任教了，但二十世纪六十年代北京中学普遍缺少教师，连普通的师范生都一将难求，更何况北大的毕业生？于是，北京师范大学第一附属中学负责业务的副校长听到消息就赶到农机学校挑人，当然可以双向选择。这位副校长看上了天石的学识学历，天石看上了师大一附中位于和平门，离当时文津街的北京图书馆很近，方便查书，于是双方一拍即合。

北师大一附中的前身是成立于1901年的五城学堂，是中国最早的公立中学，位于南新华街19号，跟原北京师范大学旧址遥遥相对，历届校友中仅中科院和工程院院长就有钱学森等三十来位。1924年1月17日，鲁迅曾在该校校友会发表过题为《未有天才之前》的著名讲演，其教工宿舍在西城西栓胡同4号，是一个大杂院，但曾经住过石评梅女士等文化名人，可惜一般人并不知道。天石的宿舍最初就在进门的第一间，大约有八平米。

但我初见天石并非在他的宿舍，而是在周思源的宿舍，可能是1962年的初冬季节，天石穿的是一袭棉长袍。这种打扮让我立刻联想起电影《早春二月》中的萧涧秋，以及二十世纪二三十年代的一批文人。我在感到天石打扮非常儒雅的同时，觉得他也有几分"迂"，再加上他说话时好称对方为"阁下"，口头禅是"不瞒你说"，更觉得他未免太书生气了。

此后，我们见面的地点就固定在天石西栓胡同的宿舍。因为那地方位于女八中与三十一中之间，离我单位大约只有公交车一站的距离。吃完晚饭蹓蹓跶跶就到了。他室内有一张床，一张书桌，一把靠椅；门口有一个蜂窝煤炉和一个铁簸箕。不记得他有什么藏书，也没有见过他备课或者批改作业。他写文章的特点，是一旦悟出一个观点或涌出几个得意的句子，就会断断续续写在稿纸上，最后才形成一篇首尾贯通的长文。不记得他一气呵成一挥而就撰写论文的样子。我们谈话的内容天马行空，但有"三不谈"：一、不谈时政。二、不涉是非。三、不传八卦。如果说专谈学术，那对我而言颇有自吹自擂之嫌，时至今日我仍然不认为自己懂什么学术。但常听天石谈南社，谈陈去病，谈泰州学派，谈王艮，谈李贽，谈他的老师季镇淮先生……我是似懂非懂，插不上嘴，多数时候是傻乎乎地听着。

有人说，追求光明的人，不会等到旭日东升才启程，而是在暗夜中就准备上路。还有人说，只有经受冬天考验的种子，才会有春天的希望。我跟天石、思源当年的确没有当"学者""权威"的野心，想的只是莫负青春，能够做一点自己喜好而又能发挥自身潜能的事情。当年《光明日报》的社址在石驸马大街女八中对面，离我的学校跟天石的宿舍都很近。进门悬挂一条幅，上书"光明在前"四个大字。我们都是该报《文化遗产》专刊的作者，而该刊的年轻编辑史梅（美？）圣被抽调下乡搞四清运动，只剩下一位叫章正续的资深编辑看摊守寨。老章有提携年轻人的热情，手下又缺乏打杂的帮手，就让天石和我帮他初审一些来稿，或核对一些拟刊稿的引文。这当然属于当义工的性质，不过老章也常掏自己的腰包买些西瓜之类的水果犒劳我们。我们当年在《光明日报》发表的那些文章今天看来当然稚气，但却能证明我们在青年时代确曾挣扎过，拼搏过，奋斗过。

谈到"患难之交"，我印象最深的是"文化大革命"时期和京津唐大地震时期。关于"文革"时期的经历，我在自传

《我活在人间——陈漱渝的八十年》中有专章回忆，公开出版时被删去了一些细节。简而言之，最先落难的是周思源。有一天晚饭后我去三十一中看他。他闻声推开宿舍门主动迎我，门前正好有一个煤堆。思源表情沉重，用低沉的声音说："我是牛鬼蛇神！"这句话真正把我吓得摔了一个跟头！眼前一个这么老实憨厚的人怎么忽然变成了"牛鬼蛇神"呢？我不敢问，他也没法说，我只能心怀余悸地打道回府。不久杜学忠也荣任了三十一中教职工"劳改队"的队长，接着调回了天津老家，所以很长一段时期内我还一直称呼他为"杜队长"。在"文革"中受冲击最厉害的是我，这其中确有我应该吸取的人生教训。挨整之前，我还是校革委会委员的候选人之一，曾被工宣队指派到北京工人体育场参加了"学习毛选积极分子"大会。由于出身不好，8月18日那天我就靠边站了。当时从广播里听到林彪声嘶力竭地喊道："要横扫一切牛鬼蛇神，把他们统统打翻在地，再踏上亿万只脚！"这句话我今日回想起来还浑身哆嗦，心有余悸。接着进驻北京市中小学的团中央工作组负责人在中山公园音乐堂的一次集会上明确宣布，学校的班主任也属于"当权派"，也是这次运动的斗争重点。于是学校的红卫兵就立即"挥舞皮鞭当刀枪"了。那一段时间我头脑基本上处于一种真空状态，什么也不去想，什么也想不起。过了若干时候才听说，整我的红卫兵也去过师大一附中找天石。但我们的确没在一起干过一件坏事，没有一起说过一句犯忌讳的话。有人至今仍把我划归为鲁迅研究界"马克思主义派"的代表人物之一，让我深感荣幸。不过我的荒唐行为让天石受惊，被株连，这是我至今都深感愧疚的事情。

我受冲击至今已经五十四年了。半个世纪之后，当年殴打辱骂我的那三四个红卫兵女将无一表达过丝毫歉意。我也无意追究此事，从未产生过给她们单位写投诉信的念头。因为那时她们毕竟还是十五六岁的初三学生。但让我刻骨铭心的是王蒙小说《青春万岁》中的一句话。这位于 2019 年获得"人民艺术家"国家荣誉称号的作家借人物之口说："煽动年青人廉价的政治热情是一种罪过。"我觉得，年轻人的错误是上帝都能原谅的，但是历史的教训任何时候都不能淡忘。"大灾难"如果能带来"大智慧""大觉醒"，那坏事就能转化为好事。如果反其道而行之，那这个民族的前途就着实堪忧。有幸的是，当年我教过的那批学生大多仍跟我保持着友好联系。他们多次集体为我庆生，共同缅怀那一段"非常岁月"。当年的女八中如今易名为鲁迅中学，校史陈列室中也有我的照片。这就是历史的结论。有了这些，我感到十分满足。

天石在"文革"中所受的冲击虽然没有我跟思源那样厉害，也有很不愉快的经历。佛教把业报分为"共业"和"不共业"（即"别业"）。不过"共业"当中也有"不共业"，"不共业"之间也有"共业"。"文化大革命"就是中国一切善良人的"共业"。有一天晚上我目睹过天石极度痛苦的表情，两眼噙泪，说话时面肌有些抽搐。那种表情在一个大丈夫的脸上是不会轻易流露的。不过后来他还是冲出了心灵的阴影，在师大一附中被荣升为"连长",相当于当今的年级组长,能指挥四五百名师生。可见他后来"改造"得差不多了,已经成为学校"团结""利用"的对象。

我跟天石共过的第二次患难是1976年。当年7月28日3时41分,发生了二十世纪世界地震史上死亡人数排名第二的京津唐大地震,造成了将近二十四万多人死亡,十六万多人重伤。我的表弟在唐山值夜班时,大厅一根柱子倒下,把他活活砸死。姨父家房顶的预制板掉下,上面的钢筋张牙舞爪,砸断了他的腿。我当时住在北京复兴门大街的中居民区,是一栋四层的简易楼。为避震,第二天冒雨住进了用木棍和塑料布搭起的帐篷,但小儿子因此感冒,高烧不退,这对我而言无异于雪上加霜。当时天石已婚,刚得了一个千金,所以单位又在同一院落多分给他一间平房。为了帮我摆脱困境,我们一家人三代五口就都搬到天石家来住,在屋里搭了一个上下双层的大床,床下还可以睡两个人,就这样解了我的燃眉之急。天石的宿舍虽然是旧平房,经不起摇晃,但即使天花板掉下来也不会像简易楼的预制板砸下来那么可怕。我当时住在天石家,有一种当下住五星级宾馆那样的舒适感,晚上能睡一个踏实觉。我还遐想,日后如能住在一根水泥管道那就会更安全了,即使发生了强震,水泥管子也只会滚来滚去,绝不会把人砸成肉酱。这种奇思妙想,没有身临其境的人是不可能编造出来的。所以,对于天石这次临危相助,我们一家老小至今也铭感不忘。天石在学术上还对我有许多具体帮助,在此不一一赘述。

经过这两次大灾大难，我跟天石的关系也因此发展成了两家的关系。在家庭生活中，天石给我的印象是当"甩手掌柜"，一切内政外交都由他夫人操持。天石结婚是经过朋友介绍的。天石从介绍人手中接过他夫人的照片，当时就惊为"仙人"。但他夫人的优点并不仅限于漂亮，而是大度、贤惠、乐观、友善。不管天石如今在学术上有多大成就，"军功章"上都应该有他夫人的一半。在不熟识的人眼中，天石显得多少有点"傲气"，但接触多了就会发现，他并不是"傲"，而是整天生活在他的"学术世界"，显得有些不食人间烟火。每年春节，给亲友寄赠贺年卡联络感情的并不是天石，而是他的夫人。天石有一个特点，我分不清是优点还是缺点，那就是两家或几家聚餐的时候，天石经常是最后一个到场，因为他习惯于争分夺秒地在书房看书，不到饭点起不了身，迈不动腿。

说到聚餐，有一件事让我刻骨铭心。那是"文革"后期的一年春节，天石一家到我在复兴门的寒舍吃年夜饭。那时我家很穷，用老伴的话来说，就是穷得连背心裤衩都买不起。天石家相对宽裕一点，但也富不到哪儿去。我记不清那天团圆饭的主菜是什么，但却记得天石的夫人在我家阳台大叫一声："我弟弟骑车送好东西来了！"我连忙跑下楼去取，是一个铝制饭盒，里面装满了"芥末墩"，即芥末腌制的白菜。我是南方人，从未尝过这种又酸又甜又咸又呛鼻子的味道，只觉得这是那时穷人的佳肴。后来请教北京民俗专家才知道，地道的芥末墩制作方法复杂而讲究，是典型的老北京风味。天石夫人是爱新觉罗的后裔，家传的北京风味菜当然最为地道。后来我常去北京老字号饭馆"砂锅居"吃饭，大菜必点砂锅白肉，小菜必点芥末墩。但吃来吃去总觉得赶不上那个除夕之夜所吃的味道。

1967 年之后，北京各大学是否继续办下去，领导还没有决断。但中小学都一边复课，一边继续"斗、批、改"。该"斗"的"斗"了，该"批"的"批"了，该"挂起来"的也都晾到一边了，学校的氛围跟 1966 年 8 月"红色风暴"相比宽松了一些。天石秉性难改，又想起了做学问的事情。像我们这种根不红苗不正的人能做点什么呢？天石首先想到的是参与编辑《佛学思想文选》。他听一位朋友说，这是当时上级交代的一项任务，想邀请我也共襄盛举。但我不假思索就回绝了。首先，佛经上的那些字我大多不认得，又不懂梵文，哪有本事来整理呢？我还对他说，如果有人看到我们的书桌上摆着一摞佛经，会不会认为我们悲观厌世，不满现实呢？1975 年号召评"水浒"，天石大约也动过撰写中国小说史的念头。鲁迅的《中国小说史略》虽属经典，但毕竟是四十多年前的开山之作，资料可以增补，观点可以发挥。但后来我们并没有搞出什么大动静。但天石却留下了一批谈红楼、水浒和三国的文章。今年抗击新冠病毒期间，他还通过网络讲金圣叹为何腰斩《水浒传》，这应该是跟当年的研究有关。同一时期，关于"读点鲁迅"的内部指示公开发表，"批林批孔""评法批儒""评水浒"都以鲁迅观点为圭臬，于是天石兄又邀请我跟思源跟他一起研究鲁迅，并鼓励我把一部讲稿《鲁迅与女师大学生运动》整理成书出版。他率先执笔，写了十几篇文章，分别发表在《光明日报》《鲁迅研究资料》《南开大学学报》等报刊。《鲁迅研究资料》虽然早已停刊，但当年"横空出世"时，在学界的确获得了众口一词的好评，一时洛阳纸贵，在香港还发行了盗印本。《南开大学学报》目前虽然仍划归为"核心期刊"，但影响已经今非昔比。当年的发行量在全国高校学报中雄踞榜首，这里面当然也有包括天石在内的众多作者的功劳。天石的鲁迅研究应该在 1976 年至 1978 年，调入中国社会科学院近代史研究所之后，他的主要精力就转移到编撰《中华民国史》方面了。在赠送我的一本书上，天石题写了宋朝苏东坡的几句诗："人生到处知何似，应似飞鸿踏雪泥；泥上偶然留指爪，鸿飞那复计东西。"在鲁迅研究这块雪地上，天石究竟留下了什么成果呢？

如果单以数量而论，天石关于鲁迅的文章并不算多，但几乎每篇都有新意，每篇都解决了一个具体问题：

一、南社与越社的关系问题。南社是辛亥革命时期的一个影响巨大的文学团体，发起于 1907 年，成立于 1909 年，1923年解体，成员多达千余人。长期以来，鲁迅研究界对南社与越社的关系并不清楚，甚至认为这是两个团体。对于越社成立的时间也有争议。天石在《越社和南社》《鲁迅和越社新考》中，根据南社发起人高旭的诗作，陈去病的《越社序》及《越社丛刊》等权威资料，首次明确了越社即南社的分社，并认为越社成立的时间当为 1911 年 4 月或 5 月。鲁迅是《越社》的指导者、支持者，也是编辑《越社丛刊》的参与者，对于南社的历史地位也有过经典性评价。所以，天石的考证对于编写鲁迅年谱，撰写鲁迅传记的意义是不言而喻的。如今，天石的发现已经成为鲁研界的共识。不过，南社的另一发起人柳亚子认为鲁迅对辛亥革命之后的南社评价不足。南社成员并非在中华民国成立之后都渐入颓唐，还参与了反对袁世凯复辟帝制的斗争，也不是所有人都感到写诗"索然无味，不想执笔"。

二、《斯巴达之魂》跟近代中国拒俄运动的关系。鲁迅1903年编译了一篇文言小说《斯巴达之魂》，后来不但自己未予结集出版，就连这篇小说的材源也忘得一干二净。小说描写了公元前480年斯巴达王率同盟军和市民跟侵入古希腊的波斯大军殊死战斗的事迹，歌颂了斯巴达人的尚武精神，以及"巾帼不让须眉"的爱国主义精神。天石在《〈斯巴达之魂〉和近代中国拒俄运动》一文中，首次把这篇小说跟1905年4月、5月发生的拒俄运动联系起来，无疑亦属创见。由于1903年3月沙俄政府不仅不履行分批从中国华北、东北地区撤军的协议，而且进一步向清政府提出了对东北的领土要求。当年5月留日中国学生成立了拒俄运动队。鲁迅挚友许寿裳参加了这一组织，而且为接编《浙江潮》杂志亲自向鲁迅约稿，所以鲁迅在《浙江潮》第五期发表《斯巴达之魂》绝不是偶然的。《斯巴达之魂》开头的小序跟《浙江潮》第四期刊登的拒俄义勇队致清政府函文字相类也绝不是偶然的。天石的考证，解决了《斯巴达之魂》写作的历史背景问题，对于正确理解这篇小

似是故人归──陈漱渝怀师友

说的主旨至关重要。不过不喜爱从事实际革命运动的鲁迅并没有参加拒俄义勇队，而且认为在日、俄两国争夺在东北利益的时刻，"持论不可袒日"。我还以为，鲁迅编译《斯巴达之魂》，也受到梁启超在《新民丛报》连载的《斯巴达小志》的影响。鲁迅十分欣赏梁启超"笔锋常带感情"的文风，梁启超此前发表的《斯巴达小志》也歌颂了鲁迅笔下那位斯巴达妇人的拳拳爱国之心。

三、《中国地质略论》跟中国近代史上的护矿斗争的关系。鲁迅留学日本时期，曾跟同学顾琅合编过一部《中国矿产志》，后来被清政府学部批准为"中学堂参考书"。1903年，鲁迅还撰写了一篇文言论文《中国地质略论》。这些著作长期被人们作为"鲁迅的科学论著"看待。不过这些著作当中的地质矿产资料今天看来均已陈旧，仅在中国近代矿业研究史上具有一席地位，属于鲁迅所说的那种"中间物"。天石兄在《〈中国地质略论〉的写作与中国近代史上的护矿斗争》一文中，联系1903年10月1日日本大阪出版社的《朝日新闻》上发表的消息，说明当时沙俄通过中国买办，先索取中国东北的矿山开采权，激起了中国民众──特别是浙江民众的护矿热情，成为了中国近代反帝爱国运动的一个重要组成部分。了解了这一背景，读者就不难理解鲁迅为什么会在《中国地质略论》中提到"今者俄复索我金州复州海龙盖平诸矿地矣"，就不难理解鲁迅为什么会在一篇科学论文中发出了爱国主义的最强音："中国者，中国人之中国，可容外族之研究，不容外族之探险；可容外族之赞叹，不容外族之觊觎者也。"

四、关于《天义报》上署名"独应"的文章。"独应"是周作人在《天义报》撰稿时采用的笔名。天石查阅了《天义报》上"独应"的《论俄国革命与虚无主义之别》一文，认为这篇文章同时也"反映出鲁迅的某些思想和观点"。这一发现是符合历史实际的，不但推动了周作人研究，而且丰富了研究鲁迅早期文学活动的史料。天石的文章发表在1979年2月出版的《鲁迅研究资料》第三期，也就是《鲁迅研究资料》由内部印行到公开出版的这一期。受天石的启发，我又续写了《再谈〈天义报〉上署名"独应"的文章》，全面介绍了"独应"在天义报上发表的九篇文章，并推断鲁迅可能跟周作人共同使用过"独应"这个笔名。这不仅因为周氏兄弟当年进行创作和翻译经常是共同讨论，最后由鲁迅修订，而且我还发现1919年1月26日钱玄同致周氏兄弟的一张明信片就合称他们为"独应兄"，而这张明信片的内容主要是跟鲁迅有关。这起码进一步证实了"独应"的文章反映了周氏兄弟的共同观点是不难理解的。

五、天石兄对研究鲁迅书信和诗歌的贡献。我参加了1981年版《鲁迅全集》的编注工作，而且是2005年版《鲁迅全集》书信部分的定稿人，深知每一封信征集发现的不易，每一条注文撰写之不易。天石是1923年12月28日鲁迅致胡适信的提供者。这封信是他在海外发现的，内容不仅涉及鲁迅跟胡适交流研究中国白话小说的心得，而且证明当时他们保持了学者之间的正常关系。鲁迅问候在北京西山疗养的胡适，并告诉胡适，他已经从跟周作人合住的八道湾搬到了砖塔胡同，1924年春还要搬迁，这就近于说"私房话"了。

1901年12月21日，鲁迅致许寿裳信中回忆起他经历的两次学潮时写道："我辈之挤加纳于清风，责三矢于牛込，亦复如此。"这句话对初读者而言，简直是如读天书。天石查阅当年的《浙江潮》《江苏》等杂志之后进行了诠释：这是鲁迅在日本弘文学院经历的一次学潮，"加纳"指弘文学院院长"嘉纳治五郎"。"清风"是地名，指"清风亭"，弘文学院学生聚会的地方。"三矢"是弘文学院的教务干事三矢重松。"牛込"是弘文学院所在地东京牛込区，即现在的新宿区。一般研究文学的人，是缺乏这种历史地理知识的。天石的这一研究成果破解了解读鲁迅书信的一个密码。日本著名汉学家北冈正子教授在《日本异文化中的鲁迅》一书中就吸收了天石的研究成果。不过北冈先生还进一步查阅了日本的有关档案资料，但这是一个中国学者当时根本无法做到的。

俗话说"诗无达诂"。也就是说，对于诗歌，没有通达的、一成不变的解释，往往因人、因时而产生歧义。对于鲁迅诗歌的解释也是如此。比如鲁迅的七绝《自题小像》中，有"寄意寒星荃不察，我以我血荐轩辕"这两句。对于"荃"这个字，有人解释为"在黑暗的反动势力统治下的广大人民"；也就是说，鲁迅的爱国之情得不到民众的理解。还有人将"荃"解释为"守旧派"。但这些解释都得不到训诂学的支持。因为古籍中的"荃"指的是一种香草。东汉王逸在《楚辞章句》对《离骚》的注释是："荃，香草以喻君也。"这就是说，把"荃"理解为"国君"的象征是一种正解。天石在《〈自题小像〉新考》一文中，首先根据《清国留学生会馆第一次报告书》中鲁迅填写的简历，把《自题小像》的创作时间确定为1903年，而后征引了上海《苏报》发表的光绪皇帝《严拿留学生密谕》，证明清朝上层统治集团对当时参与拒俄运动志士们的爱国之心不但不予体察，反而要各地方督抚予以缉拿，"就地正法"。像天石这样把《自题小像》置于拒俄运动历史背景之下进行考察，在鲁迅诗歌研究史上也是首次。这就叫在求真的基础上求解。

天石研究近代史和民国史的文章中，还涉及章太炎、宋庆龄、刘师培、谭嗣同、柳亚子、段祺瑞、邹容、钱玄同等历史人物和"溥仪出宫""牛兰夫妇被捕"等历史事件，这些都对深入解读鲁迅作品很有裨益。

如果把天石鲁迅研究的成果局限于对几篇具体作品的解析，那就低估了他研究的学术价值。在我看来，天石在鲁迅研究领域的主要贡献，是在引进并激活了传统文化中"诗文证史，补正史乘""以史释诗，通解诗意"的方法。说得直白一点，要在学术领域取得成就，单靠勤奋还是不够的。捷克作家米兰·昆德拉之所以说"人们一思考，上帝就发笑"，并不是反对独立思考，而且说研究者的思想方法和研究方法一旦出现问题，那越思考就会距离真理越远，所以上帝才会发笑。我认为天石运用"以史证文"的方法研究鲁迅，其方法论的意义超过了他对鲁迅某些作品提出的那些新颖见解。

中国有句话，叫"文史不分家"，所以鲁迅将《史记》评为"史家之绝唱"，又誉其为"无韵之《离骚》"。《春秋》是历史著作，《诗经》是文学著作，然而读者既视《春秋》为"史诗"，又通过《诗经·大雅》中的一些诗篇来了解周民族的发展史。不仅在中国文史相通，互为表里，国外的情况也与此相类。从荷马史诗《伊利亚特》中关于铁器、风箱、陶瓷、手磨、榨油等描写中，人们可以了解到古希腊社会如何由野蛮时代进入文明时代。从古希腊悲剧作家埃斯库罗斯的作品《奥列斯特》中，读者可以了解到由母权制向父权制逐步过渡的历史进程。至于马克思认为英国作家菲尔丁的小说《汤姆·琼斯》以独特的方式反映了自己的时代，恩格斯认为巴尔扎克的小说《人间喜剧》表现了1815年到1848年的历史，更是大家耳熟能详的事情。不过当下学科分工日趋细密，有别于文艺复兴时代。那时的著名人物往往精通数国语言，并都能在几个不同专业上发出"异影"，而现在是专家多，通才少，很难再出现那种集一切值得称赞的才能于一身的人。因此有些综合性的学科亟须不同专业的学者介入，才能在不同学科的交叉地带擦出学术的火花。

鲁迅研究就是这样一种综合性的学科，它涉及古今中外的文学、历史、哲学、美术等诸多领域，需要方方面面的专家介入。因为鲁迅著作不仅仅是作家个人的心灵史，而且也是十九世纪末至二十世纪三十年代中国社会的一部百科全书。研究鲁迅的文学创作离不开历史，比如鲁迅创作小说《狂人日记》就是受到了北宋司马光《资治通鉴》这部编年体史书的启发。不了解辛亥革命、张勋复辟这些重大历史事件，不可能读懂鲁迅的小说《药》《风波》《阿 Q 正传》《头发的故事》……

在鲁迅的文学宝库中还有一颗特别璀璨的明珠，那就是他创造和提倡的现代杂文。鲁迅的杂文中有不少是文艺性的政论，而更多的是兼具诗和散文这两种因素的时评；简而言之，就是文学中有历史，历史中有文学。鲁迅杂文绝非"深入山林，坐古树下，静观默想，得天眼通"（《华盖集·题记》）的产物，而是感应的神经，攻守的手足，能在讳言时事的时代以"典型化""类型化"的手法抨击时弊，收到以小见大之效。如果读者不了解革命先行者孙中山的事迹，怎能读懂鲁迅的杂文《战士与苍蝇》；如果不了解发生于 1927 年的"四·一二政变"，怎能读懂鲁迅的《而已集·题词》；如果不了解清朝初年和民国初年的中国历史，怎能理解鲁迅为什么会提出要"打落水狗"的主张？

鲁迅曾经说过以下意思的话：他的经历是复杂的，他的社会关系也是复杂的，因此阅世不深的青年人未必能读懂他的作品。"知人论世"，成为了打开鲁迅著作宝库的一把钥匙。"知人"，就是要了解跟鲁迅发生纵横捭阖关系的同时代人，以及鲁迅作品中评骘的古今中外人物。"论世"，就是要正确了解鲁迅生活的时代和他作品反映的时代。这对于当代读者而言无疑是一件困难的事情，往往因此造成他们跟鲁迅著作之间的隔膜。这就说明，天石一类的历史学家介入鲁迅研究，是十分必要的，对鲁迅研究的科学水平必然有所提升。

当然，天石在文史哲研究的成果是多方面的，而且在其中任何一个领域他都不是浅尝辄止。天石的主要成就无疑体现在中国近代史研究领域。虽然有些论题引起了争议，但总体上讲争议是件好事。任何创新成果出现都会产生不同意见，这应该是学术史上的一条铁律。如果一个学者潜心研究了许多年，其论著刊行之后却如泥牛入海，反响全无，那岂不是太寂寞了。不过批评和论争要成为学术发展的真正动力，动机必须是与人为善，即心存善念，而不要实施那种"骂倒名人借以成名"的文化谋略，不要使用那种有损对方人格的语言，更不能轻易上纲上线，破坏健康繁荣的文化生态。听说，2015 年这一年，天石就出版了十四本书，累计六百万字，其中虽然囊括了此前的成果，但至少说明他在耄耋之年还在奋力拼搏。在人才匮乏的中国，在亟须振兴中华文化的当下，像天石这种愿意以身殉学术的知识分子，难道不应该得到进一步的爱护和尊重吗？

钟叔河先生的"朋友圈"

随着《走向世界丛书》的出版，钟叔河的名字也由湖南走向全国，由中国走向世界。从 1980 年开始，历时三十年，这套一百本、一千万字的丛书终于由岳麓书社出齐。

论学历，钟先生只是高中肄业生。因为在新中国成立前夕参加进步学生运动，至今额头还留有被国民党三青团分子殴打的伤痕。后来经历坎坷曲折，做过木模工、电镀工、制图员等，二十世纪八十年代才进入出版界，1994 年获得第三届韬奋出版奖——这是中国出版界的盛誉。

钟先生的朋友和粉丝很多，他个人的著作发行量也很大。他的很多友人都是因为《走向世界丛书》而结下文缘的。李一氓是一位 1925 年就加入了中国共产党的老革命，担任过毛主席的秘书，粉碎"四人帮"后出任了国务院古籍整理出版规划领导小组组长。他认为《走向世界丛书》"真可以传之万世"，而钟叔河写的那些导言尤有意义。在年老多病、工作忙碌的情况下，李一氓对这套丛书的校对提出了一些意见，如指出《论郭嵩焘》一文中的 catholic（天主教徒）一词拼写有误，还对《湘雅摭残》一书编者进行了考证。后来钟叔河编的《从东方到西方》准备在上海人民出版社出版，李一氓撰写了精彩的序言。周谷城是著名的历史学家，曾任全国人大常委会副委员长。他认为《走向世界丛书》极为重要，而钟叔河的总序"只觉精审，令人敬佩"。周谷城还指出，作为一个历史学家，光着眼祖国，不忘过去，以史鉴今，是不够的，还必须放眼世界，瞻望未来，坚持世界历史的有机统一整体观，才能充分发挥历史学科的巨大作用。考古学家夏鼐建议该丛书的第一辑增收梁启超的《欧游心影录》，胡适的《留学日记》也可删节选采。在《早期日本游记五种》当中，罗森的《日本日记》是很重要的一种。夏鼐对该书卷首语中涉及的某些史实坦诚了己见，供再版时修订参考。

季镇淮是古典文学研究专家，对晚清文学尤有精深研究。他认为《走向世界丛书》对他和他的研究生都很重要，提供了近代历史、政治、文学乃至风月诸方面的信息，实乃出版界的创举。遗憾的是，当下学界逐名者多，务实者少。季羡林是蜚声中外的东方学大师。他对钟叔河说："你们的《走向世界丛书》之所以获得广泛的热烈的赞美，是当之无愧的，而且是有原因的，你们别开生面，独树一帜，做了别人没有想到而又确实极有意义的工作，无比钦佩。"袁晓园的名字有人可能感到陌生。但她是我国第一任女外交官，1945 年曾任驻印度加尔各答领事馆副领事。她的四妹袁行规笔名袁静，是《新儿女英雄传》的作者之一。她三妹袁行恕的女儿就是几乎家喻户晓的女作家琼瑶。她表示自己也要帮助钟叔河在美国继续搜寻这方面的资料，让海外侨胞都能回顾先驱者披荆斩棘的历史贡献。杨岂深是著名的教授和翻译家，曾任修订版《辞海》外国文学分册的主编，他感到《走向世界丛书》"质量很高，有口皆碑；钟叔河其人也精通中外典籍，文字别具风味"。他当时身体不好，长年失眠，又多次患肺炎，但仍协助钟叔河做了一些译校工作。周祖谟是语言文字学家。他读《走向世界丛书》有其独特视角，认为这套书不仅有助于研究晚清历史，而且对研究近代语词变迁亦殊有用。

任何人要取得成功都取决于社会和个人两方面的因素。不经风雨怎见彩虹？不尝苦涩哪知甘甜？钟叔河是一个禀赋颖异而又持之以恒的人，能把一件看似平凡的事情做到极致。但他还是要感谢改革开放成为了既定国策的新时代。可以断言，如果没有1978年12月召开的十一届三中全会，就不会有1980年《走向世界丛书》的问世。改革开放的时代需求催生了《走向世界丛书》，而应运而生的《走向世界丛书》又影响和推动了中国的改革开放。钟叔河有一位文友叫陈志让，先后在美国和加拿大任教，是《剑桥中华民国史》的作者之一。他认为要走向世界，了解世界是一个前提，是一个基本原则；如果对世界的认识有局限，就会产生误解误判。了解世界不是一个短期目标，而是一个长期使命；不仅应了解他国的政治制度，还应该在家庭、宗教、哲学、文学、美术各方面下功夫，要彻底改变不是把外国人当"洋大人"就是当"蛮夷戎狄"的态度，所以他认为《走向世界丛书》的出版是一件很值得庆贺的事情。

钟叔河有一位特殊的文友，那就是萧乾。1935年，萧乾从燕京大学毕业之后，进入《大公报》工作。1939年9月，萧乾离开香港赴欧洲，1944年至1946年以《大公报》驻欧特派员身份随盟军采访，写下了大量战地报道，成为了中国在第二次世界大战期间现场报道反法西斯战争的著名记者。由于自己的人生经历，萧乾看到《走向世界丛书》之后，建议把1895年至1911年这个时间段扩充到20世纪。再版一套《外国人看中国丛书》与之配套。此外，待丛书出版之后，还整理一套中国古今游记，因为这也是中国文化宝库之一。钟叔河很重视萧乾的意见，曾考虑另编一套《二十世纪走向世界丛书》。萧乾特为钟叔河介绍了一些美国、加拿大、英国、德国的汉学家，以扩大《走向世界丛书》的国际影响。

钟叔河的朋友圈里还有一批周作人作品的爱好者。从读初中开始，钟叔河就爱读周作人的文章，搜集周作人著作的各种版本，曾编注一部周作人《儿童杂事诗图笺释》。这是岳麓书社的重版书，内收周作人描写儿童生活和儿童故事的七十二首七言绝句、丰子恺的插图，外加钟叔河的笺释，被读者誉为"三绝"，胡乔木同志对此书给予了肯定，并支持钟叔河编辑出版《周作人散文分类全集》。

跟钟叔河同属周作人爱好者的还有舒芜。他不仅认为《走向世界丛书》在文化史上有重大价值，还特别欣赏钟叔河为

《知堂书话》所写的序言，觉得是神来之笔。他对钟叔河说，鲁迅与周作人相比较，一为战士之尘土满身，另一为绅士之衣冠整洁。1987年初，鲁迅博物馆曾想请舒芜标点整理周作人日记，请钟叔河协助在湖南出版。后来因为经费和版权问题，至今仅影印了日记的前半部。为此，舒芜跟钟叔河取得了联系，校正了原来发表部分的不少标点错误。但舒芜看到周作人日记中有责骂许广平、周建人之处，又觉得待当事人作古之后再出版也好。楼适夷是老作家、出版家。他认为周作人著作有重印价值，觉得钟叔河编订的周作人著作校勘细致，装帧亦佳。他同时跟钟叔河坦诚交换意见，指出周作人的随笔有的似不食人间烟火，有的亦妄发谬论，如论秦桧之类。楼适夷反对尊知堂而贬鲁迅，不同意把周作人视为五四精神的正统。

在研究周作人的同好中，对钟叔河帮助较大的应该是香港翻译家和收藏家鲍耀明。鲍耀明收藏了周作人书札402封，其中晚年来信398封，都进行了整理和简注。他还整理了一份港台地区和海外周作人研究资料的目录，供钟叔河出版《周作人散文分类全集》参考。五四时期周作人曾信仰日本的"新村主义"，想通过和平改良的办法，建立一种无剥削、无强权、无体力劳动和脑力劳动相对立的社会。鲍耀明告诉钟叔河，目前日本还有两个新村：一个在关东琦玉县，另一个在九州日向。这两个新村里还有美术馆、图书馆，收藏有周作人的相片及资料，并在1992年秋出版的《新之村》杂志，刊登过两次"周作人特辑号"。在学术界，像鲍耀明这种不以珍本秘笈为惊人之具的学者，实属罕见。

谈到钟叔河的朋友圈，特别需要提及的是钱钟书及其夫人杨绛。钱钟书先生是学术界公认的博学鸿儒。他的小说《围城》还被选入初中语文名著阅读书目，并被改编为电视连续剧。作为学者文人，钱钟书给人以清高绝俗的印象——表现之一就是曾为自己"约法三章"，其一为不题词作序。但读到《走向世界丛书》之后，钱钟书对钟叔河的识见和学力表示佩服，引以为"同道"，并对丛书提出了许多坦诚的意见，以期"共襄大业"。1984 年 3 月，钱钟书破例为《走向世界丛书》撰写前言，深刻指出："'中国走向世界'，事实上也是'世界走向中国'：咱们开门出去也由于外面有人敲门，撞门，甚至是破门、跳窗进来。'闭关自守''门户开放'那种简洁利落的公式语言，便于记忆，作为标题之类，大有用处。但是，历史过程似乎不为历史编写者的方便着想，不肯直截了当地、按部就班地推进。"他称赞钟叔河为丛书写的一系列文章"中肯扼要，娓娓动人，不仅增添我们的知识，而且很能引导我们提出问题。"

钱钟书是 1998 年去世的，享年八十八岁。延续这段友谊的是其夫人杨绛。杨绛是位翻译家、作家，活了一百零五岁，成了跨世纪老人。钱钟书夫妇只有一个女儿，叫钱瑗，1997年因肺癌转脊椎癌去世，终年六十岁。随着女儿和丈夫的去世，杨绛戏称她成了"钱办"的"光杆司令"。年逾九十岁时，杨绛身体还好，只是开始耳聋，嗅觉失灵，但每天还能走六七千步，视力和记性犹好。但孤寂还是缠绕着她的。常年陪伴她的是一个河南籍的保姆小吴，不仅能做家务，还能帮助抄抄写写，管理财务，成了她的"贤内助"。还有一位就是吴学昭，记者出身，学者吴宓之女，原中央党校副校长蒋南翔之妻。杨绛跟她姐妹相称。

文人之间总是惺惺相惜的。因为钟叔河是钱钟书器重之人，杨绛故以师友相待。双方书信往返频繁，而且有时稚气萌生，还比双方信件页码的多少。钟叔河之妻朱纯也是记者出身，共同经磨历劫，钟叔河认为找了朱纯是他此生的一个成功。正因为如此，杨绛也敬重朱纯的为人，双方也成为了"贤友"。朱纯重病之时，杨绛汇了一年的药费，约二十万，并承诺以后再汇。杨绛诚恳地表示，她留了许多无用的钱，留着准备自己或亲友生病之用。但钟先生谢绝了杨绛先生的好意，2006年底朱纯病逝，留下了四个女儿，还有四个外孙女。杨绛安慰钟叔河说："你比我福气多，同是未亡人，我则是'绝代佳人'了。"钟叔河准备将朱纯的骨灰树葬，但钱钟书不愿留骨灰，杨绛表示自己也只好不留。既然无后嗣，孤零零地埋在哪里？

杨绛为钟叔和留下的最大纪念，是为《念楼学短》合集写了一篇序言。钟叔河住在湖南省出版局宿舍楼的二十层，门口悬挂一竹形匾额，上书"念楼钟寓"四字。"短"是指百字以内而又独立成篇的古文。钟叔河编了五个分册，并加以疏解，合成一书，故名《〈念楼学短〉合集》。这是一部雅俗共赏的书，主题短，原文短，注释短，翻译短，评析短，十分钟能读一篇，对青少年学习中国传统文化尤有裨益。杨绛在序言中评价说："《念楼学短》合集，选题好，翻译的白话好，批语好，读了能增广学识，读来又趣味无穷。"钱钟书为《走向世界丛书》写序时七十五岁，杨绛为《念楼学短》写序时九十八岁，曾经三易其稿。她这篇短序，跟钱钟书为《走向世界丛书》所写的序，堪称"双序珠玉交辉"！

朱熹在为《论语·乡党》写的注释中说："朋友，以义合者也。"简而言之，朋友就是志同道合，而不是出于功利的小人之交。孔子在《论语·里仁篇》里又说："德不孤，必有邻。"也就是说，一个德才兼备的人，绝不会被孤立。本文所说的"朋友圈"，只提及了钟叔河先生的一部分亡友，不囊括他健在的友人，无数粉丝以及忘年之交。杨绛生前，曾翻译了英国诗人兰德1850年写的一首诗，题为《生与死》，其中写道："我双手烤着，/生命之火取暖；/火萎了，/我也准备走了。"其时，兰德已经七十五岁，对生死早已参透。杨绛本人对人生的玄妙也已经参透。她把这首诗推荐给钟叔河，而钟叔河今年已有九十三岁高龄，长期辗转于病榻。任何人的生命总是有限的，而友谊的佳话却会长远流传，正如高山流水遇知音的典故流传了两千多年，至今仍能给人以感动和启迪。

2024 年 11 月 30 日

从王景山谈到学术传承

  我一直很敬重王景山先生。我跟王景山先生应该是 1976 年结识的。那年鲁迅研究室刚刚成立，1981 年版《鲁迅全集》也刚开始修订。首都师范大学当年叫北京师院，师院中文系承担了编注鲁迅书信的任务，当时还没有"学术带头人"这种头衔，但王先生肯定是挑大梁的角色。我负责参与的是《鲁迅日记》的注释定稿，跟王先生学术上的交集不多。但 2001 年我被聘为 2005 年新版《鲁迅全集》编辑修订委员会副主任，主要负责鲁迅书信的注释定稿，于是就成为王先生学术成果的受教者、受益者。没有王先生的奠基之功，有一些鲁迅早期书信我根本注释不出来。因此对王先生不是一般的佩服，而是非常之佩服。我担任鲁迅研究室主任和鲁迅博物馆副馆长之后，每次开学术研讨会必邀请王先生。他也每次都出席，每次都发言，而且发言都很幽默，让人爱听。《鲁迅研究月刊》聘请的学术顾问名单中有王先生大名，虽然既不"顾"也不"问"，更没有车马费，但的确是对他在鲁迅研究界学术地位的一种肯定。不是他需要"月刊"来抬高身份，而是"月刊"的确需要他的鼎力支持。我跟王先生虽然私下几乎无接触，但有两次学术活动跟他相处很亲密，还有两次学术上的愉快合作。1990年9月，中国鲁迅研究会在庐山召开"鲁迅与台港作家及台港鲁迅研究座谈会"。这次会议本来是由学会秘书长袁良骏先生筹备和主持的，但他临时决定在北京接待台湾作家白先勇，要我赶到庐山去"救场"。由于经费捉襟见肘，中国鲁迅研究会过去开的都是穷会，这次住的地方记得是新中国成立前盖的别墅。代表两个人一间房，房内虽有浴缸，但颜色都发黑了，没人敢去泡澡。我睡觉不老实，呼噜声很响，用医学名词，叫夜间呼吸间歇症。既没人愿意跟我合住，我又不能享受住单间的特权。这时候，王先生挺身而出，愿意做我的室友。他说，他耳朵聋，晚上睡觉雷打不动，这样就成了我的最佳拍档。还有一次是1999年，中国鲁迅研究会在昆明开会，王先生曾经是西南联大的学生，这次是偕夫人李昌荣老师一起去的，心情特别愉悦。我因此也跟李老师成了朋友。回到北京后两家常互致问候，我说话多，李老师大声当场翻译。王老师究竟能听见多少就不得而知了。我跟王先生学术上的合作有两次：一次在2006年，我编了一本书，书名叫《鲁迅骂语》，就是把所谓鲁迅骂人的文字分门别类辑录在一起，由王先生写了一篇序言，题为《骂人的鲁迅和被骂的鲁迅》。回答了鲁迅一生是骂的人多，还是骂他的人多；是他先骂了别人，还是别人先骂了他；是他骂得厉害，还是别人骂得厉害这些问题。结论是：鲁迅骂的一般都是该骂之人的可骂之处，而且骂出了文采，达到了嬉笑怒骂皆成了文章的艺术境界。这是一篇奇文，一篇很优秀的论文。这本书卖得还好，远销到国外。我在新加坡的书店就见过。另一次是 2003 年，我应河南大象出版社之约，主编"走进鲁迅读本"，一册是"初中生读本"，另一册是"高中生读本"。共襄盛举的都是鲁迅研究界的专家，王先生同样是挑大梁的人物。像《孤独者》《在酒楼上》这些名篇，我记得都是王先生点评的。鲁迅生前曾规劝大学问家能够放低手眼，多做点有益于青少年读者的普及性工作。我觉得写峨冠博带的文章固然不容易，但真正普及性的读物也并不好写。这套书出版后反映也还好，曾在 2017 年再版。王先生自己还主编过《鲁迅名作鉴赏辞典》，肯定他会比我编得更好。今天重点谈谈学术承传。这是一个重要的问题。承传就是继承并使之发扬光大，也就是学习前人的长处并且跨越前人。学习是前提，跨越是目的。不学前人的长处是狂妄，学而不想跨越是故步自封，是邯郸学步，那也辜负了前人的一片苦心。我今年八十多了，对于年轻人来说也算是前人。但我们这代人因为时代的原因，参加的政治运动多，缺少系统的学术训练，因此知识结构很不完善，既比不了王景山先生这一代人，也比不了新时期培养的学生。所以我发表过一篇文章叫《忆当年，不学无术情可原》。我自己原谅自己，也希望别人原谅自己。王先生这一代人国学功底比我坚实，西学功底也比我坚实，再加上有丰富的社会经验、实践经验，值得我学习的地方很多。当然，学术承传并不是学术上的近亲繁殖。"三人行，必有我师"，所以不能搞小圈子、小帮派。另外，"师如荒谬，不妨叛之"。鲁迅对他的业师章太炎就是既赞扬也批评，值得我们效仿。学习王先生，我想应该先学他的为人。直白地讲，王先生虽是学界前辈，但从不以"精神旗帜""学术班头"自居，直到六十二岁才评上教授，但我没听见过对于他的差评。一个人活到九十多岁，在一个观念撕裂的社会能受到普遍敬重，这真不是一件容易的事情。这说明王先生平实谦和，正直正派。有一年我编了一本书，收了一些不同意见的文章，需要原作者授权，其中有王蒙的一篇，王朔的一篇。我当时不知道这两位名人的联系方式。感谢王先生，他帮我联系上了正在印度访问的王蒙，使这本书能如期出版。王蒙1962年9月摘掉"右派"帽子之后到原北京师院中文系任教一年，王先生是现代文学"主讲师"兼教研组组长，王蒙的顶头上司。王蒙在落难之时切身感受到了王先生的善意。王先生当年想不到二十四年后王蒙会当上文化部长，更没有想到五十七年之后又会被授予"共和国人民艺术家"的称号。"文化大革命"中王先生的善意成了一种罪行，他被迫写过跟王蒙关系的交代材料。这件事给我的启示是：真假朋友必须在人生低谷时才能准确分辨。鲁迅曾谈到，凡"猛人"必然会被人包围，得意时头脑膨胀，辨不清忠奸黑白。

王先生著作等身，我没有全部拜读，但我以为至少他编的《台港澳及海外华文作家辞典》和《鲁迅书信考释》是可以传世的。《鲁迅书信考释》一书只有十四万字，薄薄的一本，收了长短不一的六十八篇文章。用现在高校的学术评估标准衡量，不符合所谓"学术规范"，肯定评不上教授。但我读了之后佩服得五体投地，认为这些文章实可谓不朽。如若不信，可以找到读读，再扪心自问，问自己究竟写得出来，还是写不出来？

六十四年前，也就是 1957 年，我刚上南开大学中文系，有一门课程叫《古代汉语》，任教的是马汉麟教授，古典文学大家游国恩的女婿。他上课时讲到清代扬州学派有一位代表人物，叫作汪中，哲学、文学、史学样样精通。汪中写过一篇短文，大约只有几百字，篇名叫《释三九》，略举几个例子，说明古文当中的"三"和"九"往往是泛指多数，言其多，如"三思而后行""九牛一毛"。这就解释了文言文阅读中的一个语言现象，一字值千金。我认为王先生这本小册子里的很多文章也是这种含金量高的文章。

大家知道，《鲁迅全集》带有百科全书性质，其中收录鲁迅致中外友人书信多达四卷，其中涉及的古今中外人物阵营浩大。讲老实话，我们的鲁迅研究界虽有高手，但还没有出现像法国狄德罗那种百科全书派的代表人物。因此，研读鲁迅著作常常有"卡壳"（也就是读不懂）的地方。文本是研究的基础，离开文本的阐释是无的放矢，无效阐释，相当于瞎子看图。如果是搞学术讲座，聪明人会把自己不理解的地方绕过去，在自己确有感受的地方肆意发挥，这叫扬长避短。但搞注释的人就必须硬着头皮迎难而上，帮助读者扫雷。一不小心搞错了就会炸着自己，毁了自己的学术声誉。现在各种各样的工具书越来越多，其中包括人名辞典。但鲁迅书信中涉及了很多普通人，他们的名字没有幸运进入辞书。即使是名人，由于各种原因，也很难了解他们的全人全貌。比如高长虹，1928 年之后几乎销声匿迹，为了搞清他的生平概况我就追踪了二十年。再如潘汉年，只听说他后来到了湖南茶陵洣江茶场劳改，至于哪年死的要咨询公安部门。而公安部门并不是学术机构，并不是轻易可以"咨询"的。鲁迅跟亲友间有一些共同熟悉的人物，私下以绰号或隐语相称，这些局外人看了真是满头雾水。如爬翁，指钱玄同，因为听太炎先生讲学时他在日本榻榻米上爬来爬去，身材又胖。1911 年 1 月 2 日鲁迅致许寿裳信中有一位"彔头"。1918 年 1 月 4 日致许寿裳信里一位叫"女官公"，一位叫"老虾公"，还有一位叫"兽道"。1918 年 8 月 20 日致许寿裳信中一位"X"。1919 年 1 月 16 日致许寿裳信中有一位"莱比锡"（与地名同）。1919 年 2 月 16 日鲁迅致钱玄同信中有个称谓："悠悠我思"。1919 年 4 月 19 日鲁迅致周作人信中提到"爬翁""阿世""禽男"。1921 年 8 月 6 日鲁迅致周作人信中提到"滑倒公"。同年 9 月 11 日致周作人信中提到"某公一接脚"。这些比谜语还难解的问题居然被王先生一一奇迹般地破解了，对于读者真是功德无量。

王先生这本书中又纠正了原《鲁迅书信集》注释中的一些错误，如把鲁迅 1925 年 3 月 15 日致梁绳袆信误为"致傅筑夫、梁绳祎信"，把鲁迅 1928 年 3 月 16 日致李霁野信误为同年 3 月 14 日信。最为难得的是，王先生这本书还订正了鲁迅书信中的个别误记或笔误，如指出鲁迅 1925 年 7 月 20 日致钱玄同信中，把章士钊的笔名"孤桐"误写为是李大钊的笔名"孤松"。又如，1928 年至 1929 年，上海发生过男仆人陆根荣和女主人黄慧如的主仆恋爱事件，由于南方话中"王"与"黄"这两个字常常发音相同，在 1931 年 2 月 4 日致李秉中信中，鲁迅把"陆黄恋爱"误写为"陆王恋爱"了。

对于疑难问题王先生有一种一追到底的精神，不是浅尝辄止。《海上花》即《海上花列传》，是清末韩邦庆撰写的一部描写妓女生活的小说，共 64 回，用的是苏州方言，风格写实，写照传神。张爱玲曾将这部吴语小说翻成普通话本，继而又译成英文。鲁迅 1924 年 1 月 5 日致胡适信中说他所见为"每星期出二回之原本"。但后来经胡适订正，最初连载这部小说的《海上奇书》并不是周刊，前十期是半月刊，后又改为月刊。鲁迅和胡适都认为《海上奇书》只出了十四期，后来又经阿英订正，《海上奇书》出至十五期并非十四期。胡适先错，鲁迅后错。最终再经王先生修订，这出版期数其实是鲁迅先生出错，胡适随之出错。这就体现了在做学问上的"韧"的精神。

鲁迅是人而不是神，当然会有凡人都难以绝对避免的缺点或失误。鲁迅期望有狙击手能击中他的要害，希望有好大夫能诊断出他的真症候。但给鲁迅纠错指谬是一件严肃的事情，不是跟名人一急眼自己就真能在文坛登龙。我们需要的是王先生这样的"狙击手",而不是想骂倒名人自己出名的"文坛刀客"。

从王先生的学术成就中,我们能获得哪些启示呢? 首先,王先生注重收集一手资料,也就是关于人物和事件的原始资料。鲁迅留学日本归国后,在教育界经历的第一次学潮是浙江两级师范学堂二十五位教职员联合反对顽固派夏震武出任学堂监督的风潮——通称"木瓜之役"。为了解这一事件的始末,王先生不仅参阅了亲历者的相关回忆,而且查阅了当年的《杭州府志》《绍兴公报》《教育杂志》《申报》《时报》《东方杂志》《神州日报》《浙江教育公报》《天铎报》,据此整理出一份完整的《"木瓜之役"大事记》,从而使他对鲁迅生平中这一重大事件的研究成为一种终极性研究。今后无论谁研究这一事件,至多也只能丰富一点历史细节,而无法改变这一事件的基本史实。我感到,在中国现代文学研究领域,像王炳根编写的《冰心年谱》,王增如夫妇编写的《丁玲年谱》,也都是这种终极性研究。

其次,王先生有比较完善的知识结构。在《〈自然辩证法〉导言》中,恩格斯指出,欧洲的文艺复兴是一个需要巨人而且产生了巨人的时代,那时的著名人物大多会四五种语言,能在几个不同专业上同放光芒。比如,达·芬奇是众所周知的画家,但同时也是数学家、力学家、工程师。马丁·路德是十六世纪基督教新教的创立者,而且是诗人、散文家、词曲作者。但历史也进入了二十一世纪,社会分工日趋细密。袁隆平研究高产水稻,在粮食领域放了卫星,我们不能因此要求他再去设计人造卫星。莫言的小说《蛙》以计划生育为题材，我们不能因此要求他亲自去制定计划生育政策。学术有专攻，相互需尊重，但跨学科的知识多少都还需要懂一些，当然懂得越多越好。在这些学科的交叉地带，往往能产生新的学术生长点。王先生是西南联大的学生，国学根底比我们这一代人要深厚，1921年6月30日鲁迅致周作人信中，有一句是"然则《艺术丛编》盖当赋《关雎》之次章矣"，王先生立即就能悟到，这是说《艺术丛编》这部有关金石图录汇编的续集恐怕求之不得了。因为《诗经》中《关雎》这篇的第二章写的就是"求之不得，寤寐思服。悠哉悠哉，辗转反侧"。从《鲁迅书信考释》一书来看，王先生懂英文，也粗通一些俄文和日文。这更是我望尘莫及的。王先生的著作属社会科学范畴，但也运用了一些自然科学知识。比如，鲁迅1929年10月22日致江绍原信中提到的《全体新论》，这是一本关于生理学的著作，原著者是英国人合信。王先生查阅了这本书，又参考了《中国医学史》等专著，指出这本书在写作过程中曾得到中国南海人陈修堂的帮助，具有合著性质，不是一般的译著。这就是跨学科研究的成果。

最后，还想谈谈王先生的文风。文风问题并不局限于语言文字范畴，不局限于研究文章性质、功能和构造的"文章学"，而往往能综合反映出一个人的学风乃至一个时代学术界、文学界的风气。王先生文章跟他的讲话一样，平实中寓深刻，幽默中含机智，擅长把一个深奥的似乎不可解的问题用明白易晓的语言表述出来，而不是反其道而行之。我承认自己不擅长理论，但是我决不承认自己轻视理论。唐代学者刘知已在他的史学理论专著《史通》中提出，史学家应具有史才、史学和史识。史才指文才、文采，其最高境界就是用平凡的文字表达深邃的思想。史学就是指专业知识。史识就是见识，也就是以正确的理论为指导，探求历史发展规律，得出科学的结论。要而言之，我反对的只是两种现象：一、生吞活剥域外理论，特别是反对迷信那些走马灯似的时髦理论。二、我反对的是以论代史的研究方法，即先套用一些新潮理论的模式与概念，再寻章摘句，找一点以为能自圆其说的例子去填充。至于那种坚实的理论家，是任何时代都需要并令人尊崇的。

试举几个例子。国外有人把海明威的小说界定为"新闻体小说"，因为其小说具备时间、地点、人物、原因、结果这五个要素，语言风格也像电报文字似的简洁。于是有人就把鲁迅的小说都说成是新闻体小说。然而，新闻的生命在于绝对的真实，而小说的基本特征是源于现实但高于现实的虚构。所以，鲁迅的小说形式虽然具有探索性，但恐怕不能用"新闻性"来概括。在古文修辞方法中，有一种叫"互文"，是指前后两句词语互相交错、互相渗透、互相补充，这是我们阅读古典诗文中应该掌握的常识。二十世纪法国有一位符号学家叫茱利亚·克里斯特瓦，她提出了一种互文性理论，十分深奥。不过，她的理论的接受者往往按照自己的需要和理解，对其学说进行调整、修正和再阐释。我想，凡文学创作，总会有一些共同素材或共同主题，如花草树木、春夏秋冬、日月星辰、生老病死、爱恨情仇，如果进行"文本互释"研究，从彼此的异同中总结出一些创作的规律，那是会有益于读者的；如进行"文本互涉"研究，认为鲁迅写枣树受到了徐志摩笔下枣树的影响，则需要提供充分的实证，不能单纯以发表时间的先后为依据，否则就会降低这类研究的意义和价值。

还有一种空间理论，研究人的思维空间、物体空间、视角空间。还有六度空间理论，大概原属心理学和数学领域。我绝没有否定或低估这种理论价值的意思，只是认为运用这种理论要切合研究对象的实际，不要预设框架，削足适履。比如有研究者说鲁迅喜欢"室外空间"，论据是鲁迅喜欢旷野的社戏，不愿在剧场受那种喧喧之灾。但又有人以同一理论，证明鲁迅喜欢"室内空间"，论据是鲁迅说自己"躲进小楼成一统"。这样在理论迷宫里绕圈子，只会让读者无所适从。

总之，一种正确的文艺理论应该是来自文艺创作的实际，并能指导文艺创作，催生创作和研究的新成果。沿用某种理论必须对其概念的内涵和外延进行准确界定。宏观研究即全局性的总体研究，其意义无疑重大。但像王先生进行的微观研究是宏观研究的基础。离开了坚实的微观研究，所谓的宏观研究就可能显得大而不当。最近我在网上看到一篇文章，题为《现代科研基本上都是添砖加瓦，"重大突破"属于宣传用语》，作者用的是网名，不知其真实身份，但我认为他讲得很有道理。文章谈到自从霍金逝世之后，被人类集体视为科学巨匠的时代已经结束，因为科学研究的荒蛮时代已成过去，想在短时间内获得颠覆式的创新和突破显得越来越难。所以无论是从事自然科学研究，还是从事社会科学研究，都要像王景山先生这样，踏踏实实在前人基础上一步步往前走，克服由于科研评估体制的功利性带来的浮躁心态，在学术大厦的兴建工程中做一个添砖添瓦的泥水匠，而不做那种被鲁迅鄙弃的乌烟瘴气的"鸟导师"。我想，这也就是我们研讨王景山先生学术生涯的现实意义。

"斗士型"的作家柏杨

日子过得真是太快，不知不觉间，柏杨先生离开我们整整十年了！"十年生死两茫茫"，的确令人伤感。大约是 2007 年，我同样在中国现代文学馆参加了一次有关柏杨的研讨会，并作了简短发言，称颂柏杨先生是一位"斗士"。估计是张香华老师把会议的录音放给柏杨先生听了，老人家很高兴，不久就收到了他寄来的一张明信片，说他戴上"斗士"的帽子之后就不想摘下来了，并用中文和英文连续写道："谁怕谁？谁怕谁？"这就是柏杨的特质和本性。这张明信片我珍藏了几年，如今传给了我的儿子。因为我也快八十岁了，能留给后人的，莫过于这种精神财富。那次开会，与会者记得还有一位王学泰先生，研究游民和流民文化，比我小一岁，今年年初也驾鹤西去了，让人痛惜！

在今天的会上，我想从柏杨的《中国人史纲》谈起。这部书最早是 1978 年出版的，其时蒋介石已于 1975 年去世，蒋经国刚由"行政院长"就任第六届台湾地区的"总统"。当时台湾虽然还没有解除所谓台澎地区的戒严令，但中华人民共和国已于 1971 年加入联合国，中美、中日等国相继正式建交，台湾的民主化进程已不可逆转。这就是《中国人史纲》得以出版的历史机遇。跟《中国人史纲》齐名的著作，是《柏杨版资治通鉴》。《资治通鉴》历来被人吹捧，被当政者视为政治教科书，"知历代兴衰，明人事臧否"。但《柏杨版资治通鉴》并不是一部为司马光锦上添花的书，而是一部通过书中的"柏杨曰"这一环节跟司马光抬杠的书。我认为，这两部著作，集中体现了柏杨在史学领域的独特贡献。

谈到史学，大家公认中国史学的祖师爷是司马迁。司马迁的《史记》是史学经典，同时又是文学经典。司马迁修《史记》继承了孔子的传统。因为"王道缺，礼乐衰"，孔子才修《春秋》。《史记》之所以成为千古绝唱，也是因为这部作品针砭了"王道缺，礼乐衰"的现实。柏杨是 1968 年至 1977 年成为阶下囚之后才潜心治史的。柏杨不是宫廷史学家，也不是学院派史学家，而是一位平民史学家。他研究历史不是为了补王道的缺失，重振封建时代的礼乐。他的史学著作是写给中国普通人看的，是为中国平民百姓写的，所以既通俗又生动，并不完全符合当今学院派的学术规范。比如，我没看到书后有什么中外参考文献的目录，书中的注释大多是注音，而不是引文出处。对于号称真龙天子的皇帝，他也直呼其名，如称康熙皇帝为玄烨，雍正皇帝为胤禛，乾隆皇帝为弘历……更为重要的，这部八十万字的皇皇巨著，从头到尾都是饱蘸血泪控诉专制暴政。柏杨跟鲁迅一样，都是希望中国人活得有尊严，活得像人样，能真正挣得做人的地位!

《中国人史纲》一书中最吸引我的是写明代历史的章节。那是一个西方文艺复兴运动光芒四射的世纪,也是中国人酱在"断头政治"厄运中的世纪,一个大黑暗最可哀的时代。中国之所以在近代落后于西方,明朝的暴政恐怕应该视为一个源头。在这一章中,柏杨不仅叙述了倭寇的骚扰和北方的外患,而且重点写了当时官场的腐败和宦官的横行。我想,柏杨撰写这些血泪文字的时候,联想到的一定是台湾当年警特机构权力膨胀,门派林立,滥抓滥捕,无事生非,甚至诱民入罪!政治黑天暗地,人民呼天唤地。1945 年高唱《欢迎国军歌》的台湾民众切身感受到,距离"仰视青天白日清"的日子还十分遥远。

《中国人史纲》还揭露了中国历史上的文字狱。历史书上有所谓"康乾盛世",大概是指当朝皇帝有开疆辟土之功吧。但鲁迅和柏杨关注的却是这些皇帝对内实行的"文化统制"。鲁迅说,清的康熙、雍正和乾隆,特别是雍正和乾隆,在实行"文字狱"方面真尽了很大的努力。柏杨的《中国人史纲》中也有一节专门谈清代文字狱。为了叙述简明,该书还专门制作了一份表格,介绍有人是为了溜须拍马遭罪,有人是为了装神弄鬼遭罪,当然更多的情况是因为文字有影射之嫌遭罪(如徐述夔《一柱楼诗》中有一句为:"清风不识字,何必乱翻书"),即被剖棺戮尸,儿孙及地方官员全部处斩。乾隆皇帝甚至还查禁了他父亲雍正皇帝恩准刊行的《大义觉迷录》。

读到柏杨的上述文字,我们又会自然而然联想起台湾戒严时期对文艺书刊的查禁。根据当时台湾地区的种种"法令""规定"，禁书政策如漫天撒网。禁书多达五千余种，其间闹出了很多笑话。比如查禁英国作家毛姆的书，是避免由这位作家的名字联想到毛泽东的母亲。法国作家左拉的书乃至于古代的《左传》也被清查，因为人名和书名中都出现了"左"字。金庸的《射雕英雄传》一度被没收，因为检查官由这部小说的书名联想到了毛泽东诗词中的名句："一代天骄，成吉思汗，只识弯弓射大雕"。1968 年 1 月 3 日，《中华日报》家庭版刊登了柏杨翻译的《大力水手》连环漫画，其中涉及一个父亲老白和儿子小娃购买的小岛，被斥为影射蒋氏父子，成为了柏杨十年牢狱的导火线！

当然，对于柏杨的历史观也有不同看法。因为他是用西方的民主、法治、人权观念声讨中国封建社会的专制、苛政、腐败。而在当下，对于西方的民主实践、人权现状和价值观念也有质疑的声音。对于某些史实的辨析和对古籍的训读，则更是见仁见智。但读者千万不能忘记，这部书是作者在九年零二十天的监狱岁月里，在一间火炉般的斗室之中，或蹲或坐写出来的。《柏杨回忆录》一书介绍了当时的写作情况："我把整个监狱岁月投入写作，完成了三部史书：《中国历史年表》《中国帝王皇后亲王公主世系录》，以及《中国人史纲》。我用早上吃剩的稀饭涂在报纸上，一张一张地黏成一个纸板，凝干后就像钢板一样坚硬。每天背靠墙壁坐在地下，把纸板放在双膝上，在那狭小的天地中构思。"当下的时尚青年都会唱一首叫

《绿岛小夜曲》的流行歌曲："这绿岛像一只船，在月夜里摇啊摇……"以为那是一个谈情说爱的浪漫之岛。殊不知当年那个岛是一座让无数良民百姓垂泪的人间地狱。一个从地狱里死里逃生的人，一部蘸着血泪在地狱里写成的书，任何人都应该刮目相看，而不应求全而责备。令人遗憾的是，当今学术界有噪音，有些"噪音"还被包装成"新声"，惑乱视听。比如，有人把鲁迅、柏杨批判中国国民性的文章捆绑起来进行批判，认为国民性的概念是知识不足的产物，有逻辑与方法的错误。最大的问题是把政府治理危机渲染为社会道德危机，把应有的制度批判转移为对民众的批判，从而放走了真正的敌人，把新文化运动引上了歧路。

在我看来，上述看法虽然时髦，但却似是而非。的确，鲁迅跟柏杨对中国国民性负面因素的批判有许多异曲同工之处。比如鲁迅在《花边文学·偶感》中说："每一种新制度，新学术，新名词传入中国，便如落在黑色染缸，立刻乌黑一团，化为济私助焰之具，科学，亦不过其一而已。"柏杨也认为中国传统文化中有一种过滤性病毒，使我们子子孙孙受了感染，他将中国文化的这种弊端概括为"酱缸文化"。"染缸"，"酱缸"，含义相同，一字之差。但尚无确证说明柏杨直接受到了鲁迅什么影响。柏杨二十九岁就到了台湾，此前读过鲁迅的一些小说，对鲁迅杂文接触不多；到台湾以后，鲁迅著作成了当局的禁书，更无法接触。所以，鲁迅跟柏杨的很多观点相似，主要是英雄所见略同。

中国近代改造国民性思潮是如何形成的？这是一个比较复杂的理论问题。大体而言，鸦片战争之后，面临豆剖瓜分危机，中国出现了两种思潮：一种是闭关锁国，夜郎自大，这叫顽固保守思潮。鲁迅杂文《在现代中国的孔夫子》中提到一位叫徐桐的大学士，只承认世界上有英国和法国，而决不相信还有西班牙和葡萄牙，认为后两个国名是英国和法国胡诌出来的，为了想在中国多讨一份利益。鲁迅在回忆散文《琐记》中，还谈到他在南京水师学堂读书时有一位老师，认为世界上有两个地球：一个叫东半球，另一个叫西半球。这些顽固分子认为中国开化最早，精神文明世界第一，远胜于外国的物质文明。即使是野蛮昏乱的事物同样可以拿出来"以丑骄人"，恰于阿Q头上的癞疮疤也可以拿来作为炫耀的资本。

说到这里，我不禁又想起了一位长期被遗忘而这些年大有走红趋势的人物，名叫陈季同（1852—1907），福州人，清末的一位外交官，也被称为中国研究法国文学的第一人。据说他有七部法文著作，其中有一部小说叫《黄衫客传奇》，被某权威学者认为是中国现代小说的源头。我不敢苟同这种看法，因为这部小说是用法文写的，在西方影响有限，在中国就更无影响。再说，文学"新"与不"新"，不能光看语言，还要看观念。如果用白话写的作品均为新文学，那古代的白话诗文（如宋元话本）之类岂不都成了现代文学作品？我没研究过陈季同，只读过他写的一本书叫《中国人自画像》。原以为是批判国民劣根性，结果是在西方为中国吹牛，说中国的一夫多妻制如何如何好，可以延续后嗣；用火药制焰火如何好，可避免制造枪炮，消弭战争；说在中国古代农民是"劳动的贵族"，土地税低，就连佃农也几乎全部生活宽裕。

但是更多的中国人却是在鸦片战争（特别是中日甲午战争）之后，开始睁眼看现实，无论是严复、梁启超、章太炎，还是孙中山、陈天华、秋瑾。他们一方面尝试进行制度性的变革，另一方面苦口婆心地进行国民性批判。只不过不同人的侧重面不同：有人主要致力于制度变革，有人重点致力于国民性批判。胡适是中国现代最热衷于移植西方民主制的人，但他也写过《差不多先生传》，跟鲁迅批评中国人"马马虎虎"一样，也是在进行国民性批判。

当然，人们或者有理由说，国民性这个概念不是一个严格的科学概念，因为同一国度，"人分十等"，既得利益和观念形态都不会完全相同。鲁迅也声明，他笔下的"中国人"并非指全体的中国人。鲁迅塑造过"阿Q"这样的精神典型，也赞颂过作为中国脊梁的那些为民请命、舍身求法、拼命硬干的人。国民性这个概念，也经常跟民族性这个概念混同。但即使在一个多民族的国度，总会有作为主体的民族。这些民族有着共同的历史文化背景，生活在大体相同的地理环境当中，经过长期积淀，也会形成一些共同或相似的文化心理、性格气质和风土人情。例如，鲁迅在《南人与北人》一文中说，"北人的优点是厚重，南人的优点是机灵。但厚重之弊也愚，机灵之弊也狡"，就是这个道理。实际上，鲁迅也决不会把"南人"和"北人”都看成铁板一块，而忽略了他们当中“治者”与“被治者”、“上等人”与“下等人”之间实际存在的差别。

总之，从鲁迅、柏杨著作的整体来看，这两位都是关注国家和民族命运的作家，从来就没有将制度批判和国民性批判割裂开来，对立起来。早在辛亥革命时期，鲁迅一方面参与了光复会的革命活动，另一方面又指出“专制久长，昭苏非易”，所以以主要精力致力于精神界革命。当年西方人批评中国人“擅长内耗”，讥之为“一盘散沙”，中国的一些读书人也跟着摇头，认为真是无法可想。鲁迅因此专门写了一篇杂文《沙》，收进了《南腔北调集》，认为这种说法冤枉了大部分中国人，即使有些中国人像沙，那也是被统治者“治”成功的，用文言来说，就是“治绩”。这就是把制度批判跟国民性批判有机结合的例证。早在清朝末年，鲁迅就是民族民主革命者，赞成并参与了辛亥革命时期的制度变革。鲁迅把中国历史上的“盛世”称为“暂时做稳了奴隶的时代”，“乱世”称为“想做奴隶而不得的时代”。他希望中国的土地上有一个根本性的变革，即迎来一个中国人能够支配自己命运的时代，这就是中国历史上前所未有的“第三样时代”。

柏杨对中国国民性的负面因素同样进行了鞭辟入里的揭露，如喜好抓钱抓权，擅长内斗，死不认错，爱讲大话、空话、假话、谎话，所修功课有“受贿原理学”“行贿艺术学”“红包学”“狗眼看人学”……但无论在行动上还是思想上，柏杨都是旗帜鲜明地反对封建独裁统治，他不为君王唱赞歌，只为黎民求正义。柏杨对春秋战国时代的肯定，主要是学术界呈现出百花怒放的奇观；对唐太宗的肯定，是他对个人权力的克制和对逆耳之言的包容；对康乾之治的肯定，是形成了中国的基本疆域。对于秦王朝的得失，柏杨肯定的并不是秦始皇"当了皇帝想成仙"的愚昧行为，而是秦政府的组织精神：政治、军事、监察三权分立，互不统摄。柏杨虽然肯定法治精神，认为这是人权的基础，但同时指出法治跟政治修明密不可分，一旦政府官员腐败，法律反而产生毒素，成为迫害善良守法人的一种残酷工具。历史学家尽可以对柏杨的史学观发表己见，但读者无论如何都无法否定柏杨在政治制度建设方面的思考，所以责备柏杨转移了制度批判的方向同样是没有道理的。我们应该理直气壮地为鲁迅、柏杨辩诬！

在结束这个简短的发言的时候，我还想起了同心出版社出版的《中国人史纲》封底的一段话。柏杨说："我们的国家只有一个，那就是中国。我们以当一个中国人为荣，不以当一个王朝人为荣。……中国——我们的母亲，是我们的唯一的立足点。"当前，台湾有人企图通过修改教科书将中国历史并入东亚史，以达到去中国化的目的。我想，柏杨九泉有知，一定不会认同这种做法。我接触的柏杨是位民主斗士，也是一位统派人士。他明白无误地对我说，有一天，共产党的军队会乘着军舰登上台湾岛，不过不是兵戎相见，而是手捧鲜花唱着歌。我想，随着海峡两岸的经济繁荣，民主化进程的推进，祖国统一的愿景是会实现的。这也将是对柏杨的切实纪念。

在暗室里自造光芒

——李敖印象

　　立志活到一百岁的李敖，八十三岁就走了。以大脑发达、才华横溢自傲的李敖竟然因脑癌走了，这岂非造化弄人？他生前官司绕身、是非不断，死后耳根也难清净。褒者称他为奇才、"永远的大师"，贬者骂他为"渣男"，说他有才无德，人格失调，晚节不保。读到这种或举之上天，或按之入地的酷评，有人因此惶恐万分，生怕今后的名人连死都不敢死了！其实，在价值多元、众声喧哗的当下，一个生前即有争议的人物，死后怎能做到舆论一律？李敖生前想必对此早有充分的思想准备。记得他说："做弱者，多不得好活；做强者，多不得好死。"一位用悬河之口舌随意品评人物的文人，如果不允许别人对自己说三道四，那岂不是违背了他一直鼓吹的言论自由的原则吗？

　　其实，任何成功的文人，真正害怕的并不是别人的褒贬，而是害怕生前死后的寂寞。"寂寞新文苑，平安旧战场。"

（鲁迅：《题〈彷徨〉》）作为斗士的鲁迅当年早就看到了中国人思想和趣味的不同："有的专爱瞻仰皇陵，有的却喜欢凭吊荒冢。"（《坟·题记》）他感到悲哀的是文字和声音毫无反响，如泥牛入海，渺无消息："凡是一人的主张，得了赞和，是促其前进的，得了反对，是促其奋斗的，独有叫喊于生人中，而生人并无反应，既非赞同，也无反对，如置身毫无边际的荒原，无可措手的了，这是怎样的悲哀呵，我于是以我所感到者为寂寞。"（《呐喊·自序》）

我并不是李敖的研究者，更不是他的粉丝；如实地说，我连他的读者也算不上，只因为我跟他有过数面之缘，长谈过一次，吃过一顿饭，留下了一点印象。后来，写过一篇印象记，题为《"望之俨然，即之也温"——在台北与李敖聊天》，先后收入我的散文随笔集《倦眼朦胧集》（福建教育出版社 2000 年出版）、《昨夜星辰昨夜风》（北方文艺出版社 2016 年出版），所以没有必要过多重复那篇旧文中涉及的内容。

我初见李敖是在 1989 年秋。那时他在台北敦化南路开了一家出版社，挂了三块招牌：李敖出版社、天元出版社和孩子王出版社，出版不同书籍，负责经营的社长名叫苏荣泉，似乎是台南人，矮矮胖胖，纯粹是一个商人，但很讲江湖义气。受李敖委托，他于当年 6 月到北京找我编五卷本的《鲁迅语录》，跟友人应凤凰女士选编的六卷本《李敖语录》配套。这种做法似乎有攀附鲁迅以抬高自己的嫌疑，但也说明目空一切的李敖虽然也妄议过鲁迅，但他在内心深处其实还是崇仰鲁迅的，就跟他同时也肯定胡适的文化地位一样。虽然他自吹鲁迅的白话文没有他的白话文纯净，但他毫无保留地承认鲁迅是一位荷戟执戈、毕生鏖战的斗士。

李敖自认为他也是"都市丛林中的斗士"，一个"千手千眼的怪物"。他之所以"怪"就因为他是台湾社会转型期孕育的一种"怪胎"。他坐牢时正值台湾社会的"戒严期"，获释后又赶上了台湾社会的"解严期"。如果台湾有所谓"真民主"，那他的一百多本著作就不会大部分被列为"禁书"；如果台湾社会后来不标榜西方民主，李敖就可能遭到终身囚禁的厄运。我初到台湾时，他虽然能够公开创办出版社，但他写的《蒋宋美龄通奸》《台湾监狱黑幕》一类著作只能跟黄色书籍混在一起在地摊上非法出售。有些原本想看黄书的人买错了，一不小心就成为了他的读者。

李敖爱自吹，这当然不是什么美德，但也不能够当真。他好像说过："别人没学问，所以要经常充电；我有学问，是一台发动机，无电可充——我浑身是电。"其实李敖博览群书，经常"充电"。我去过他的书房，非常宽阔，书柜顶天立地；不仅有中外典籍，还有数不清的剪报。他写文章字斟句酌，绝不是天马行空，一挥而就。他讲演时不看讲稿，那是因为他事前做足了功课，已经凝神结想，烂熟于心，而且会携带必备资料，准确展示引文的出处，以取信于广大听众。他对我说，他不仅想让人们承认他是历史学家、文学家，而且想让人们承认他是讲演家。他在台北经常讲演，又专在凤凰卫视开讲四百多场。他这位讲演家纯粹是用苦功夫铸就的。说穿了，他的自吹自擂，只不过是推销自我的一种营销策略、广告语言。这种策略确实取得了成功，我在台北常坐计程车，很多司机和乘客都在收听交通台播放的《李敖快意恩仇录》。

我对李敖印象最深的是他的家国情怀。他一生热衷三件事：反"台独"、骂国民党、泡妞。李敖生在哈尔滨，长在北平，是北平的中小学培养了他读书、藏书的爱好，我多次见过他那位慈眉善目的老母亲，一口京腔，所以李敖认为他的普通话比北京人更标准。我最欣赏李敖的那句话："我住中国，我是中国人，因为台湾跑不掉，早晚会统一。"记得台湾作家柏杨跟我聊天时说过："陈先生，我做了一个梦，梦见'共军'并没有向台湾发射飞弹，而是满脸笑容，摇着鲜花，唱着歌，就在台湾登陆了。"众所周知，李敖跟柏杨关系不好，但这两位特立独行的作家都反对"台独"，认同一个中国的原则，令我非常之敬佩。

如今，李敖先生已经驾鹤西天。这无疑是中国文化界的一种损失。缅怀他时，我不禁又想起了南宋爱国诗人陆游的一首七绝《小舟游近村舍舟步归》："斜阳古柳赵家庄，负鼓盲翁正作场。死后是非谁管得，满村听说（一作'争说'）蔡中郎。"其实，这就是一种常见的历史风景。

"人生难得是欢聚"

——在台北晤林海音

　　一队骆驼从门头沟走过来了。双峰的驼背上，每匹都压着沉甸甸的乌金墨玉般的煤块。它们从门头沟出发，迈着蹒跚的步履，伴着缓慢而悦耳的铃声，来到顺治门煤栈的墙边，停下来，一边从大鼻孔里喷出热气，一边上牙和下牙交错地咀嚼着草料。

　　一个小女孩，身着小洋装，额头挂着一排刘海，后脑勺垂着一条又短又黄的辫子。冬阳下，她睁大一双乌金墨玉般的眸子，好奇地观察骆驼们进餐。当骆驼的牙齿磨来磨去时，她自己的牙齿也不自觉磨动起来。

　　这是六十多年前北平城南街头的一幅小景。从二十世纪五十年代末期开始，女作家林海音让这些乡土风情的风俗画从记忆深处浮现出来，而后用她那纤细传神的妙笔将它们移到纸上。从创作《惠安馆》开始，至写完《爸爸的花儿落了》为止，林海音一连写了五篇以她的童年生活为题材的系列小说。

1960 年，她将这组小说集为一册，题名《城南旧事》，交台湾光启出版社印行。近 30 年来，这本小说又先后由纯文学出版社、尔雅出版社一版再版，在台湾的广大读者群中产生了强烈反响，唤起了他们淡淡的乡愁，沉沉的相思。特别是根据这部小说改编的同名电影，1982 年在马尼拉国际电影节获最佳影片奖，1984 年在第 14 届贝尔格莱德国际儿童节获最佳影片思想奖，1985 年获香港十大华语片奖之后，林海音的名字蜚声世界，受到了广泛的赞誉。

影片中有一个感人肺腑的场面：在学校的毕业结业典礼游艺会上，全体与会的小学生在风琴的伴奏下唱起了《骊歌》：

长亭外，古道边，芳草碧连天。

晚风拂柳笛声残，夕阳山外山……

天之涯，地之角，

知交半零落。

人生难得是欢聚，

唯有别离多……

这首歌的基调无疑是感怀伤别的，但"人生难得是欢聚"一句，近来却偏偏不时跳入我的脑海。那原因，是我新近在台北与林海音女士欢聚。她那乐观开朗的性格，老骥伏枥的精神，完全冲淡了我的伤别情绪。于是，我选定这句歌词为题，记下我跟她两次难忘的会晤。

那是 1991 年 9 月 8 日下午，林海音女士在位于台北市忠孝东路四段的青叶餐厅为一位赴美深造的女作家饯行，我也忝陪末座。林女士祖籍是台湾苗栗县，台湾是她的第一故乡，因此她选择了这家有名的台菜馆作为聚会的地点。同席共十二人，大多是林女士的老熟人；其中有一位特殊的客人，那就是专程从日本东京飞赴中国台湾搜集林海音研究资料的山上女士。

林女士知道我来自大陆，十分高兴。她劈头就说："《城南旧事》一开头，让一位老妇人用苍老的声调朗读旁白：'只因为那些事情都是在童年经历的……每个人的童年都是这样愚骏而神圣吗？'你看我的样子苍老吗？你听我的声音苍老吗？你一定要把我这个意见带回去。我如果有机会到大陆，一定要重新为影片配制旁白。"说完，她爽朗地笑了。

林女士是五四运动的同龄人，1988年整七十岁，但声音甜美，脸上看不出皱纹，操一口纯正的北京口音；特别是经过恰到好处的化妆，益发显得雍容华贵。我说："林先生（这是台湾人对她的习惯性尊称），我听过您灌制的《林海音讲童话》录音带，音响效果极好。您亲自为《城南旧事》配制旁白，一定能使影片更为生色。"我接着问，"您已是古稀之年，没有什么病痛吗？""没什么病，只有糖尿病。"——说完，她又爽朗地笑了。

我提起电影《城南旧事》中英子的扮演者沈洁，说这孩子一双水灵灵的眼睛挺传神的，体现了原著用童稚眼光看大千世界的艺术特色。我只是担心她长大之后会发胖，影响今后的银屏形象。林先生连忙摆手打断我的话："不胖，不胖，她现在读高中了，长得仍然很可爱，她准备今后到日本学艺术，跟我一直保持着联系。"我又提起电影中疯女人秀贞的扮演者张闽，林先生说跟她也有通信联系。林先生听说我是一个影视迷，便特意问起白杨在电视剧《洒向人间都是爱》中扮演宋庆龄的情况。她说，白杨是她中学同学，给她来过信，欢迎她到上海做客，准备以拿手菜来款待她。谈起这些事，林先生眼中闪动着异样的光彩，我想，林先生真不愧是一位心悬两地的爱国作家，她心中不仅仍然活动着半个世纪前北平城南的那些人物——穿街绕巷唱话匣子的，穿着燕尾服变戏法的，扎着长辫子唱大鼓的，在大戏场扔手巾把儿的……而且时时惦念着大陆的故友和新朋。无怪乎她作品中的故事和人物，命运常会维系在海峡两岸。

席间不便长谈，我便跟林先生约定，改日到她的出版社去采访她。

第二次会晤的时间是 9 月 27 日上午。行过重庆南路，穿过一条条长长的林荫道，在音响店、医院、家具行、面包店、餐厅等林立的招牌中，"纯文学出版社"的字样分外醒目。这家赢得"常青树"雅誉的出版社创立于 1967 年，以文学性、知识性书籍为主要出版方向。该社成立以来，出版的读物十分广泛，不但可以囊括各类体裁的文艺作品，而且还出版了一些政治、文化、伦理、语言等方面的优秀读物，其中除林海音本人的作品外，还有她丈夫何凡翻译的《包可华专栏》(1—13

集），撰写的短评《不按牌理出牌》《人生于世》；次女夏祖丽撰写的访问记《她们的世界》《年轻》《提笔的人》《人间的感情》；儿子夏烈编译的儿童读物《小坏蛋宝波》。特别有意思的是纯文学出版社还出版了林海音的公公夏仁虎（松巢老人）撰写的《旧京琐记》《清宫词（200 首）》和她外孙张安迪、张凯文撰写的游记《哥儿俩在澳洲》。由此看来，林海音的文学事业不仅上有渊源，而且下有承传。她的家族，真不愧文学世家之称。

在一间陈设典雅而略显拥挤的办公室里，林海音对我侃侃而谈。她告诉我，纯文学出版社原有二十来个员工，平均每月都能出版一部选材谨严的读物。近些年文学书刊销行不景气，只剩下了包括她在内的五个人在支撑局面。她认为出书应首先着眼于它的文艺价值、学术价值，而不应一窝蜂地赶着出版单纯以营利为目的的畅销书。每一本书的诞生，从纸张、编排、封面设计、文字校对、图片搭配乃至发行销售，她都要精心策划，毫不懈怠。她把职工视为子弟兵，真心关心他们每个人的生活，给大家轮流提供出国旅游的机会。她自己也身先士卒，每天上下午都坚持上班。林海音语重心长地说："目前在台湾，办严肃的出版社可以说是无利可图，但我仍勉力维持，不轻易停业——那原因，就是自觉肩负着文学的使命，社会的使命，台湾的使命，历史的使命。"

林海音有一个人人称道的幸福家庭，所以她跟我谈话时，总是情不自禁地提到她的先生。她先生原名夏承楹，笔名何凡，生于1911年12月，1934年从北平师范大学外文系毕业后，即进入成舍我先生办的《世界日报》担任副刊编辑。在这里，他结识了林海音，1939年结为伉俪。他们结婚时，同宗夏元瑜先生赠送了一份别致的贺礼——两只翠鸟栖息在一截树枝上，树枝钉在一块心形木板上。半个世纪以来，他们的生活始终恩爱甜蜜，就像那两只相依相偎的翠鸟。何凡有一段怀念北平婚后生活的文字："如论写作环境，不禁使我们十分怀念北平南长街那一所小三合，乃至永光寺那三间南向小楼。尤其是当风雪之夜，我们听着炉上嗡嗡的水壶声，各据一桌，各书所感；偶然回头看看床上睡熟的孩子的苹果脸，不禁相视而笑，莫逆于心。"

来台后，林海音编辑《国语日报》的《周末》周刊，该版没有稿费，何凡就帮着写稿来填满这几千字的版面。林海音刚受聘于《联合报》副刊时，正怀着孩子，孕肚圆润。发稿、看大样一类事，就义不容辞地落到了何凡肩上。何凡创办《文星杂志》，林海音也大力相助，承担了审编文艺稿件和校核的全部工作。1972年，夫妇俩出版了一部散文合集《窗》，选收了他们1950年至1970年的小品文数十篇，留下了他们共同生活中的很多美好的记录。何凡对他的太太可说是十二万分满意的，他甚至深情地说过，结识林海音是他生命中的"最大收获"；他们共同养育了四个孩子，是他的"最大成就"。1987年4月15日，中国台湾文艺界为林海音举行了一次温馨的生日晚会，庆祝她七十岁寿辰。何凡以"寿公"的身份致辞，以幽默的语言盛赞林海音的"妇容""妇德",引得满堂喝彩。林海音的好友、旅美作家琦君寄来一首嵌名贺寿诗:"籍盛声名满华夏,芝兰玉树已成林。玻璃垫上才如海,合奏云窗金石音。"不仅颂扬了林海音的成就,而且赞扬了他们夫妇在"芸窗"(意即书斋)共同笔耕的伉俪深情。

林海音告诉我,她先生是一位体育迷,在北平读书时,就是北海溜冰场上的健将,几十年没停止过运动。八十岁了,没有住过一天医院。1985 年 3 月在瑞典哥特堡举行第三十八届世界杯乒乓球赛,他自费前往,不错过观赏每一场重要比赛。但林海音最引以为自豪的,还是她先生的短评。她说,何凡一生的主要事业,是办《国语日报》和为报纸写专栏。1953 年12 月 1 日至 1984 年,他在《联合报·玻璃垫上》专栏发表了五千四百多篇短评,总字数有五六百万字,他的千字短文富有社会批判性,时而骂议员,时而骂教会,时而骂不良现象,见地一针见血,文笔锋利幽默,读起来在促人省悟的同时,还经常令人忍俊不禁。

1989 年 12 月,林海音双喜临门:既是她的金婚纪念,又欣逢她丈夫八十华诞。林海音献给她丈夫的礼物,就是编一套《何凡文集》,计二十七册,收文一千篇,五六百万字——不包括译作。林海音满怀深情地说,她近来倾全力做的就是这样一件事。她认为出版《何凡文集》不仅可为她先生留下一个珍贵纪念,而且提供了一部近三十年的台湾社会史。出齐这套书约需三百万台币,约合十二万美金。她估计到《何凡文集》的销路不可能很广，她准备用房子作抵押，以保证出好这套书。

我希望林先生再谈谈对台湾当前社会的感想，林先生不假思索地说："台湾社会近些年来的确逐步富起来了，但也出现了道德水平逆向发展的令人忧虑的情况，社会上充斥着暴力与色情。不过，大部分台湾民众还是继承了中华民族的传统美德，这就是勤劳。"林先生告诉我，她每天早上五点半起床，擦把脸，换上休闲装，就快步走到离家两站远的"国父纪念馆"去遛弯，在附近找处清静的树荫做运动。这时天刚蒙蒙亮，但卖菜的农民就进城了，还有一些小贩在卖烧饼、油条、水煎包。他们的确能赚钱，但赚的是辛苦钱。林先生还说，她亲见一位中年妇女，每天骑车送饭，从凌晨送到上午9点，一人一天要送五百份。她看到这些人很感动，想写一篇谈"勤"的文章，弘扬我们民族的这种美德。

听林先生说"勤"，我自然联想起她本人的业绩。在台北，林先生是一位有口皆碑的高产作家。1955年10月，她出版了第一部散文集《冬青树》。此后，她伏在堂兄赠送的一张矮脚长书桌上，陆续写出了散文集《两地》《作客美国》《窗》，童话《林海音童话集》，小说集《绿藻与咸蛋》《晓云》《城南旧事》《婚姻的故事》《烛芯》《孟珠的旅程》《春风》。近年来，她又出版了她的京味儿回忆录《家住书坊边》、文坛回忆录《剪影话文坛》、作品评论集《芸窗夜读》，如果再加上她翻译和编辑的读物，那数量真是相当可观。在林海音看来，"编出好东西也是种创作"。从1953年至1963年4月，她主编《联合报》

副刊达十年之久。

1967年1月至1971年6月，她还主编了《纯文学月刊》共54期。林先生就像一位辛勤的耕耘者，用自己的汗水浇灌了这些园圃上的无数文艺新苗。诗人余光中在一首嵌名诗中赞扬道："你手栽的幼苗，皆已成林，你爱的关注，已汇成大海；处处都传来，潮水的声音。"林先生的女婿庄因先生也撰文说，他的岳母"对'勤'一字，真当之无愧"。

在跟林先生两次晤谈中，我当然再三欢迎她早日回到"第二故乡"北京来看看。我深知这位"比北平人还北平"的作家，是时时怀恋她生活过二十六年的这座古城的。我可以负责任地透露，1989年5月，她已经组织了旅游团到西安、北京参观访问，只是因为一些风波，这一计划才未付诸实施。林海音表示，在合适的时候，她当然还是要回来看看的，不过她不愿意惊动亲朋之外的更多人。我相信，在不久的将来，会有一位老人迈着稳健的步履，在北京城南的胡同里寻觅她童年的梦，就像她六十年前背着书包走出椿树上二条，穿过鹿犄角胡同，向厂甸迤北的师大附小走去一样……

临终前，古远清跟我说了些什么？

2022 年发生了一些难以预料的事情。其中最出乎意外的，是虎年岁末居然给老古写悼文。

老古指古远清。他跟我同年，但小一个月，称"兄"与事实不符，称"弟"又似乎在倚老卖老；我仅闻其大名，在学术上并无交集，称其为"友"，则难免有攀附之嫌，所以迳称他为"老古"比较稳妥。别人对他的称谓有二十余种，多一种少一种都无所谓。

我开始接触古远清的名字，大约是在 1982 年或 1983 年。当时看到一则报道，篇名叫《台湾掀起鲁迅热》，文末署的是老古的大名。读后颇不以为然，认为所谓"鲁迅热"是中国台湾方面的政治操作，并非纯正的学术热潮。后来老古文章越来越多，名气越来越大，不过因为研究重心不同，我也仅止于偶尔浏览，并没有认真拜读。

回忆起来，我跟他仅见过一面，还有过几次间接接触。如果没记错，我见他是在 2010 年，在广东汕头，我去出席左翼作家丘东平的百年诞辰研讨会，他跟夫人刚从台湾回来。他的外表虽然并非像他自嘲的那样属于"三等残废"，也不像余秋雨嘲讽的"衣着潦草"，但确实并不英武伟岸。不过，文人靠的是如椽巨笔，并不需要像关羽那样挥舞八十二斤的青龙偃月刀，学术成就跟颜值穿着毫无关系。我跟老古的间接关系，一是他有两三次托我将其论文转投《鲁迅研究月刊》，我照办，也都发表了。这算不上"走后门"，因为文章终归是要公之于世的，读者的眼光不好糊弄，所以文章能否发表，还是要取决于本身的质量。另一次是 1992 年 4 月，台湾业强出版社的总编辑陈信元到北京，行程由我代为安排。陈信元两次写信给古远清，说他如有意来京，可跟我联络，机票由业强出版社负担。老古后来是否成行我已无印象。令人痛心的是，天妒英才，比我小十二岁的陈信元竟于 2016 年英年早逝，令人扼腕叹息。

2022 年 11 月，我从手机上突然接听到老古的声音。开始有些诧异，因为我们从未直接通过话；后来才得知，原来我在《名作欣赏》杂志发表了一篇《"云中谁寄锦书来"——〈陈漱渝收藏书信选〉前言》，引起了老古的兴趣。他认为，编选当代人书信，我和他是"先锋"，便跟《名作欣赏》主编张玲玲联系，要到了我的手机号，并互加了微信，想交换一些意见。很快，他就给我快递了他编著的三本书：《当代作家书简》《台湾百年文学出版史》《台湾百年文学期刊史》，以及一本台湾出版的杂志《国文天地》。我翻看了刊物目录，并无老古的文章。我问老古这个刊物的近况，因为我是该刊的老作者。他说，这本刊物办得很艰难，现在已穷到了发不出稿酬的地步。

《台湾百年文学出版史》介绍了从日据时期至当下台湾文学读物的出版状况及面临的困境，2022年4月由台湾万卷楼图书股份有限公司出版发行，老古时年八十一岁。他在自序中坦陈了自己人到八十仍疯狂写书的理由：一是为了打发疫情期间的无聊时光，二是为了自愈精神创伤，三是为了享受人生的快乐，四是为了治疗健忘症。虽然医院给老古下过"病危通知"，他仍保持每天看书写作六小时。在该书的"后记"中，老古还介绍了他的书房和藏书状况。他说他进书房如进餐厅，常有一种精神饥饿之感。他的藏书当中，丛书多，文学史著作多，签名本多。他自认为，在中国内地，他的台港澳文学藏书数量位居第一。正如台湾作家三毛所形容，他的"灵魂骑在纸背上"。

《台湾百年文学期刊史》也是同年同一家出版机构出版的，共七章，介绍了台湾五十五种文学期刊。仅从每章的注释，即可知作者收集资料的广博和艰辛。除了上述两部著作，老古关于海外华文文学和台港文学史方面的著作还有十四种，共十六种。如果囊括其他方面的著作，老古留下的共有六十余部。在面临身体困境和写作环境困境的情况下，"一人治史"，毕竟是一般人做不到的。

当代人是不是适合写当代史？这是一个尚存争议的问题。

我认为，当代人不大适合撰写当代史，因为总结历史现象往往需要掌握一个完整的过程，否则就难以准确揭示其内在规律。没有足够的时空距离，其史识常常难以经受客观事实的检验，若匆忙立论，那史著必然会随之修改。古史中的《二十四史》大多是后朝人修前朝史。不过也有当代人修当代史的先例，即使其中的有些论断今后可能被修正，但当代人收集当代史料有可能比后人收集前人史料更为便捷，此所谓"有一弊必有一利"。无论如何，老古的这些史著虽会被后人超越，但能当后来者的梯子和垫脚石，也是功莫大焉。

在老古的赠书中，我对《当代作家书简》最感兴趣，书中有许多我们共同的熟人，信中提及的有些事件我也是亲历者。所以，我会比一般读者感受更深，就连有些隐晦的八卦我也知晓内情，所以读起来饶有兴味。

1995年8月29日，八十六岁的胡秋原老人为老古题旧作一首：

> 抱头肝胆护危亡，辛苦初忘力短长。
>
> 同室操戈元海笑，红巾揾泪稼轩伤。
>
> 追随二霸成奇祸，回首自亲是正常。
>
> 霁色阴霾交互见，半分喜悦半悲凉。

这首诗虽然抒发的是胡秋原这位爱国之士对两岸关系的忧思和期盼，但也反映出老古在台湾的影响及文化交流对于促进两岸统一的意义。

2011 年古远清七十岁时，中国社科院杨匡汉研究员曾题赠贺词，称老古："泛览书巢，辨伪存真；诵说诸贤，只为当今。小节不拘，大事精明；快嘴快语，人禀七情。嬉笑怒骂，笔随诗心；弯弓射雕，盘马争鸣。"这番话，道出了一位大陆学者对老古学术成就和文风个性的评价。

2011 年 1 月 5 日，曾敏之为古远清文集题写一首七律：

> 放眼中原才俊雄，如椽彩笔迈明空。
>
> 港台评骘推独步，文史斑斓记考功。
>
> 善辨是非凭远志，探幽索隐播清钟。
>
> 悠悠岁月抒长卷，见证雕龙铸冶镕。

曾敏之是著名作家、诗人、报人，曾任香港作家联谊会会长。他的题诗，也反映了港澳学术界对老古的肯定。

难能可贵的是，这部书简并没有掩盖有人对老古的委婉规劝、善意提醒，乃至严肃批评。老诗人臧克家对老古的告诫，虽然不一定全部正确，但确实是出于对老古的看重，所以说得真切，要求严格。严家炎教授不赞成老古将那些虚构性的"野味文坛"公之于世，也是担心会引出法律纠纷，怕他"真会吃不了兜着走"。

在这部书信集的注释中，老古还自曝了自己的一件糗事：2018 年 4 月 23 日，他在北京外国语大学文学院作报告时，因主持人认为他违反了北京市使用文明语言的规定，差点被轰下台。老古在注释中还提到，他提倡"学术相声"，本意是想使学术通俗化，但反感、排斥、不配合的人和单位很多。所以，这部书信集有利于我们了解老古，全面观照他的鲜明个性和血肉之躯。虽说学术界对老古有不同看法，但他的学术成就是无法抹杀的。

老古从武汉大学中文系毕业后，以鲁迅研究为学术起步，这是根据他当时的教学需要，也是由那个时代的政治环境决定的。后来，老古将研究重心快速移向诗歌评论和华文文学，说明他在学术上逐新求变。"华文文学"研究应该是一片学术荒地，不仅前行成果稀缺，研究困难重重，而且就连"华文文学"这个概念也有争议。有人认为，"华文文学"应该称为"海外汉语文学"。这种看法不一定能取得共识，但也是一家之言。

2002年5月，获中国民政部批准，"中国世界华文文学学会"成立，由国务院侨务办公室主管，研究对象除海外华文文学作品之外，也囊括了台港澳文学。老古就是这个学会的副监事长。

众所周知，从1949年10月至1987年11月，海峡两岸在三十八年的漫长岁月中，一直处于隔绝状态。由于政治经济等原因，台湾出版界多以市场价值为取向，有些作家非蓝即绿，彼此之间关系十分复杂，甚至成了"世仇"。台湾的文学观念常受美国影响，快速易变。个别台湾作家在台湾的言论跟在大陆的言论有时并不一致，给批评家下判断带来了困难。台湾保留繁体字，中国大陆通行简化字，台湾打印人员对大陆作者的文章难以识别，甚至无法进入校对程序。台湾的出版物定价高，邮资昂贵，给收集购置也带来了困难。香港地区经济繁荣，商业大厦占去了太多空间，所以一度被人称之为"文化沙漠"。这种提法虽然片面，但香港文化的主流毕竟是休闲娱乐文化，像饶宗颐一类的国学大师是凤毛麟角。由此可见，研究台港文学是一个十分艰巨的学术工程。老古也曾想编一本《澳门作家小传》，但澳门几无专业作家，又得不到经费、资料方面的支持，最终只好作罢。

我讲述这些，无非是想印证鲁迅的一个观点："批评家的错处，是在乱骂与乱捧。"对于老古这样的学者，既不能"捧杀"，也不能"骂杀"。有些台湾学者觉得老古比一些台湾人还了解台湾，我认为此言不虚。1997 年 4 月上旬，香港举办首届文学节，香港市局顾问张诗剑提名多位大陆学者出席，最终确定的只有老古和谢冕，这也反映了老古在香港学界的影响。2018 年，老古在《常熟理工学院学报》第四期发表了《金枝芒：华文文学史上失踪的经典作家》一文。四卷本《海外华文文学史》的主编陈贤茂认为，老古的文章发掘了金枝芒这样一位马来西亚的重要左翼作家，是一件令人钦佩的事情。

老古临终前跟我讨论的主要问题，是如何选编当代作家书简。其实，我们选编的书简各具特色，这并不是我跟老古的编选思路各不相同，而是由彼此收藏信件本身的特点决定的。我选编的这本，书信大多写于二十世纪七八十年代。当时我在鲁迅研究的道路上刚刚起步，到处求师问道，所以，这些书信大多带有释疑解惑的性质；又由于写信人大多是学界前贤，学术性、专业性都强，而相对缺乏趣味性、可读性。老古编的书简是他从两千多封藏信中遴选出来的，共收入一百多位作家的近七百封书信，写信人遍及诸多国家和地区，其中包括不少名流。内容上，除有正常的学术探讨之外，还涉及一些文坛八卦、私人恩怨等，堪称当代文学界的一部"儒林内史"——这里的"内史"二字非指官职，而只是"内部历史"的意思。这种内容，在峨冠博带的学术论文中是看不到的。比如二十世纪七十年代末八十年代初，中国文坛围绕对"朦胧诗"的评价问题展开过论争。当时老古把支持者称为"崛起派"，反对者称为"传统派"，持中者称为"上园派"（在北京上园饭店开会的诗友）。虽然学界对这种划分一直持有异议，但老古跟这三方面的诗评家都有联系，也以"上园派"之一自居，所以这方面的书信，对于研究这次文学论争的背景及代表性人物极有帮助。书信中还涉及严家炎和袁良骏之间围绕对金庸小说评价的论争，台湾诗坛对余光中不同评价的论争，台湾作家中的蓝绿之争……影响最为广泛的，自然是老古直接参与并对簿公堂的跟余秋雨之间的论争。

《当代作家书简》保留了不同人对老古本人的褒贬臧否，既显示了这本书信集的真实性，也如实反映了老古一定程度上的豁达自信和一定程度上的执拗偏激。《当代作家书简》出版之后，招惹了一点版权方面的麻烦，但被《中华读书报》评为2021年度二十五本最佳文学书简之一，又被《名作欣赏》杂志评为2022年编者和作者眼中的十本好书之一，这应该是不无道理的。

老古主动赠书给我，自然会聊到出书的事情。我说我最近写了一篇随笔，题目就是《写书不易，出书更难》。老古说他出版每本书的背后几乎都有一段艰辛的故事。他嫌现在出书速度太慢，像我们这种耄耋之年的人实在是耗不起，所以宁可贴钱，到台湾或香港地区出书。好在有的高校高薪礼聘他做驻院研究员，又不对他提出申报社科基金、发表若干论文等硬性要求，这种宽松的学术环境反而成为了督促他多写书、多出书的动力。我说我是单枪匹马、孤家寡人，对他只能垂涎羡慕。他说他认识台湾一家叫"花木兰"的文化出版社，销售学术著作，作者不必自掏腰包，出版社也不滥施刀斧。我因为当下已无出版学术专著的能力，所以没有拜托他跟这家出版社搭桥牵线。

2022 年 12 月 9 日，老古通过手机给我发了一篇他在《文学自由谈》发表的一篇近作：《陈晓明"文学批评史"的得失》。我根本没有读过陈晓明这部学术专著，完全没有肯定或否定的发言权，但感到老古的这篇文章是一篇学术性文章，对批评对象既有肯定，也有期盼，做到了对事不对人。文章批评的某些现象引起了我的共鸣。我感到，国家为社会科学研究投入的经费逐年递增，一个重大的研究课题都有几十万乃至上百万的资助，但立项难，结项易，最终的成果有些意义并不重大，甚至引发非议。为了争取国家补贴，自然需要一些名流作为学术带头人，但这些名流往往又为盛名所累，分身乏术，不可能事必躬亲，导致有的专著其实是短论的拼接，有些章节也水平参差。这确实不是一本书和某一个主编的问题，而是一种带有普遍性的学术现象，应该引起学界的重视。老古说，他还准备写一篇批评上海某学者的文章。我不知其详，只是感觉老古爱辩好斗的秉性始终未改。

老古跟我最后一次通话应该是 2022 年 12 月上旬。他说，他案头摆着我的两本书：一本是自传《沙滩上的足迹》（三版时改名为《我活在人间》），还有一本是《许广平的一生》。老古问，《南开大学学报》1976 年第六期有一篇评石一歌《鲁迅的故事》的文章，署名"关山"，是不是我的笔名？我说是的。不过我当时并不知道那本书主要执笔者是余秋雨。我仅于 1976 年在北京国务院二招召开的《鲁迅全集》修订会上见过"石一歌写作组"的组长——他当时在很多前辈专家面前抽着烟，抖着腿，颐指气使，给我留下了不好的印象。余秋雨比我小五岁，我和他仅在上海一老字号饭店见过一面，介绍我们打招呼的是毕业于上海戏剧学院的女作家丁言昭。此后毫无交集。老古向我坐实"关山"的真实身份，可能误认为我是批评余秋雨的先行者，也可能是他作为"批余专业户"的韧性未改，仍在收集这方面的资料。老实讲，我对他们之间的笔墨官司并不关注，因为其内容涉及文人与时代、文学与政治等复杂问题，我根本没有置喙的资格。我崇敬巴金老人撰写《随想录》的自省精神，但也无法要求人人都像托尔斯泰《复活》中的聂赫留朵夫，能为自己年轻时的所作所为去真诚忏悔，拯救灵魂。我是经历过那种"非常岁月"的人，深知"鉴古而知今，彰往而察来"的重要意义；但如今打这类笔墨官司，很难让人最终裁决。听吕进说，老古跟余秋雨的官司最后由上海第一中级人民法院做出了"民事调解"。法官宣读完《民事调解书》之后，老古还呆头呆脑地问："究竟谁赢了呀？"

至于"文品与人品"的问题，更缠夹不清。唐朝有一位宰相诗人叫李绅，是当时新乐府运动的参与者，他的诗作《悯农二首》流传至今。不过有人说他是有政绩的好官，有人说他是有劣迹的贪官。尽管说法不一，但当下小学生在诵读"锄禾日当午，汗滴禾下土"的时候，从来无人关心唐代的监察机构"御史台"给李绅做出的审查结论。我这样讲，绝无提倡文人无行的意思，明达的读者都不会误解。反思起来，我当年批判《鲁迅的故事》的那篇文章，主要是激于对"四人帮"倒行逆施的义愤，绝对没有针对个人的动机。文中那种上纲上线的文字仍然未能摆脱"四人帮"文风的影响，所以我后来未将这篇文章收进我的任何文集。

2022 年 12 月 27 日，我忽然在手机的朋友圈里看到一条信息，说老古当天下午 4 点 30 分猝然离世，他的夫人古炽珍也已于 12 月 24 日驾鹤西游，不禁感到震惊！这真是印证了我一篇随笔的篇名：《生有确日，死无定时》。我决定一定要写一篇文章寄托我的哀思，因为尽管人们对老古的评价不一，但他在华文文学研究领域的确是一位勤劳的耕耘者，在这块沃土上留下了深深的足迹，其影响力广泛而深远，应该为学界所怀念——正如老诗人艾青为他题写的四个字："香远益清"！

快乐的小丑

——怀诗人木斧

　　诗人杨莆为什么要以"木斧"为笔名？据他说，京剧《四郎坐宫》中的杨延辉有两句唱词："我被擒，改名姓方脱此一难，将杨字辟木易，匹配良缘。"所以，"木"字是取"杨"字的偏旁。至于"斧"字，据说是因为与"莆"字音近。《快乐的小丑》就是他一首诗的篇名。

　　木斧的诗歌创作跟他的革命活动是同步进行的。那是在白色恐怖极其严酷的 1946 年，何其芳的一首诗把这位天真嫩气的十五岁的少年唤醒："让我打开你的窗子，你的门，/ 成都，让我把你摇醒，/ 在这阳光灿烂的早晨！"于是，木斧开始了他的写作生涯。他写了《沉默》，写了《冬天》，写了《城市底夜》……基调都是单纯、激昂、豪迈、执着。

　　人们习惯于称木斧为"七月派"诗人中最小的一位，但这种划定流派的做法未必精确。"七月诗派"因《七月》杂志而得名，其成员在理论上受过胡风的影响，诗作上以艾青、田间为典范，既追求革命，也崇尚个性。木斧算不上"七月流派"的代表性作家，他之所以接触一些七月派的诗人主要是因为投稿的关系，但对有些人并不了解，比如方然；跟有些人从未谋面，比如伍禾。1955年在声讨胡风的一次座谈会上，木斧发言说："我对于胡风这些人虽不认识，但也略知一二，过去误以为他们是左翼作家，是党的文艺思想的传播者。"语音刚落，木斧立马就成了胡风分子。此后的境遇正如他在《快乐的小丑》一诗中描写的那样："当我写诗写得正旺的时候／噩运一把扼住了我的咽喉／把我浑身涂得漆黑／诗，成了我的罪证／没有快乐，我失掉了诗／痛苦成为我唯一的颜色。"直到1982年，木斧的冤案才彻底平反。一位二十四岁的青年诗人，就这样变成了五十一岁的等待重新分配的人。

木斧重新选择的工作是编辑。单位是位于成都的四川人民出版社，职务是文史编辑室副主任。后来这个编辑室扩大为四川文艺出版社，木斧水到渠成地出任了该社的副总编。1981年，李何林、王士菁等老专家倡议编撰一部《鲁迅大辞典》。这一工作首先得到了四川人民出版社的鼎力支持。1983年1月，有关主要撰稿人在成都召开了第二次工作会议。我被安排为编委，并参与了编辑办公室的工作。就是在这次会议期间我接触了木斧，切身感受到他是一位既严肃而又幽默的人。严肃表现在他的工作状态，幽默指他的谈吐和表情。跟他相处的时光是一种愉快的记忆。对于我这种年龄段的人，那个万物复苏的八十年代也是一种难忘的历史记忆。1984年，国家出版局介入了《鲁迅大辞典》的出版工作，决定由人民文学出版社负责词条修订，四川人民出版社负责出版发行。经过三十多年的不懈努力，直到 2010 年 3 月，经过一百五十余位研究者和出版人的无私奉献，这部收录了近万个词条，释文长达三百七十四万字的工具书终于得以问世。在这篇短文中我无法详述出版过程中经历的那些曲折和艰苦。我只能如实地说，尽管这部辞典仍有不尽如人意之处，但是再想编辑出这种高水平的百科全书式的作家专门词典，今后恐怕是不大容易做到了。

木斧长我十岁。因为 1948 年参加革命，所以 1991 年他享受了离休待遇。南北暌隔，彼此间音讯渐稀。2018 年，我突然收到了木斧的一封长信，除寒暄叙旧之外，主要是想通过我打听另一位老友的联系方式。原因是那一年，北京市朝阳区文化馆的馆刊《芳草地》复刊，刊载了我的一篇短文《司马文森：他的一生是传奇》。司马文森是一位文学创作的多面手，其长篇小说《风雨桐江》、剧本《南海渔歌》都产生了广泛的影响；又是一位革命外交家，1968 年因被外交部造反派的迫害致死。我没想到的是：司马文森是木斧一辈子崇拜的偶像。木斧还创作了一首诗《海的祝福》专门献给司马文森。木斧 1948 年根据地下党组织的指示，创办进步刊物《文艺与生活》，就是套用了司马文森主编的《文艺生活》刊名。遗憾的是，他从来没有机会见到司马文森，就连司马文森本名"何应泉"都不清楚，所以我这篇短文引起了木斧强烈的共鸣。我不会电脑，也基本上不跟任何人写信，便采用了"煲电话粥"的方式跟他互致问候。

电话中木斧的声音清晰而高亢。他得知我也是早已退休并患有多种慢性病后，便鼓励我保持一个好的心态，适度运动。他说，离休之后，他由诗人变成了全方位作家，小说、评论、散文、随笔什么都写。他把离休看成"人生第二春"的一个起点。他认为人生追求并不受年龄限制，比如歌德的《浮士德》，巴金的《随想录》，就都是他们金色晚年的金色收成。他还提出了一个"老年文学"的概念，引起了热烈的讨论。由于锲而不舍，木斧一生留下了十四本诗集，五本评论集，三部小说集，一部童话集，一部杂文集，还有两部漫画集。在寄赠我的漫画集《百丑图》的扉页上，他的题签是："男、女、老、少，好人坏人我都演过了，请新文学史家陈漱渝过目一笑。木斧，二〇一八米叟。"是年，木斧已经八十八岁了。

从这本画册得知，离休之后的诗人木斧摇身一变，成为了京剧名票。他参加了四川省老干部活动中心京剧队，拜名旦冯玉增、黄德华、厉慧森为师，专攻丑行，共演出了五十多个剧目，一百八十多场次。演来演去，他终于修成了正果，成为了剧团的"台柱子""中国戏剧协会会员"，也被人誉为"表演艺术家"。

写诗跟演戏有什么联系，又有什么区别？木斧认为，共同之处是二者都是艺术，都在以不同的形式反映生活。正如他所言："人演戏，戏演人。人在戏中，戏在人中。台上十分钟的戏，凝聚、折射了一生中的悲欢离合。"所不同的是，"写诗要诗如其人，就是说诗要反映出诗人的本色和气质来。演戏千万不可戏（角色）如其人。"如果演流氓自己真变成了流氓了，岂不是太荒唐？木斧在题赠我的《木斧戏装自画集》上写道："舞台上的这些任务都不是我，我的本领就是擅于把自己隐藏起来。"

木斧留下了三十多首"戏诗"，这在诗坛可谓独辟蹊径。诗人梁上泉在《致木斧兄》中写道："诗人迷上了京剧，/串演戏中的丑角，/丑角不丑且俊美，/美成诗人自己了。/别说不务正业，/正业就是喜好，/斤斧善砍善雕，/乐趣在于创造。"诗人晓雪在《戏赠木斧兄》中写道："写、画、演都会，/诗、文、戏俱美。/作诗有才华，/漫画多灵气。/台上逗人笑，幽默耐回味。/爱心永不老，/七十如十七。"

跟木斧通信，通话，拜读他的诗文，我感到接触的是一位生龙活虎的"老小孩"。万没想到，2020 年 3 月 15 日，他未满九十就撒手人寰。最让我感动的是，老人家在临终之前特意签名赠送我一部张效民先生的厚重之作《心中蓄满露水的诗人——木斧评传》，拜托他的文友萧开秀老师一定要寄赠给我。由于老人将寒舍地址中的"门"字写成了"17"的模样，萧老师几经周折，直到 7 月 3 日终于把这本书快递到了我的手上。这些年，我对鲁迅"故人云散尽"这句诗感慨颇多，这虽说符合自然规律，但仍感到人生的五味杂陈。木斧在赠书的题签上说他"男、女、老、少，好人坏人我都演过了"。在人生的舞台上，他同样在不同阶段体验着不同的角色。他"曾经在绝望的路上摔跌，酸的辣的苦的甜的统统尝遍了"（木斧：《快乐的小丑》），但砥砺他奋然前行的力量就是快乐，也就是一种能够"看破""放下"的达观的态度。如今我也成了一个来日无多的八十老翁，我需要不断学习的不仅是木斧兄的作品，更需要学的是这位重情重义的老诗人"笑对人生"的生活态度。

"一念天堂，一念地狱"

——我的三位发小

老人这个称谓跟"守旧"有关联。像鲁迅小说《风波》中的"九斤老太"，常觉得如今的豆子比过去的硬，而不知自己的牙已松动。在听歌方面，我也有点像"九斤老太"，常觉有些流行歌曲——特别是中英文夹杂的新歌——不如那些蕴含人生哲理的老歌，而不去反省自己的英文没有学好，所以听不懂那些外文歌词。老歌中有一首经典《朋友》，周华健原唱，刘思铭作词，刘志宏谱曲。歌词唱道："朋友一生一起走，那些日子不再有……"想起那些无可追回的青春时光，泪水常湿润了我的眼眶。

四年前，我写过一篇短文《"朋友，以义合者也"》。这句话出自宋儒朱熹为《论语·乡党》写的一条注释。这里的"义"，当然不应理解为江湖义气，而是指合乎正义的行为和事情。但"发小"是指儿时的朋友，那时还不懂什么叫社会正义，只是因为性格和机缘经常玩在一起。成年后各奔东西，但情谊不会被岁月的流水稀释，无论何时何地重聚，仍然会以绰号相称，以真心相待，而不为世俗观念所拘。即便到了"夕阳红"的暮年，那一缕情思仍然无法割舍，证实了"物新人惟旧"这一人生哲理。

有人说，人世间最纯净的友情存在于学生时代。这句话即便不是绝对真理，也是相对真理，因为学生时代的人际关系最少功利色彩。人成年进入职场之后，就难免受"丛林法则"左右，要通过法制手段和道德准则来进行遏制，要依靠信仰的力量和理想的光芒来引领和激励。我读的中学在湖南长沙，叫雅礼中学，到2021年有一百一十五年历史，曾经改称解放中学、第五中学，后来又恢复了原名。在学生时代，我穷得不知道什么叫内衣内裤，数学经常补考；插班入学，又留了一级，实际读了六年半中学。在"白天鹅"般的学友群中，我是一只名副其实的丑小鸭。我身体孱弱，不擅打架斗殴，但嘴不饶人，所以难免被强势的同学欺负。在初中和高中时代，跟我关系最铁的是李惠黎、刘进平、史庭坚这三个人。我们那一代学生从小学开始就会背诵孙中山的《总理遗嘱》，其中有一句是"联合世界上一切以平等待我之民族，共同奋斗"。在校园里，这三位就是能够"以平等待我"之学友。

印象中，李惠黎和刘进平出生在知识分子家庭。李的父亲是湖南长沙的名医，其家中经济状况远比我家富裕。他额头宽阔，面部狭长，绰号叫"马脑壳"。李和刘的喜爱偏于理科，常用家长给的零花钱买些化学试剂，或漆包线、电容器一类电子器材。我看他们将不同的化学试剂互相配制，瞬间变幻出五彩斑斓的颜色，就像看魔术那样觉得神奇莫测。他们在纸筒上缠上漆包线，再配上电容器、磁棒一类材料，居然能用手工制作成一台矿石收音机。在那个不知电视为何物、收音机也是奢侈品的年代，我们这些初中生能从矿石收音机中听到电台的广播声，更觉这是神奇的事情！

1957年高中毕业，李惠黎考进了武汉大学化学系，刘进平考进了武汉大学物理系，我考进了南开大学中文系，从此南北暌离。1962年大学毕业之后，李惠黎先被分配到了兰州，后被调往西安，为我国氟化工艺的技术进步和产业发展作出了贡献，受到了同行的肯定。刘进平毕业后先被分到了太原，后被调到武汉的湖北民族大学任教。在我们这几个发小当中，刘进平通体透明，是一个长不大的孩子。由于他颜值最高，青年时代的浪漫故事也最多。这成了几十年来他不断向我们炫耀的资本。但这些故事的基本情节都是美女向他生扑，而他都能虚与委蛇，坐怀不乱，作柳下惠状。这种八卦刚听时令人兴趣盎然，但听多了就渐生疑窦，所以我称他为"牛皮客"。由于刘进平虽聪明，但贪玩，好像直到退休还是没把副教授的那个"副"字去掉。

史庭坚是另一类型的学友。他跟我的交往大半不是源于共同兴趣，而是由于类似的家境。直白地说，就是我们两家都很穷。想当年，学杂费肯定不贵，但我们仍然都交不起，因此每学期开学都会结伴而行去筹钱，否则不能注册，也就不能领到半年一发的布制新校徽，进不了校门。这对于一个学生是多么尴尬的事情！史庭坚的办法是手持一份他爸爸的求助信，找亲友凑点钱。我的办法就是去央求经商的同学家长，请他们开个"铺保"（以商店的名义开张担保证明），再等母亲打工慢慢还钱。筹钱是麻烦而伤自尊的事。我跟史庭坚当时虽然都是少年，但也都早早感受到了人间的冷暖。

跟刘进平的外向型性格不同，史庭坚的性格趋于内向，以致他的绰号叫"史妹子"——虽然他人高马大，并不娇小玲珑。他一直是个模范生，做作业一丝不苟，连画个等号都必须用尺子或三角板，让每个等号上下两横一样长，呈绝对平行状。他的作业字迹工整，答案正确，经常被我抄袭。高中毕业后他考上了湘雅医学院。在医学界，素有"北协和，南湘雅，东齐鲁，西华西"之称，不是高才生绝跨不进湘雅医学院的门槛。由于家庭原因，史庭坚大学毕业后被分配到了基层工作，还曾在中国女排湖南郴州的训练基地为老一代的中国女排队员治疗。这个训练基地从1979年起，曾先后七次接待中国女排集训，被称为"中国女排起飞之地"。正是通过一步一个脚印的努力，史庭坚入了党，被提拔为湖南省卫生厅科研处处长。唯一遗憾的是他迟迟没有结婚。作为老友，我单刀直入问他身体是不是有什么毛病。他坦率回答："正常得很。"迟迟未婚的唯一原因是他特别孝敬老母，还要照顾兄弟姐妹，在有些女性眼中，这些关系是多余的"零碎"，成了择偶障碍。人过中年之后史庭坚似乎还是跟一位大学同窗结了婚。说是结婚，但也是聚少离多，因为女方家在香港，有一个显赫的家族，而史庭坚离不开故乡和需要他照顾的老母。

2006年，是雅礼中学建校一百周年。各地校友纷纷克服各自的困难回到母校庆祝。我们这些二十世纪五十年代入学的学生都坐在来宾席。当年的毛头小伙而今一个个满脸沧桑，不禁有"盛年不重来，一日难再晨"之感。校庆期间还分班进行了团聚。我们原初六班的校友在宴席上最动情的豪言壮语就是："五年后再聚，一个都不能少！"

为了表达对母校的深情，我送了一些自己写的书。李惠黎、刘进平都捐了款。史庭坚献的礼最具价值：一个郎平等全体老女排队员——签名的排球。这应该是他一生最为宝贵的藏品。人生聚少离多，很快校友们又风流云散。离别前，李惠黎特别邀请我跟刘进平茶叙。李惠黎很少应酬，从不乱花钱，但在高档茶馆包了一个单间品佳茗，这肯定比吃顿饭更加破费。然而我跟刘进平当时并不领情，坐了大约半个小时我们就结伴去玩，把李惠黎一个人留在包间里埋单。不料2009年就接到了李惠黎的噩耗。据他的女儿告诉我，有一天李惠黎下班，照例打开电脑继续工作，突然感到胸闷气短。赶快去医院检查，发现是心脏有肿瘤，而事前并无任何征兆，第二天就去世了。他享年七十岁，在有机合成和氟化学化工方面辛勤耕耘了四十八载。单位为他举行了隆重的追悼会，并指出他献身的产业规模已稳居全球前列。古人认为七十岁是古稀之年，但对于尚有创造力的科学家而言，这于公于私无疑是一种不可挽回的损失。

李惠黎去世之后，我又回到长沙探亲，找几位旧日同窗雅聚，以小酌助谈兴，其中当然有史庭坚。餐后他余兴未尽，也似乎有些话要跟我单聊，便邀我再到他家坐坐，诱饵是有两只湖南板鸭相赠。不料那天我另有一些其他安排，又舍不得放走那两只烤熟了的板鸭，居然走到史庭坚家门口，取了那两只板鸭扭头就走。不料随后就传来了史庭坚的噩耗，原因是他退休后发挥余热，仍去外地开会讲学，不慎摔了一跤，导致多种慢性疾病并发，终成不治。史庭坚是医生，历来注重养生，尤其洁身自好，经常告诫我别用宾馆的浴巾，怕不慎染上了那些难以启齿的恶疾，造成"黄泥巴掉进裤裆"的尴尬。不料本来健康的史庭坚竟然先我而去，这岂非造化弄人？

2019年年底，武汉发现了不明原因的肺炎，后来又被确认是由新型冠状病毒引发。在疫情暴发期间我最牵挂的就是武昌珞珈山上的刘进平。他似乎不会用手机，而他的宅电又多次无人接听，让我放心不下。2020年12月，我终于辗转打听到了刘进平新宅的电话号码，便立即打电话过去。他老伴听到是我的声音，立即把话筒递了过去。为表示亲昵，又确实是因长期失联而焦躁，我一张口就骂湖南脏话，接着质问他："为什么这么久不来电话，难道不知道在北京还有人惦记你吗？"对方回答的声音低微："我生病了呢。得的是脑梗呢。"我一时语塞，不知如何接话。武汉从封城到复苏之后，我又从老同学处听到了刘进平于2020年12月21日去世的消息，顿时如五雷轰顶。

我知道，世间没有完美，人生颇多遗憾。但有些遗憾是可以弥补的，而有些遗憾则无法追回。我近来一直在想，如果2006年我跟李惠黎能多喝一会儿茶，又有什么不可以呢？难道当时接下来去办的事情就那么重要吗？如果当年能去史庭坚家里多坐坐，那又有多好呀！怎么会做出拿到板鸭转身就走这样的糗事呢？给刘进平打电话，明明是思念至极，为什么不问青红皂白，操起电话就一通吼叫呢？这难道就是我此生跟他的诀别方式吗？突然想起佛经里说的"一念天堂，一念地狱"这句话。"念"就是"意念"，又分为"善念"与"恶念"。"善念起，善虽未至，祸已远离；恶念起，恶虽未至，福已远离。""恶念"来自私心。跟朋友相处，为什么不能多考虑一下对方的感受和需求呢？言语之间，为什么要逞一时之快呢？"一失足成千古恨，再回头已百年身"，这句话真正在我身上应验了。这种忏悔之情，成了我心灵上的一道伤痕，我急于想舔干它，使它愈合。这时，我耳边又响起了《朋友》那首歌的旋律："还有伤，还有痛，还要走，还有我……"

善良的人，让人永远怀念

——忆罗宗强

　　罗宗强兄驾鹤西行，已逾米寿之年。网络上重刊了一些罗兄的经典之作，报刊上也陆续发表了一些长短不一的悼念文章。抗击新冠病毒期间人员不宜聚集，这种纪念方式用一句时髦话形容，就叫作"云纪念"吧。

　　罗兄留下了不少学术光环，都是实至名归，当之无愧。遗憾的是，我跟罗兄"隔行如隔山"，他的许多惊世之作我都没有读过，读了也不见得就能懂。我跟他也攀附不上"朋友"，记忆中，没一起吃过一顿饭，没一起喝过一杯酒，就连一杯清茶也没一起品过。罗兄虽然是我在南开大学中文系就读时的学长，但他属于 1956 年入学的"56 级"，我属于 1957 年入学的"57 级"。这两级生源的差别，在于"56 级"调干生多，政治经验和学术积累都相对丰富，所以后来出了不少政治和学术方面的人才。

罗兄入南开前先后担任过教职员、统计员，而我当时刚满17岁，又赶上了"反右"后期，入学后整个头脑处于"蒙圈"状态。当时反对走"白专道路"，我更没有向高年级学长请教的念头，所以连"罗宗强"这个名字也没有记住。简单地说，我跟罗兄的关系就是编辑与作者的关系。我最早研究鲁迅的那一批习作，完全是通过他的关系在《南开大学学报》发表的。这成为了我由一名普通的中学教师成为一名研究鲁迅的专业人员的"学术资本"。我生性愚钝，不敢以"千里马"自喻，因而无法称罗兄为"伯乐"。但在研究鲁迅的坎坷道路上，罗兄的确是扶我上马之人。这正如谈恋爱一样，在正确的时间碰到了正确的人，这是我此生的一大幸运！

从"百度百科"上查罗兄的简历，知道他1964年从南开获硕士学位后至江西赣南师范学院任教，1975年回到南开，1981年晋升副教授，1985年晋升教授。一般人会理解为，他从江西调回天津之后，是直接回到了母校的中文系任教。其实不然，罗兄回南开之后，落脚的第一站是《南开大学学报》编辑部，担任"文学栏"的一般编辑。由于特定的历史背景，那时《南开大学学报》的发行量在全国高校中雄踞榜首，1976年第一期固定订户有六万五千，很快订数又上涨一倍，仅黑龙江一省就发行了六千四百份。但编辑部的编辑和行政人员只有十二三人，工作和生活条件都极其简陋。加之罗夫人当时卧病在床，女儿年幼，他出门办事只好把妻女二人锁在屋里。其生活的艰难状况可想而知。

罗兄在编辑部工作期间还发生了两件可怕的事情。一次是1976年7月28日发生了强度7.8级的大地震,波及天津和北京。我是在余震时坐在马路沿为《学报》写稿,他是在余震中坚持编务,所以《学报》并未因此脱期。比地震更可怕的是一场政治风波。罗兄想在《学报》展开对鲁迅前期思想的讨论,请南开中文系的老师摘编了四十余人的七种不同观点,其中也包括了瞿秋白烈士和沦为"四人帮"之前的姚文元的观点。罗兄因此被人举报,扣上了"思想反动"的帽子。这件事当然后来得到了平反,今天看来完全是一场闹剧,但当时却有"黑云压城城欲摧"之势。幸亏主管《学报》的校革委员会副主任(后为南开大学党委副书记、副校长)的娄平主动承担了全部责任,这场风波才得以平息。娄平是1936年加入中国共产党的老党员,1982年离休,2000年去世。罗兄在《终生的难忘与感念》一文中说:"回首往事,我真庆幸在我人生路上,有幸遇到了这样好的领导,善良的人,让人永远怀念,永远活在人们的心中。"

2011年1月,上海东方出版中心出版了我的自传《沙滩上的足迹》,其中有一节叫《〈南开大学学报〉——我鲁迅研究的发祥地》,其中回忆了这一事件,并抒发了我对罗兄的感念之情。后来此书经修订三次出版,我曾将2018年的再版本寄赠给他。罗兄在复信中感慨良深地写道:"人生有幸而经历此种之沧桑,知善知恶,勘破因果,亦千年难遇也。不过过眼烟云,不想也罢。"我想,罗兄所说的"知善知恶,勘破因果",

并不是一种消极的宿命论。"善"，就是"己所不欲，勿施于人"，甚至是"损己利人"。"恶"就是"损人利己"，甚至是"损人不利己"。人生在世，应该"不以善小而不为，不以恶小而为之"。前人所说的"种瓜得瓜，种豆得豆"，就是罗兄所说的"勘破因果"。

生活像一条河流，既有清流，也有浊流。罗兄身处逆境之后，能够忍辱精进，方能像我所说的那样"因祸得福"，取得今天的学术成就。罗兄感谢娄平这样的好领导，这样的善良之人，这是做人之本。我对罗兄也怀着同样的情感。我今年虚岁八十，一生中虽然遇到过以怨报德之人，落井下石之人，但更多的则是遇到罗兄这样清淡如水的君子之交。没有他们的提携，扶持关爱，我不可能在逆境中舔干心灵的伤口，从荆棘丛中爬出来，笔耕不辍地坚持到今天。所以我借用罗兄评价娄平的一句话来感念他："善良的人，让人永远怀念。"

天上掉下个陈妹妹

——读陈巽如的画作

我是独子，经常羡慕那些有姐姐妹妹呵护的人。大约是四十年前回乡探亲，在湖南文艺出版社碰到了一位堂妹，比我小八岁，叫陈巽如，其时在该社任美术编辑。初次相见，她慷慨地送给我两幅画；一幅是山水画，画的是张家界；另一幅是人物，画面上三个人，各一副嘴脸。那山水画泼墨如水，风骨峻峭，气韵生动，非闺阁派画家的细秀谨严，一看就知道我这位妹妹胸有丘壑，是位女汉子。那幅人物画的含义，我至今也不太明白，但从中看到了法国画家马蒂斯的线条，瑞士画家保罗·克利的色彩，以及西班牙画家毕加索的五官杂乱。我乍一想，这就是受西方现代派的绘画影响，西画东渐的产物吧。后来我又看到了三星堆出土的铜人，长沙楚墓中出土的帛画，以及中国古代的玉雕、漆器、陶塑、瓦当、岩画，才知道这种古灵精怪的造型并非西方绘画的专利，巽如也只不过是博采众长，为己所用，形成了个人的独特风格（Style）罢了。法国作家布封有一篇名文《论风格》，说"风格"即人。这里的"人"，指的是文艺家的创作个性，类似于中国齐梁时代的文艺批评家刘勰在《文心雕龙》一书中讲的"体性"。陈巽如就是陈巽如，巽如的绘画就是巽如的绘画，毋须跟其他人比拟。

从二十世纪八十年代至 2020 年，我跟巽如中断了联系，原因是执业不同，各忙各的，南北暌隔。新冠期间，通过作家周实，我跟巽如加上了微信，从此，凡节假日哥哥妹妹互致问候，让我切身感到了亲情浓浓，真的是"天上掉下个陈妹妹"。

前不久，巽如寄来新作《炒豆粉，香喷喷》。这是一本传统民俗的绘本故事，母子联手，文字与绘画相得益彰。打开封面，迎面扑来的是浓浓的乡土气息——我青少年时代生活过的那个"南门到北门，七里零三分"的老长沙。那里有我住过的小巷子，畅饮过的白沙井水，以及我初恋时流连忘返过的天心阁……特别让我感动的是，作品中体现的底层关怀。那位四岁的孩子最终没有吃到的黄豆香粉粉，自然让我联想起了德国版画家珂勒惠支的石刻《面包！》（Brot！）。那饥饿的孩子急切地索食，碎裂了母亲的心，慈爱的母亲在背人饮泣，不让人看到她辛酸的泪水。我由此领悟到，一个成熟的艺术家，不仅需要有天马行空式的创新精神，还应该有悲天悯人的襟怀。这一点也许正是陈巽如成功之所在。

巽如最近在编自己的画册，希望我能写几句话。我于绘画一窍不通，至今只能用圆规画太阳，但妹妹的要求无法拒绝。我知道她并不是正经八百指望我能写出什么像样的画评，无非是想我这个耄耋之年的哥哥能为古稀之年的妹妹留下一点人生的念想，所以不揣浅陋，仓促为文，读者只当是瞎子看匾吧。

由冯铁想到学术共同体

牛年岁末，虎年伊始，王锡荣兄多次发来微信，希望我能写一篇忆念瑞士汉学家冯铁的文章。这使我颇感为难。自认为是一个重情重义之人，做此类事情应该不至于纠结。然而如实地说，我跟冯铁认识的时间虽然不短，但却并没有什么深入的交流，写不出既充实而又感人的悼文。但锡荣兄坚持他的动议，说文章不限字数，不限内容，只要三月中旬交稿就行。我知道锡荣兄也重情重义，正主编一本《冯铁纪念集》。我想起鲁迅在《白莽作〈孩儿塔〉序》中的一句话："一个人如果还有友情，那么收存友人的遗文就真如捏着一团火，常要觉得寝食不安，给它企图流布的。"锡荣兄广泛征集悼念冯铁的文章，的确也像"捏着一团火"。这心情我很了然，所以最终决定不揣浅陋，欣然命笔。

我跟冯铁的结识完全是一种学术机缘，因为他在研究鲁迅的同时，也在关注中国现代情书文体的兴盛与没落，所以看过我的一些相关文章；又通过我联系在四川文艺出版社工作的学者龚明德。因为龚明德是藏书家，对冯铁感兴趣的中国现代作家章衣萍很有研究。在不多的接触过程中，我感到冯铁很用功，很随和，也很讲交情。

用功的印象来自2001年在绍兴举办鲁迅诞辰120周年学术研讨会期间，我跟他都提前到会，房间又紧挨着，发现他起得很早，一边抽烟一边做学问。听龚明德说，冯铁一到成都就去看他收藏的善本书和作家手稿，自己买的书也重达半吨，那书箱几个壮汉都扛不动。

我在鲁迅研究室工作期间，经常接触国外学者，印象不一。日本学者大多过于讲究礼仪，让率性而为的中国学者不知不觉间也变得有些拘谨。美籍华裔学者有的平和风趣，如唐德刚先生；有的讲中文时总爱夹带几句英语，成为了交流时的一道无形障壁。冯铁身高在一米九以上，前额阔大，鼻梁高挺，嘴角总是露着一丝微笑，在嘴唇上端刻出一个汉字中的"八"字。他的言行率真自然，绝非刻意而为。有一次，他携夫人来单位找我，正值午餐时分，我就在附近找了一家小餐馆请他们吃烤肉。那牛羊肉的质量当然不敢恭维，但他们两口子都吃得特别开心，当时那大快朵颐的神态回忆起来仍清晰如昨，所以我们交往时的确忘记了相互的国籍。

作为回报，每年圣诞节来临之际，我常会收到冯铁寄来的一小盒正宗瑞士巧克力，和一张他手书的贺卡。2008年5月，他假座北京什刹海孔乙己酒家庆生，我也是应邀者之一。大约五年前，我又收到他的来信，说2018年5月份将迎来他六十寿辰，准备邀请我跟其他一些朋友在上海虹口一家宾馆相聚。这家宾馆刚开业我就入住过，此后服务越来越差，但能够跟冯铁跟其他一些同行们相聚，毕竟是一件幸福之事。鸿儒雅集，"陋室"不"陋"！然而造化弄人，谁能想到 2017 年 11 月 4 日，正当学术盛年的冯铁竟驾鹤西去！

当然，我跟冯铁的跨国友情并不是靠巧克力和烤肉来维系，而是以共同的学术追求为基石。在治学方面，冯铁是一位重"实证研究"的学者，所以他特别关注作家的手稿和作家作品的不同版本。他跟锡荣的交情，也就是在共同研究作家手稿的过程中建立和加深的。我历来是被鲁迅研究界某些新锐视为少思想而多俗见的人，前些年的确被某些人时而"去政治化"时而"再政治化"的主张搞得晕头转向。我也从来不愿意套用西方那些新潮理论的学术框架，或剥离他们学术著作中那些界定模糊的概念，写一些连自己也未必真正看得懂的文章。因此，读到冯铁论文集《在拿波里的胡同里》中所收的文章，就产生了一种特殊的亲切感。我由此觉得，作为一个欧洲人，冯铁是爱中国的，是爱中国文化的。这种情感，甚至不亚于我们的同胞学者。

在缅怀冯铁的时候，我脑中突然冒出了一个"学术共同体"的概念。大家知道，"人类命运共同体"原是一个政治概念，指地球村的各个国家相互联系，相互依存，在顾及本国利益的同时也关切他国的正当利益，以实现共存共荣。其实学术界何尝不也应该如此？我退休十五六年了，对学术界的情况相当隔膜，但也耳闻目睹到一些情况。比如，为了争取一笔科研经费，有人煞费苦心"公关"评委；为了在"核心期刊"发表一篇文章，有人煞费苦心"公关"编辑。在文艺创作领域，流派纷呈是好事；在学术研究领域，学派争鸣也是好事。遗憾的是，当下真正的"流派""学派"罕见，但"近亲繁殖"或"同门互粉"的情况倒屡见不鲜。鲁迅在《对于左翼作家联盟的意见》一文中指出："联合战线是以有共同的目的为必要条件的"，同时希望这个"目的"必须纯正。我欣慰地看到，由于有冯铁这样一些域外学者的加盟，上海交大和东北师大等单位举办的国际手稿学会议已在全球疫情肆虐的艰难时刻两次成功举行，这就是我心目中的"学术共同体"。正是经过中外作家手稿研究者的共同努力，一门具有中国特色的"手稿学"正在形成并不断完善。我想，当这朵学术春花绽放之时，人高马大的冯铁一定会在天堂对他的同行们露出他那具有标志性的微笑！

壬寅年正月十五日

以鲁迅结文缘：琐忆裘士雄

世事多巧合。今年8月20日上午，北京领读文化传媒公司的老总到寒舍探访，建议我编一本书信选，把文坛前辈及文友的来函集为一书，他认为会很有学术价值。我感谢他的好意，但觉得搜寻整理都很麻烦，不知今生能否了此心愿。不料当晚就看到裘士雄发来的微信，说他刚编完了一本《远方吹来鲁迅的风》，选收了十个国家共六十八位学者的来函，内容都是探讨鲁迅研究的问题。我觉得，这是中外鲁迅研究交流史的一个侧影，一个不可或缺的局部，确有出版的价值。他跟这些通信者都是因鲁迅而结文缘的。

作为一种敬辞和礼貌用语，我应该称裘士雄为"兄"；但按实际年龄，我则应该称他为"弟"——因为他比我整整小两岁。刚相识时我记得是叫他"小裘"，后来又随众叫他"老裘"。他当"官"之后，一般人都称他为"裘馆"。眼下准确地说，应称他为"裘前馆"。为了行文统一，我在这篇序言中干脆直呼他为"士雄"吧。我跟士雄也是因鲁迅而结文缘的。

掐指一算，我跟士雄相识应该有四十六年了。大约是1975年的某一天，绍兴鲁迅纪念馆的几位专家来北京办事，下榻于北京市文化局的一个招待所。当时我正在北京一所中学教语文，出于对鲁迅的爱好，专程到他们的住所去求教，士雄也是我的求教对象之一。1976年4月，我调到北京鲁迅博物馆研究室工作，第二年终于也有了跟同事们一起出差的机会，主要目的当然是参观绍兴鲁迅纪念馆。按行政级别，绍兴鲁迅纪念馆的位置并不高，但在全国的鲁迅纪念机构中，他们接待的观众人数应该最多，接待的中外领导人也应该最多。他们的陈列最具地方特色，还有鲁迅的新台门故居、三味书屋、百草园等文物景点，成为了中外鲁迅崇敬者的"圣地"，相当于穆斯林朝拜的"麦加"，基督教徒心目中的"耶路撒冷"，中国佛教徒所说的"四大名山"。这当然只是一个比喻，丝毫也没有要把鲁迅供奉为神明的意思。

然而，那时的绍兴还没有繁华的街道，绚烂的霓虹。我们初去时吃了不少苦头。首先是我们住的县政府招待所，那里的蚊子太欺生。当地人光腿赤脚偏不去咬，我们穿着袜子长裤却被咬起了一个个大包。那兰亭当时还没成为景区，只留下一些"文革"遗迹。记得那刻有"鹅池"二字的巨碑被砸成两截，惨兮兮地"躺平"在地上，周边是一片泥沼。我们一位同事陷进泥沼，猛拔出腿，只剩下了一只鞋。参观鲁迅外婆家所在的安桥头时，导游是绍兴馆一个姓杨的女士，她健步如飞，身轻如燕，而我气喘吁吁，双脚被那石板路磨出了血泡，一度瘫在地上赖着不想走了。但学术交流还是有收获的，当时士雄也在场。他少言寡语，只用现在业已消失的蘸水钢笔不停地做记录，给我的印象是谦虚而好学。

后来才了解到，士雄原本是工科学生，学的是丝织专业。除开经商之外，其他行业他几乎都干过。直到1972年才调进绍兴鲁迅纪念馆。南北朝时期有一首诗歌《作蚕丝》，写的是："春蚕不应老，昼夜常怀丝。何惜微躯尽，缠绵自有时。"士雄就是像春蚕贪婪吃食桑叶一样，求知若渴，很快就成为了鲁迅研究专家。而后笔耕不辍，又像春蚕一样不分昼夜地吐丝，终于在鲁迅研究的画廊中织出了一片花纹瑰丽的云锦。从1982年到2003年，士雄出任绍兴鲁迅纪念馆副馆长、馆长、名誉馆长，历时二十余年。他在行政岗位上的贡献，也是有目共睹的。

在中国鲁迅研究会服务期间，我跟士雄也有过十分愉快的合作。特别是2001年在绍兴举办的鲁迅国际学术研讨会，更是士雄跟我在绍兴市政协、浙江省政协和全国政协多次呼吁的结果。这次活动除以"鲁迅的世界，世界的鲁迅"为中心展开了学术讨论之外，还举办了全国鲁迅文学颁奖典礼、纪念文艺晚会、"鲁迅风"全国精短文学大奖赛、书画展、风情游、影视展，等等。这次会议中外学者"群贤毕至"，仅论文集就厚达1039页。有人在一本《鲁迅文化史》上说这次会议"以失败告终"，世上哪有这种"失败"的学术会议？要说有什么败笔，仅限于选举学会秘书长时产生了分歧。但时过境迁，是非愈益分明。当时学会秘书长的两位候选人中，究竟哪位比较合适，在大多数鲁迅研究者心目中不一清二楚了吗？

说实在话，我虽然也厕身于鲁迅研究队伍数十年，但一些名师大咖的著作却几乎从来没有读过，更谈不上进行批评。这丝毫也不包含"文人相轻"的因素，只是因为自己精力有限，学术兴趣又偏重于史料。士雄的著作虽然不能说是观点前卫，文采灿然，但无论长短，每篇都跟他这个人一样实实在在，解答了不少或大或小的具体问题。在研究鲁迅绍兴时期的史料方面，虽然还有其他研究专家，但士雄已经独树一帜，卓然一家。有人可能觉得士雄的考证有些琐细，比如，他调查研究的鲁迅乡人前后累计多达五百三十六人，其中有些人跟鲁迅相交甚密，如许寿裳、宋紫佩、范爱农、陶成章等，但大多是鲁迅的族人、学生或作品中偶尔提及者，对研究鲁迅的作品、生平和思想发展直接意义不大，然而这些都是绍兴文化史、地方史上不可或缺的史料。除了士雄这样的书呆子，很难设想今后还会有人来做这种既不能暴得大名又不能赢得厚利的工作。

鲁迅是属于中国的，同时也是属于世界的。但外国读者阅读鲁迅作品必然存在很多障碍：除开语言文字障碍，社会历史背景障碍，还有地域文化方面的障碍——如方言俚语，风土习俗，乡邦人物。尤其是周氏家族的兴衰，跟鲁迅思想发展和创作历程相关，自然更会引起外国研究者的关注。士雄不但是这方面的"大家"，还一贯乐于助人，所以驰函咨询者必然众多。跟士雄有书信来往的外国友人中，有学术泰斗型的人物，比如丸山昇、竹内实，还有第一流的学者，比如丸尾常喜、木山英堆、北冈正子、伊藤虎丸、岸阳子、山田敬三、卜立德、全寅初、冯铁……也有业余研究者，如马来西亚的吴天才。从这些信件中，我们可以遥想二十世纪八九十年代鲁迅研究的盛况。再想到这批来信者中有不少人先后去世，包括去世不久的友人横地刚，又不禁悲从中来，为生命的短暂和脆弱而痛惜。

相对二十世纪八九十年代，当下国外鲁迅研究相对沉寂。这其中既有非三言两语可以道明的社会政治原因，又跟中国当下鲁迅研究的状况不无关联。坦率地讲，除 2005 年新版的《鲁迅全集》，2009 年出版的《鲁迅大辞典》，和即将于鲁迅诞辰一百四十周年之际出版的《鲁迅手稿全集》之外，其他有分量的鲁迅研究新成果确实不多。这既表明"鲁迅学"这门综合性学科已经日趋成熟，要大幅度跨越前人的成果难度日增，也因为当下学术界的确存在某些不良风气，如高等院校评估体制的僵化，有人热衷生吞活剥域外时髦理论，或片面渲染鲁迅的非本质方面而有意淡化鲁迅的本质特征，等等。不过，任何事物都是波浪式发展，螺旋式上升的。宋人周邦彦在《浣溪沙》一词中写道："新笋已成堂下竹，落花都上燕巢泥。"我跟士雄这代人即将"零落成泥碾作尘"了，但鲁研界的新生代正不断涌现。所以，只要学习和发扬士雄"不辞劳苦，孜孜以求"的精神，鲁迅研究的前景仍然是乐观的。

我脱离鲁迅研究的中心已久，当下又正值疫情期间，足不出户，更加孤陋寡闻。但士雄仍然不弃，要我作序。友命难违，便勉为其难，拉拉杂杂说了这些不着边际的话，不妥之处务乞方家指正。

附录

我的外公王时泽

外公对我恩重于山！我从小被父亲遗弃，出生之后一直在外公家长大。1957年，我考上了南开大学中文系。外公兴奋极了。他不顾七十一岁高龄，亲自送我远行——坐火车从长沙到天津，一直坐着硬座；由于那时武汉长江大桥还没建成，到汉口之后还改乘轮渡，转了一次车。1962年夏天我将从大学毕业，外公盼我回乡探亲。为筹措路费，他卖掉了家中唯一一件值钱的东西——书桌。令我痛心的是，那年正月初八他刚刚参加完湖南省省长程潜举行的一次春节宴会，初九早晨就无疾而终，享年七十六岁。

外公喜爱说话。但在家里，他的话却很少有人聆听，原因之一是我辈后人大多年幼无知，他讲的那些事情根本就听不懂，也不感兴趣；二是因为当年以阶级斗争为纲，他讲的不少事情都犯忌，搞不好随时都会惹上麻烦。直到二十世纪六十年代初，湖南省文史馆广泛征集文史资料，派了一位叫毛居青的工作人员找他聊天。外公一开口，毛居青就连说："有史料价值，有史料价值！"劝他马上动笔写下来。毛居青走后，外公得意而幽默地说："原来我一肚子都是史（屎）呀！"打倒"四人帮"之后我才知道，毛居青之所以能成为我外公的"伯乐"，因为他本人是一位饱学之士。他撰写的《黄兴年谱》就是一部力作，曾受到国家原副主席王震的好评。

外公的一生就是一部风云激盈的中国近现代史。1904年年初，十八岁的外公作为自费生，由长沙经上海赴日本留学，首先进入弘文学院普通班中的湖南班。学友中就有杨开慧烈士的父亲杨昌济和著名南社诗人田星六。鲁迅那年四月才从弘文学院结业，所学的是日本语及普通速成科，跟我外公可说是擦肩而过。这一年的夏天，嫁给湖南湘乡人士王廷钧的秋瑾也到日本留学，在湖南同乡会的集会上跟我外公结识，彼此以姐弟相待。就在结识秋瑾这一年的秋天，孙中山派冯自由、梁慕光到日本组织秘密团体，取合天、合地、合人之意，名之为三合会，成立地点在横滨南京街一家广东人开设的商店。这次入会者除我外公之外，还有秋瑾、刘复权、刘道一、仇亮、龚宝铨等十人。按照洪门的会规，秋瑾被封为"白扇"，俗称军师。

外公对那次入会的情景记忆犹新，回忆起来手舞足蹈，绘声绘色。他说，入会宣誓时，主持人梁慕光手持一柄钢刀，轮番架在宣誓人的脖子上。主持人问："你来做什么？"宣誓人答："我来当兵吃粮。"问："你忠心不忠心？"答："忠心。"问："如果背叛，怎么办？"答："上山逢虎咬，出外遇强人。"

十人——宣誓完毕，梁慕光跟冯自由一左一右，扯开一条两米多长的横幅，上书"反清复明"四个大字。宣誓人先在横幅下面鱼贯穿行。而后另燃一堆篝火，宣誓人从火上跃过，表示赴汤蹈火，忠于革命。最后杀一只大公鸡，歃血盟誓，算是仪式结束。1905 年 8 月，同盟会成立于东京。三合会的成员均转入同盟会。前些年，浙江电视台与中央电视台影视部合拍电视剧《鲁迅》，片中有光复会发展成员的场面，就参考了外公提供的上述细节。

1905 年夏，外公利用暑假回国探亲之机，将 43 岁的母亲谭莲生也接到日本。在秋瑾的鼓励和帮助下，我的老外祖母也成了东京赤坂区桧町青山实践女校师范班的自费生。青山实践女子学校由下田歌子（1854—1936）创办。她是日本的著名女教育家，担任过天皇的老师。学校为中国女留学生设立了师范速成科和工艺速成科，特别科为一年，本科学制两年，后来又新设了三年制师范科。教学宗旨是"把清国女子培养成既能胜任教育之责又能担当一家之主的女性"。我的老外祖母从该校结业后，回国担任了长沙一所著名女校——周南女中的教师。据外公说，秋瑾在校时学习刻苦，常读书写作到深夜。秋瑾还撰文号召国内的姐妹："束轻便之行装，出幽密之闺房，乘快乐之汽船，吸自由之空气，络绎东渡，预备修业。"（秋瑾：《实践女学校附属清国女子师范工艺速成科略章启事》）

1905 年 11 月 2 日，日本政府徇清政府要求颁布《清国留学生取缔规则》，取缔留日学生的政治活动。留日学生奋起反对，实行全体同盟罢课；陈天华投海殉国，以示抗议。秋瑾深受刺激，决定于 12 月归国。而我外公当时在日本私立海军预备学校海城中学学习，却主张忍辱求学，不必愤激于一时。秋瑾归国后，从上海给外公寄来一信，这就是收入《秋瑾集》中被研究者广为征引的《致王时泽书》。秋瑾在信中表示她自庚子以来，已置生命于不顾，誓死光复旧物，即不获成功而亡亦不反悔。她还坚定表示："且光复之事，不可一日缓，而男子之死于谋光复者，则自唐才常以后，若沈荩、史坚如、吴樾诸君子，不乏其人，而女子则无闻焉，亦吾女界之羞也。愿与诸君交勉之。"落款是"兄竞雄顿白"。她给外公的信都是这样具名，惜历经战乱，大多散佚。秋瑾返湖南湘潭探视子女路过长沙时，都在外公家落脚，地址为长沙通泰街忠信园。秋瑾就义后，亲友之间对于其安葬地点意见分歧。外公开导其家属，确定将秋女烈士忠骨葬于西湖而不迁回湖南。而后外公在长沙筹建了"秋女烈士祠"，并将他保存的烈士诗文稿编为《秋女烈士遗稿》，以"长沙秋瑾烈士纪念委员会"名义出版。外公还撰写了《秋女烈士瑾传》，置于卷首。外公去世前数年，将此书及他保存的烈士遗照全部捐赠湖南省博物馆。

1911 年 10 月，武昌首义发生。当时外公在日本横须贺海军炮术学校就读，正处于毕业前夕。他在报上读到这一振奋人心的消息，顿时热血沸腾，不待毕业考试完毕即搭乘法国商船归国，于 11 月 2 日抵达上海，跟当地革命军司令李燮和取得联系，被委派办理海军事务。当时停泊在上海的清海军军舰共七艘，仍悬挂龙旗，尚无易帜表示。外公即在海边部署旧炮数门，以壮军威；又率巡防营一队，亲自指挥。经过外公的软硬兼施，首先说服"湖鹏号"鱼雷艇的官兵反正。在"湖鹏号"的带动下，经过一番接洽，其余各舰一一被迫卸下龙旗，表示拥护革命。不久，陈其美接任沪军都督府都督，任命外公担任海军课副课长。外公将收编和新增的官兵二百余人组成海军陆战队，亲任指挥官，开赴前线助战。

海军陆战队的第一个攻占目标是南京。当时驻守这座古城的是"辫帅"张勋。正当外公率其部下准备组织敢死队配合各路友军强行攻城时，张勋于12月2日凌晨率兵经下关逃往江北，南京即日光复。外公被任命为江浙联军参谋兼海军陆战队指挥官。南京临时政府成立后，外公作战心切，遂被借调到汤芗铭任司令的北伐舰队，仍任参谋，原职保留。北伐舰队开赴烟台，拟会同友军攻占济南。外公准备将扩充后的海军陆战队四百人调来增援，但适值南北议和成功，清室退位，已无仗可打。外公遂辞去本兼各职回乡葬母。

1913年夏，袁世凯发动内战，国民党兴兵讨袁，被称为"二次革命"。当时湖南都督谭延闿宣布湖南独立。外公受汤芗铭委派跟谭延闿进行接触，调停成功。湖南方面对曹锟入湘坚决抵制，但对汤芗铭则表示可以接受，于是汤遂一身兼任湖南都督、民政长兼查办使三个要职。汤上任后，日渐逢迎投靠袁世凯，大肆屠戮湘民，遂跟外公分道扬镳。外公劝汤辞职，未果；外公于是自己辞职，不跟他同流合污。

1922年，张作霖任命沈鸿烈任东北航警处处长，统辖东北海防、江防、水警、航务、渔业、港务、盐务、造船、商船学校、海军学校等事宜。外公是沈鸿烈留日时期的好友，被沈聘任为东北航务局局长兼东北商船学校校长，上述机构都设在哈尔滨。1931年至1933年，又出任青岛海军学校校长。这所学校属公费就读，分设驾驶、轮机、测量等课程，先后培养了航海生两百余人，轮机生一百余人，多种水兵一千余人，其中有人成为了新中国海军的骨干，也有人成了中国台湾的"海军总司令"和"总统府秘书长"。

1931年"九一八"事变后，沈鸿烈被任命为青岛市市长，先后六载。二十世纪九十年代，我到青岛讲学，跟一些青岛的老年市民交谈，他们对沈的政绩（如整顿市容、发展旅游、兴建码头、延长栈桥、举办华北运动会等）留下了深刻印象，至今口碑甚佳。青岛市政协还编辑出版了一本《沈鸿烈生平轶事》。沈接任市长之后，先任命外公以东北海军驻南京办公处处长的名义跟南京方面接洽，后任命外公担任青岛公安局局长（当年的办公楼至今犹存）。

外公在青岛时期的活动我只记得两点。一是外公说，他被派赴南京时，有一次蒋介石约见，但到了时间蒋却未露面，据说是还在里屋打牌。外公在接待厅等得不耐烦，无意中大声打了一个喷嚏。蒋介石吓了一跳，这才想起与人有约，只好离开了牌桌。二是他引进了德国的警犬协助破案。这在中国的公安史上是"破题儿第一遭"。我记得前些年电视节目上还作过介绍。1936年11月，上海日商纱厂工人在中共地下党领导下举行反日大罢工，青岛日商纱厂工人立即响应。日方提出抗议，要求青岛公安局进行镇压。外公同情偏袒工人，在日方看来当然是镇压不力。同年12月3日拂晓，日海军陆战队千余人武装登陆，逮捕中国工人，并包围捣毁有排日嫌疑的青岛党政机构。外公是日方的迫害对象之一，于是黄夜潜逃，随后被沈鸿烈免职。抗日战争全面爆发之后，外公影息政坛，避居湖南湘西的边城凤凰。抗战胜利之后又曾复出担任东北航务局局长，直到新中国成立前夕卸职。新中国成立后被聘为湖南文史馆馆员，一直受到党和政府的礼遇。

在略介外公生平的时候，还有必要补充一段跟文坛有关的轶事：1935年8月，上海容光书局出版了萧军的长篇小说《八月的乡村》。该书描写了东北人民革命军在磐石一带跟日本侵略者浴血奋战的故事，以新的人物、新的场景、新的题材震撼了中国文坛。鲁迅为该书所作的序言中说："作者的心血和失去的天空，土地，受难的人民，以至失去的茂草，高粱，蝈蝈，蚊子，搅成一团，鲜红的在读者眼前展开，显示着中国的一份和全部，现在和未来，死路与活路。"（《田军作〈八月的乡村〉序》）问题在于，萧军并没有经历过抗日联军的生活，他如何能写成这样一部如实展现战争残酷性和艰苦性的作品呢？原来，为萧军提供这部作品素材的正是我外公的学生傅天飞。

我外公担任哈尔滨商船学校（即青岛海军学校分校）校长

时，聘请了一位叫冯仲云的数学老师。我外公知道冯老师是一位爱国者，中共地下党员，一直对他采取了保护的态度。在冯老师的影响和培养下，学生中又发展了一些中共党员，其中就有后来成为抗联骨干的傅天飞和后来成为第三国际情报员的著名作家舒群。当时国民党政权在哈尔滨大肆搜捕共产党人，傅天飞也被列入了黑名单。外公闻讯后，即把傅天飞叫来，开门见山对他说："你处境危险，如果你是中共地下党员就赶快逃走，如果不是你就坦然留下。"傅天飞腼腆地说："我没有盘缠。"外公便送给他一笔路费，帮助他虎口脱险。后来傅天飞追随杨靖宇将军参加了满洲省委组织的磐石游击队，1933 年春夏之间的一天，傅天飞来到舒群暂住的哈尔滨商报馆，提供了一部他的"腹稿"——关于磐石游击队的史诗。傅天飞虽然热爱文学，但在纷飞的战火中他已无暇创作，便生动逼真地跟舒群讲了一天又一夜。他说，这样一讲就有了两份"腹稿"，将来两人中有一人牺牲，幸存的那一个仍然能将这个可歌可泣的故事写出来。但舒群建议傅天飞将这部"腹稿"重新向萧军讲述一次。舒群说："以后，萧军写了《八月的乡村》。萧红所写的'革命军在磐石'，亦是沾其余光的。"当然，在《八月的乡村》中，萧军也融入了自己的经历和感受。萧军久习军事，家族中也有人当过"胡子"和抗日义勇军，因而能够娴熟驾驭军旅场面和战争题材。但是，傅天飞提供的素材对创作《八月的乡村》是至关重要的，从特定意义上或许可以说，没有傅天飞，也就没有《八月的乡村》的诞生。傅天飞后来牺牲的情况我不知其详。但二十世纪五十年代，哈尔滨筹建东北烈士纪念馆，曾专门派人来长沙找我外公提供史料。新中国成立后冯仲云老师曾出任水利部副部长，"十年浩劫"中被迫害身亡。舒群从事地下工作时一度被捕，外公利用职权到监狱给他送衣物，并进行营救。1980 年 8 月，我带着外公的照片拜访舒群，促发舒群的激情。他夜不能寐，写出了一篇长长的回忆录：《早年的影——忆天飞，念抗联烈士》，其中特意提到了外公和我的这次来访。

外公去世之后，我母亲王希孟写了一首悼诗——她不是诗人，尤不懂旧体诗词的格律，只是悼亡抒怀而已。诗云：

> 时值深秋百感生，
> 望风怀想此呻吟。
> 萋萋芳草埋英骨，
> 勃勃青松映赤心，
> 桃李满园添国色，
> 儿孙遍地盖华京。
> 慈颜已逝无消息，
> 风木哀思泪满襟。

我的母亲王希孟

> 谢公最小偏怜女，自嫁黔娄百事乖。
>
> 顾我无衣搜荩箧，泥他沽酒拔金钗。
>
> 野蔬充膳甘长藿，落叶添薪仰古槐。
>
> 今日俸钱过十万，与君营奠复营斋。

以上这首七言律诗是唐代诗人元稹悼亡诗《遣悲怀》中的第一首，也是我母亲最爱吟诵的一首古诗。元稹的诗原本是借用东晋宰相谢安的典故对亡妻表示深切忏悔，因为亡妻贤淑，但嫁给尚未得志之前的元稹却万事不顺心。而我的父亲当时并无忏悔之情，母亲读到"自嫁黔娄百事乖"一句，眼泪夺眶而出，无非是伤感自己所遇非人。

母亲 1915 年 11 月 3 日出生于北京西城西什库，有一弟一妹，是家中的长女。当时外祖父先后在北京政府的参谋部和交通部任职。1925 年，外祖父调往哈尔滨担任东北商船学校校长，东北航务局经理，母亲随之入哈尔滨道外八道街小学，毕业后入南岗女子中学，因参加学生运动被开除，在家自学两年。那时母亲只有十五六岁，正是年轻激情飞扬之时。不久"九一八"事变发生，为安全计，外祖父让她回到长沙，在福湘女子中学就读。这是一所美国教会创办的学校，为母亲学习英语提供了很好的环境。语文老师李啸聘先生，就是毛泽东词《蝶恋花——答李淑一》中那位李淑一的父亲。他对我母亲颇为赏识，极大调动了母亲学习国文的热情。母亲的文学训练，对我日后的生活道路产生了潜移默化的影响。1935年，外祖父应留日时期的学友沈鸿烈之请，出任青岛市公安局局长，母亲又由福湘中学转往青岛市圣功女中。由于母亲成绩优秀，校方打算在她高中毕业之后保送到美国学医。然而命途多蹇，1937年发生"七七事变"，抗日战争全面爆发，母亲被迫辍学，随父母回湖南避难，留学之梦遂成泡影，除1942年在湖南沅陵商业专科学校学过一年会计之外，再没有接受过高等教育。不过，由于抗战期间先后在凤凰县天主教堂的西药房和麻阳县卫生院当过药剂师和护士，所以她有一些药物护理方面的基础知识。

抗战胜利回长沙之后，母亲无正式职业，只在心心幼儿园当过短时间的保育员，又在三一小学代过一些课。她的主要精力完全投入在我的身上。为了让我有健全的体魄，她让我吃一些特殊的营养品，如炒熟了的米糠，烤熟磨细的胎盘粉；每天早上让我到小操场慢跑，跑一圈奖励一个猪肉包子。所以在一次长沙儿童的健康比赛中，我得了第三名。母亲望子成才之心切。我在三一小学就读时，她经常在教室外面观察我的表现。下课后立即把我带到校园内的一个亭子里，喝水，温习功课。有一次我不愿意下课之后还读书，故意踢翻了她带来的一个暖水瓶以示反抗。至今回想起来，我还清晰记得母亲从教室玻璃窗外投来的期待目光，痴痴的，有时呆呆的……

湖南长沙是 1949 年 8 月和平解放的。让老百姓遭受炮火之惊的不是共产党的部队，而是国民党的飞机。我们在北门大巷子的住所距离省府较近，因此成为了轰炸的主要目标。有一次炸弹落在一个朋友家旁边，炸出了一个深深的大坑。还有一次飞机上的机枪手俯射，子弹穿进房间，在墙壁上折回三次，留下了令人毛骨悚然的洞窟。那时母亲抱着我躲在书桌下，浑身觳觫，口中念着"上帝保佑，上帝保佑"。但我直接感受的是母亲的护佑。在关键时刻，她一定会毫不犹豫牺牲自己，把宝贵的生命留给我。

长沙解放之初，外祖父在长沙郊区唐家巷购买了一块菜地，想跟陶渊明那样，过一段"戴月荷锄归"的隐居生活。根据他所了解的政策，长沙是新解放区，土地改革的时间会后延数年——也就是"老区老办法，新区新办法"。令他没有想到的是，由于湖南形势的稳定，土改的时间提前了。这等于外祖父用自己一生的积蓄在长沙郊区买了一顶地主的帽子戴头上，结果受到了"扫地出门"的待遇，所幸的是基于他有参加辛亥革命的历史贡献，经湖南省主席程潜提名，被聘为湖南省文史馆馆员，直至临终前都过着衣食无忧的生活，反倒是我母亲却接二连三遭受无妄之灾。

母亲历来是自由职业者。外祖父捧着一只饭碗、一双筷子被"扫地出门"之后，母亲成分被划定为城市贫民，享受了土地改革的胜利果实，分到了外祖父家的两间茅房：大的一间住人，毗邻的一间养猪；还分到了几分菜地。从此，我跟母亲就过上一段躬耕垄亩的生活，既种菜又养猪。那时长沙郊区的农妇大多靠产婆用旧式方法接生，常危及妇婴生命。为了改变这种医疗落后的状况，卫生局决定培训一批新助产士，母亲就成为了培训对象之一。从此，在乡间小路，经常出现母亲背着小药箱走家串户的忙碌身影：走访孕妇，作产前检查；遇到难产，经常彻夜不归。我记得在漫长的冬夜里，门外刺骨的北风呼啸，9岁的我经常独守着一个既用来做饭又用来取暖的小煤炉，盯着炉里蓝蓝的小火苗，苦苦等待劳碌不堪的母亲归来。那时长沙销售一种最廉价的香烟，牌子叫"白毛女"，正面是喜儿白发披肩的画像，背后是歌剧《白毛女》的插曲，其中有一句"我盼爹爹早回家"，我在炉边反复吟唱，心里想的却是"我盼妈妈早回家"。特别难忘的是复查土改期间的一天晚上，有人突然手持梭镖把母亲押走，罚她下跪，说她是"漏划地主"。我当时独自守候在家，种种不祥的幻觉折磨着我稚嫩的心。幸亏经过一晚的审问，情况得以澄清，此后母亲再未因为成分问题被人纠缠。

1952年秋冬之季，长沙岳麓山新建一所工科大学——中南矿冶学院（现扩大成综合大学，易名为中南大学），当时招聘医务人员。经过业务考试和政治审查，母亲被录用为该校卫生科药剂员。这样，母亲就离开了郊区，由菜农变成了公务人员。母亲穿上了一身灰布制成的棉衣棉裤，还戴上一顶灰色的棉帽，显得浑身臃肿。但这身干部服当时是"革命"的标志，比如今穿上名牌还显酷。母亲第一次领到工资后，带我上街买了半斤发面大饼吃。从此以后，我再也没吃过这种香味呛鼻的大饼。

不过好景不常在。1955年9月中旬的一天上午，我正在上课。表妹王焕君突然从教室把我叫出来，一边喘气一边对我说："快回家，你妈妈被矿冶学院开除了！"这句话恰如晴天霹雳，顿时使我头晕目眩。但我完全不知原委，也不知道开除意味着什么。我头脑一片空白，跟表妹一起回到长沙南区小古道巷倒脱靴九号的住处。我在住处的堂屋见到了失魂落魄的母亲，她脚边是一个行李包，还有一个网兜，装着脸盆、漱口杯之类。一位远房的表姨正在斥责母亲——她是一位政治觉悟颇高的军属，我没听清她究竟批判些什么；母亲耷拉着脑袋，一句也没有反驳。

母亲事后对我和外祖父说，开除她的罪名是"偷窃药品等物，品质恶劣"，"事实"是盗窃一瓶链霉素，并将"可待因"药粉改为"可待因"药片。但其实这些都是诬蔑不实之词。真实的内幕是：卫生科科长想安排他的一位朋友，但没有编制；当时生父在中国台湾，母亲被视为"反动军官家属"，自然就成为了开除公职的最佳人选。在那种风刀霜剑的政治高压下，有谁敢为母亲仗义执言呢？

开除公职等于断了母亲生路。她不仅失去了抚养我的能力，而且自己也被抛到了死亡线的边缘。幸亏外祖父那时有四十多元的月薪，打算暂时每月拿出八元，让母亲到舅母家搭伙。那时舅母有七个子女，连同舅舅九口人，全靠舅舅四十多元的月薪生活，原本相当拮据。母亲搭伙，无疑给他们一家带来了新的困扰。母亲不愿依靠他人过活，更不愿成为任何人的累赘，两次自杀。第二次吞服了两大瓶安眠药，决心终结40岁的生涯。不料她的生命力顽强，自杀未遂，结果是吐了一盆血之后瘫痪在床上。外祖父急得直顿脚，说："这怎么办！这怎么办！四十岁的女儿，难道还让我这个七十岁的老头子来接屎倒尿吗？"

感谢天公开眼，母亲一周后即能起床自理，随即就出外谋生。一个刚被开除公职的人，是没有任何单位可以正式接收的。母亲最初找到的工作，是在公路旁锤石头，把巨石锤成碎石铺路。母亲原本也是细皮嫩肉的大家闺秀，锤石头之后，手的虎口震裂了，手掌成了松树皮；日晒雨淋，皮肤也黝黑黝黑的。我没见母亲掉过泪，只听她喊过饿。白天锤石头，晚上还接些锤瓜子（瓜子仁做月饼馅用）、糊火柴盒的零活，这样勉强可以糊口。

不久母亲境遇多少有了一些改变。当时政府要在工人中扫除文盲，因此很多工厂都开办了所谓"红专学校"，在工余教工人识字。母亲求人介绍，在这种业余学校担任代课教师。课时费虽然极低，但总比锤石头轻松。据我所知，她先后任教的有铁路北站红专学校、铁路南站职工夜校、民生厚纺织厂红专学校、长沙市轻化局南区职工联校、华新印染厂职工学校，等等。我上大学之后，母亲不仅用教书的收入养活自己，而且每月给我寄五元零花钱。这种状况，一直维持到"文化大革命"爆发。在"十年浩劫"中，母亲因为早被开除公职而因祸得福，没有受到单位的批斗；而我却九死一生，反让母亲受了不少牵挂。

1969 年，我的第二个儿子出生。妻子通过学生的关系，在北京宣武区校场口裘家街租到了一处房子，于是决定把母亲从长沙接到北京，彼此都有照顾。1957 年我到天津上大学，此后的十二年间我跟母亲南北暌离，只有春节之际才能偶尔相聚。如今阖家团圆，这是多么难得的事情！母亲是买火车的硬座票到北京来的。我到站台去接她时，只见她用竹扁担挑着两件行李，脸上满布煤尘。她抖抖地从衣兜里掏出四十斤全国粮票，强制性地塞到我手中，这是她从牙缝里省出来的，也是她54 年来唯一的积蓄。我收到这一特殊的见面礼，鼻子不禁一阵发酸。

母亲在北京定居的二十五年，是她一生中相对安定的二十五年。让我惭愧的是，由于我们夫妇工资微薄，孩子幼小多病，母亲刚来京时又无分文收入，因此五口之家的生活过得相当拮据。我们家搬迁到复兴门中居民区居住时，家里烧的是蜂窝煤。每次买煤，母亲都会用簸箕端着颤颤巍巍搬上四楼。

为了改善生活，她还到中央人民广播电台西侧的菜市场拣萝卜缨子，剁碎了做包子馅。妻子每天走路上班，省下月票钱给母亲做零花，但母亲总爱省下来给孙子买零食吃，屡劝不改。我那时正值而立之年，一心想在业务上进行拼搏，除上班外，休息日经常去泡图书馆，因此对母亲缺少精神赡养。母亲是最怕孤寂之人，为了找人讲话，她经常坐在房门口，乘邻居经过时多聊上几句。如今每当想到这里，我都会追悔不已。

如果说我一生中对母亲尽过什么孝心，唯一可提的是我帮母亲申诉，在她蒙冤二十六年之后终于恢复了人最不容亵渎和玷污的名誉。那是在二十世纪八十年代初，我成为了《湖南日报》文艺版的作者。我回到长沙，报社先后安排我住在芙蓉宾馆和湖南宾馆，派记者对我作了一次专访。当时该报文艺部主任张兆汪特意到宾馆来探望我，无意中谈到胡耀邦同志到湖南视察，关心湖南落实政策、平反冤假错案的工作，我听后心头一热。我想：党的阳光也该照到我们家这个角落了。于是，我鼓起勇气，替母亲写了一份申诉信，要求中南矿冶学院对她的问题进行甄别。1981 年 11 月 27 日，该校党委终于对我母亲作出了平反决定，不久又寄来了一个红色塑料封面的《中华人民共和国干部退休证》，每月发给 43.3 元的退休费。那份改变母亲命运的平反决定是这样写的：

对王希孟同志开除公职的复查决定

王希孟，女，湖南省长沙市人，家庭出身地主，本人成分职员，一九五二年来中南矿冶学院卫生科任药剂员，月工资184 分，工资额 40.35 元。一九五五年九月开除公职回家。

经复查，王希孟同志被开除公职其主要事实失实，根据中共中央组织部通字（79）33 号和中组发（80）7 号文件精神，院党委一九八一年十一月二十七日研究：撤销一九五五年九月十六日对王开除公职的处分决定，恢复公职，作退休处理。湖南省人民政府教办党组批复"同意上述复查报告，将王希孟同志作退休处理的意见"。

中共中南矿冶学院委员会

一九八一年十一月二十七日

1992 年 11 月下旬，我正在台湾各地讲学，有一天刚从嘉义中正大学讲完课，兴致勃勃，高兴地到朋友家给北京家里打电话，听到了母亲身体欠安的消息。我立即有一种不祥的预感，过了片刻再给家里打电话，要妻子说明真相。妻子这才将母亲的病情全盘托出。原来母亲突然有半边肺叶不能张合，憋气，浑身发紫，痛苦不堪，危在旦夕。着急的妻子将她送到复兴医院抢救，恨不得给大夫跪下，央求他们尽一切可能进行抢救，决不能让母亲临终前见不到她的独子。医生将母亲送进了ICU 病房，用上了呼吸机，病情有所缓解。

听到母亲病重入院的当晚，我即乘坐长途巴士从嘉义赶回台北。我清楚地记得那晚大雨扑打汽车玻璃的簌簌声，我的泪水也像玻璃窗上的雨水滚滚流下。第二天早上抵达台北，匆匆改签了机票，第三天我就经香港返回了北京。原来安排的一系列学术活动全部放弃。见到母亲时她神智十分清楚。她用笔在纸上歪歪扭扭地写道："这里的医生护士都喜欢我。"又写："我有公费医疗待遇，你不必为医疗费发愁。"但母亲哪里知道，ICU病房的费用十分昂贵，特别是切开气管之后，每天的药费、医疗器材费、特别护理费加起来要上千元。任何单位的公费医疗费用都有限制，于是报销发生了问题，医院不时发出停药的预警，说医院不是慈善机构。在我和妻子真正都愁出病来的困难时刻，中央组织部原副部长李锐伸出了援手。李锐是湖南人，湖南省的老领导。他向母亲单位的领导陈述了我们的困境，医疗费问题终于得到了妥善解决。母亲也以超乎常人的毅力战胜了病魔，先顺利地从喉部拔出了气管，接着又奇迹般地站立起来，迈开了原本瘫痪的双腿。

我并不相信冥冥之中有什么鬼神，但母亲在切断喉管之后的确给我妻子写了一个小条，说她做了一个梦，梦见阴司的判官对她说，要她再活一年。1993年，我到日本访学三个月，母亲支持我去，要我放心，说她绝无问题。1994年1月11日晚上，她跟我们一起看完电视新闻后上楼回房睡觉，我陪着一位来访的学生聊天。忽然小保姆小华气喘吁吁跑来说："奶奶上完厕所就摔倒在厕所门口了。"我从三楼跑上四楼，发现母亲呼吸已经停止，强行往她嘴里塞了一粒硝酸甘油，她的心脏突突跳了几下，接着呼吸又停止了。我把母亲紧紧搂在怀中，我的脸紧紧贴在她的脸上。她的体温由热而凉，肢体由软而硬。妻子很快打开了佛教音乐盒，母亲的卧室里响起了彻夜不绝的梵音……

2004年清明时节，我们乘坐东方航空公司的班机将母亲的骨灰运回她的故乡——湖南长沙。我作了一个大胆的决定：将她的骨灰沉入湘江。母亲体虚畏寒。水葬之前，我又在雕花木质骨灰盒外加套了一个大理石的骨灰盒，用强力黏合剂将盒盖粘严实。当我们加封骨灰盒时，母亲的骨灰发出了一阵异香，我跟妻子都惊叹不止。接着我们租赁了一艘游艇，在湘江大桥的主桥墩下举行了一个简朴的水葬仪式。我写了一条横幅，上书"魂归故里，碑竖心中"八个大字；又写了一副对联，上联是"五十三载舐犊情情深似海"，下联是"七十九年坎坷路路转峰回"。

也就是这一年的春天，湖南师大一位研究生来信，要征集我考大学的作文，想编一本书。这封信让我回忆起37年之前一段难堪而椎心泣血的往事，于是我立即写了一篇应征的文章：《一篇虚构的高考作文——兼忆亡母》。后来这位研究生想编的书渺无下文，而我这篇短文却先后刊登于《湖南日报》和《团结报》，后来又收进了台湾商务印书馆出版的一本散文随笔集《说情爱——亲情，多少泪》。现将全文引录于下，作为对母亲永恒的忆念。

湖南师范大学某研究生忽发奇想，广征各界名流高考作文试卷，要编一部《金榜题名大手笔》出版。蒙他错爱，也给我寄来一纸约稿函。我是 1957 年的高中毕业生，高考作文试题是《我的母亲》。这位年轻的研究生怎会料到，当时 16 岁的我竟被无形之力剥夺了如实描写母亲的权力！

我母亲 1952 年经考试被中南矿冶学院录用为卫生科药剂员。当时这所在长沙岳麓山新办的大学处于初创阶段，百废待举。母亲带着新参加革命的喜悦，全身心地投入了工作。她平时住在山上，只有星期天才回城跟我团聚。星期一天未亮就起床，先替校内重病号到校外大医院排队挂号，再坐轮渡过江上班。替病人挂号，跟她的本职工作风马牛不相及，但她默默地坚持了两年多，不仅不取分文报酬，偶尔有事缠身还贴钱雇人去替她排队。病人给她一个亲切的称呼："王大姐"。做梦也想不到，1955 年 9 月，乐于克己待人的母亲竟被冠以"偷窃药品等物，品质恶劣"的罪名开除公职。二十六年后，这个错案才得以纠正。复查结论上写的是：

"'将可待因药粉私改为可待因药片'。经复查，只要剂量相等是可以的，不能算其错误。

"'盗窃一瓶链霉素'。经复查，当时仅仅是怀疑，根本不能作为处分依据。"

药房遗失一瓶链霉素而责任不明，就给无辜者戴上贪污盗窃的帽子，在今天看来是"天方夜谭"式的奇闻，而在当时却是活生生的残酷现实。开除公职，即被断了生路。年方不惑之年的母亲大惑不解，无法忍受经济的重压和人格的侮辱，两次自杀，均未遂。第二次因吞服安眠药过量，一度瘫痪在床。求生不得，求死不能，这是何等难堪的处境！被折磨得身体虚弱的母亲刚能颤巍巍下床的时候，为生计所迫，只好到郊区新修的公路边去锤石头。手裂开了道道口子，血染红了铁锤的木柄，一天才挣得聊以糊口的几角钱。母亲境遇如此，我在考场接到题为《我的母亲》的高考作文试卷时，发抖的手真不知从何处下笔。

我是在母亲影响下报考文科大学的。当我还在牙牙学语的时候，母亲就为我吟诵《满江红》《正气歌》一类古典诗词，教育我长大之后像岳飞、文天祥那样精忠报国。她还不止一次地给我朗读元稹《遣悲怀》中的诗句："谢公最小偏怜女，自嫁黔娄百事乖"，感慨她所遇非人的身世。我由此知道，我刚呱呱坠地两个月，即被风流成性的父亲遗弃。当时正值太平洋战争爆发，日本飞机对战时的陪都重庆狂轰滥炸。母亲带我从几乎炸成瓦砾堆的山城逃至沈从文先生笔下的山明水秀的边城——湖南凤凰，开始了母子相依为命的生活。在那种是非颠倒、价值错乱的岁月中，我既不能铺陈母亲的坎坷经历，更不敢为蒙受不白之冤的母亲辩诬。

使我摆脱考场困境的是被誉为时代鼓手的诗人田间一首短诗——《坚壁》：

狗强盗，/你要问我吗／"枪、弹药，/埋在哪儿？"／来，我告诉你：／"枪、弹药/统埋在我心里！"

我于是从慌乱中镇定下来，驰骋想象，编造了一个动人的革命故事：我母亲苦大仇深，老党员，抗战时期任村妇联主任。日寇扫荡时她掩护八路军伤员，埋藏枪支弹药。日寇拷问她，她严词斥敌："狗强盗，枪、弹药，统埋在我心里。"于是，恼羞成怒的敌人把她吊死在树上。她牺牲前三呼共产党万岁，成了烈士。我成为烈士遗孤，在组织的培养下高中毕业。感谢当时执行的阶级路线，我这篇作文得了高分，因而又做梦似的考入了"古老而又新型"的南开大学。如果当时记述一个"盗窃犯"母亲正在锤石铺路，我的人生经历肯定会是另一番景象。然而身为人子，硬认他人做母，毕竟是一种罪愆。我感到愧对母亲，一直隐瞒着这件事。

后来才听说，母亲之所以挨整，只是因为卫生科的科长要安排他的一位战友，而编制有限。拉进一个，就要挤走一个。抛弃我们母子的父亲去了台湾，我们"名正言顺"地成了反动家属，孤苦无靠的母亲自然是挨整的最佳人选。几经周折，母亲终于在1981年底，落实政策补偿费为人民币100元整。1988年底，台湾友人帮我找到了那位无法割断血缘关系的父亲，但他已瘫痪多年，思维混乱，不能对母亲说几句动人的忏悔之词。1992年底，母亲突发肺心病。我们尽全力抢救，恳求她跟我们一起多过几年小康日子，但是，悲欢离合总无情，母亲终因为心力衰竭，在今年1月11日去世。她逝世前已昏厥，没有剧烈痛苦，也没有留下遗言遗产——只有一大笔应该报销而尚未报销的医药费，以及一小笔应该发放而尚未发放的抚恤金。

母亲生前在物质上无奢求苛望，最大的爱好是跟人聊天，有时排队购物都能结交朋友。而我最大的过失，正是不关心母亲的精神生活。我很少跟她讲自己的工作和事业。家中只有一台电视机的时候，母亲想看京剧，我却噼里啪啦拨到放电视剧的频道，专横跋扈，没有商量余地。每想到这些，我更感追悔莫及，罪无可赦。

母亲慈祥而懦弱。有次她排队买菜，一无赖在众目睽睽之下从她手中夺走了钱。她仅原地不动说了一句："可恶！"我几乎没见她在苦难面前掉过眼泪，但每当夸耀后辈时，她的笑脸上总是闪动着泪花。我有时想她哭，怕她笑。重病时，她简直像嗷嗷待哺的婴儿，求助的目光向四处搜寻。这使我又想起一句古诗："千古艰难惟一死。"

79岁的老母是在我怀中永远离去的。我准备将她的骨灰撒进故乡的湘江。我一暝之后，也到那里去跟她相偎相伴。只要仍有来世，我会毫不犹豫再选择她做我的母亲。我只是不愿再经历那种不能如实描写母亲的时代。这种"大时代的小悲剧"，对于时代固然是小而又小，但对于一个普通人来说却关系着他（她）的半生乃至一生。如有来世，我也将痛改前非，不但照顾母亲的饮食起居，而且也要在精神上与她交流沟通，使她成为一个物质小康而精神富有的人。"种田不熟不如荒，养儿不肖不如无"——不能与母亲共享精神生活的儿子，哪里称得上是一个名副其实的儿子呢。

跋

呼唤温情

——我写怀人散文

儿时做过作家梦，成人之后才知自己与创作无缘：一是因为生活土壤贫瘠，二是因为艺术感受能力太差。所谓创造需要天才，就是说，摘取文学桂冠的只能是那种既阅历丰富又感觉敏锐的人。后来走上了学术研究之路，兴趣又偏向于考证，整日在故纸堆里讨生活，原有的那一点点写作禀赋也逐渐被磨蚀了。

然而积习终究难以涤除殆尽，所以有时技痒，也想写点学术之外的文章。诗歌是绝对不敢去碰的，这是文学殿堂里那块最神圣的地方，亵渎不得。写小说也难，因为皓首书斋，自己掘坑自己埋，与外部世界几乎处于隔绝状态，哪里来的素材？唯一能写的就是散文。我也不懂深奥的文艺理论，只知道凡韵文之外的文字均可被视为散文；凡从心底流淌出的文字，跟口语接近的文字，均可被视为散文。写散文就是跟朋友摆龙门阵，而跟朋友聊天必须坦诚相见，不必穿盔披甲，所以讲真话就成了写散文的极境。真话说得漂亮，有点含蓄美、朦胧美和形式美，于是就成了美文。

散文中我最爱读的是怀人散文。屈原《九歌·湘夫人》中有"沅有芷兮澧有兰，思公子兮未敢言"之句，可见怀人是一种人之常情，也是一种文学传统。山水游记可以写得意境深远，字字珠玑，但让人激情难遏，血脉偾张，或拍案，或唏嘘，或喷饭者并不多见；而怀人散文则可以产生以上效应。中学时代上语文课，读过鲁迅的《记念刘和珍君》《为了忘却的记念》，后来又读过鲁迅的《忆韦素园君》《忆刘半农君》《关于太炎先生二三事》……前辈和英烈那一张张和蔼亲切的面孔就传神写意地镌刻在心版上了，始终陪伴和激励我不畏艰难，不惧坎坷，奋然前行。朱自清的《背影》，巴金的《怀念萧珊》，丁玲的《我所认识的瞿秋白同志》我也爱读。我想，这一类饱蘸深情缅怀故人的文章，统统都可以被称为"怀人散文"吧。

我编选"怀人散文"，是在二十世纪九十年代中期。那时，友人马蹄疾兄为知识出版社（大百科全书出版社的分支）编了一套怀人散文，选收了茅盾、冰心、丁玲、唐弢、谢冰莹、曹聚仁、周作人等中国现代作家的怀人散文。这项工程刚刚启动，马兄就患上了不治之症，于是后续的工作就只好由我来勉力完成。这套丛书当然不能说毫无欠缺，但在编撰过程中也增进了我对怀人散文的感受。

　　我感到，撰写怀人散文有其特殊的难度。这也就是俗语所说的"画鬼容易画人难"。描神画鬼，可以驰骋想象，无所依傍，创作空间相对辽阔。而人物是客观存在，虽可浓缩，也可扩大，但绝不能胡编乱造。而且人物既有其本质所在，又有其复杂一面，取舍失当，即会变形。更何况不同人对同一人物有着不同的理解、评价和描写角度，所以写出来也就难以取得共识。我还有一个感受，就是对一个并不熟识的人，如果只需突出其某一侧面，行文并不困难，犹如记者笔下的"人物专访"；但如想描写一个熟识的人物，立体化地展现其风采，下笔就难免踌躇再三。我曾出版一部四十三万字的自传，其中写得最为单薄的就是妻子。其原因就是了解太多、太深，反而觉得分寸难以把握，笔下难以驾驭。

　　除了真实性，怀人散文还需要具有抒情性。凡文学创作都需要有情。齐梁时代的文艺理论家刘勰就在《文心雕龙·情采》中说："情者文之经，辞者理之纬。"他主张"为情而造文"，反对"为文而造情"。真情实感是从心泉中喷涌而出的水花，在阳光下色彩绚丽；矫揉造作的文辞只能表达虚情假意，相当于纸扎的假花。我是一个懂得感恩的人，重情的人，对于师友的点滴之情都会铭记于心。问题是我因为专业的关系，接近的文化人较多，关系有深有浅，所以不可能每篇怀人散文都以抒情取胜。但我能确保言之有物，真实可靠。人的记忆力都是有限的，更何况我年逾八旬，撰写怀人散文不能凭靠几十年前的印象。好在我重视史料积累，当年我找健在的老人抢救活资料，在见面前有预设的问题，见面后有采访的记录。俗话说："好记性比不上烂笔头。"我写怀人散文常常照参当年的记录。所以越是写得具体，越是有材料依据。不是靠这些缅怀对象本人的著作人进行脱化和演绎，而是全凭保存下来的已经发黄的那些笔录纸张。总之，弥补这些怀人散文抒情性的，是这些文章的知识性和学术性。所以，只要读者认真翻阅，绝不会无功而返，这是我聊可自慰和自信的地方。

2017 年，我在自己的怀人散文中遴选出来二十一篇，交北方文艺出版社出版。因为缅怀的人物大多是我的师友，又大多已经作古，很多往事已成追忆，所以便从唐人李商隐的七律《无题》中取出"昨夜星辰昨夜风"七个字作为书名。我原想为自己的枯涩文字增添些许诗意，待书印成之后才知道撞书名的不同读物竟有几十种。为脱俗反而媚俗，这实在是始料不及，让我十分尴尬。

这本小书出版之后得到了一些友人的鼓励。作家张抗抗说："《昨夜星辰昨夜风》是一本感情真挚、内容丰富、制作精良的怀人散文。在书中我们见到了一位又一位令人尊敬的文化大师及他们的故地，由于该书所记述的人物、场景，大多来自作者的第一手材料，所以格外珍贵。大师们生动、可亲、可信、可爱的形象，在作者陈漱渝先生笔下复活，栩栩如生，娓娓道来，与我们亲切对视、对话。他们曾经生活工作的岁月虽已远逝，但书中所描述、所赞颂、所弘扬的大师们承载的文化精神、人文情怀，对真理的执着追求，对自由独立人格的坚守，对真善美、生命、友谊的尊重和热爱，通过陈漱渝先生的记述抒发，清晰地呈现在我们面前，走进我们心里，并将长久地留在读者记忆中。"巴金研究专家周立民说："这本书裸脊线装，拿在手里很舒服。所怀之人，从胡适开始，都是现代文学大家、大学者。怀人之文，是现在被写得很滥的一种文体，很多人抹着眼泪说了很多废话。这本书却不是这样，而是篇篇有'料'，这'料'还不仅是交往中的难忘细节，而是史料的发掘、辩证、澄清，不少都关于文学史实。"

时隔七年之后，我从手机上看到团结出版社策划"边角料书系"的约稿函，希望出版一套能作为跟官书文件互为补充的图书。这些文字虽然无法跟吹响时代号角的鸿篇巨制媲美，但也能在不经意间折射一些时代的风貌。于是我毛遂自荐，又将我的二十九篇怀人散文编成《似是故人归》一书申报选题，有幸获得通过。这本书分为上、下两编：上编写的是师长辈。下编写的是同辈人，包括友人。写发小的那篇是我的生命感悟，就是提醒自己要珍惜眼前人，把握住可能瞬间即逝的幸福。我此生感恩的人中，自然也包括那些"为他人作嫁衣裳"的编辑。我此生连写带编了上百本书，都离不开这些编辑默默而无私的奉献。在出版艰难的当下，这种情谊我更为珍惜。

是为跋。

二〇二四年十月十四日

时年八十有四